가헌사

신기질사 전집

4

이 책은 (재)한국연구재단의 지원으로 학고방출판사에서 출간, 유통합니다.

한국연구재단
학술명저번역총서

동양편
623

稼軒詞

가헌사

신기질사 전집

신기질辛棄疾 저 / 서 성 역주

④

學古房

가헌사稼軒詞 권4 上

7

일러두기

1. 이 책은 1993년 상해고적출판사(上海古籍出版社)에서 펴낸 『가헌사』(稼軒詞)를 저본으로 하여 번역하였다.
2. 시 원문은 위의 판본에서 등광명(鄧廣銘)이 교감한 결과를 따랐으며, 'ㅁ'로 되어 있는 부분은 원문에서 결락된 부분으로 역시 위의 책을 따랐다.
3. 모든 작품은 먼저 번역문을 제시하고 원문을 싣는 방식으로 축구(逐句) 번역하였다. 주석은 각주로 처리하였으며, 각 작품 끝에 번역자가 작품 이해에 필요한 간단한 '해설'을 달았다.
4. 한자가 필요한 경우는 우리말 독음 뒤에 한자를 넣었으며, 이름과 지명 등 고유명사의 독음은 대부분 한국 한자음으로 달았다. 주요한 지명은 필요한 경우 괄호 안에 현재의 지명을 적었다.
5. 책의 앞머리에 신기질과 그의 작품에 대한 역자의 해설을 실었고, 참고 지도를 끼웠으며, 책 뒤에 작품 제목 찾기를 부록으로 붙였다.

가헌사 稼軒詞 권4

표천(瓢泉) 시기, 총 225수
1194년(송 광종 소희 5)부터 1202년(송 영종 가태 2)까지

上

심원춘沁園春
— 기사에 다시 와 터를 골라 집을 짓다再到期思卜築[1]

물줄기 하나가 서편에서 흘러내려

천 길 무지개 폭포를 만드니

십 리에 푸른 병풍이 펼쳐졌구나.

기쁘구나, 해가 지나 초당에

두보가 다시 돌아오고

사천斜川의 좋은 풍광이

도연명을 저버리지 않은 것과 같아라.

늙은 학이 높이 날아도

깃드는 곳은 나뭇가지 하나

달팽이가 집을 이고 가는 것을 오래도록 웃노라.

계획하였으니

아주 좋은 땅을 골라

띠로 정자를 세우리라.

청산은 그 의지로 우뚝 솟아

마치 내가 돌아왔기 때문에 아름다움을 내보이며

자주자주 꽃과 새더러

앞에서 노래하고 뒤에서 춤추게 하는구나.

더구나 구름과 강을 재촉하여

저녁에 배웅하고 아침에 마중하게 하는구나.

술 잘 마시고 시 잘 짓는 이 사람

어찌 권세가 없어서야 되겠는가

이제부터 대자연인 너를 부리겠노라.

맑은 시냇가에서

산신령의 비웃음을 받았으니

백발이 되어 밭 갈러 돌아왔다고.

一水西來, 千丈晴虹,[2] 十里翠屛. 喜草堂經歲,[3] 重來杜老; 斜川
好景,[4] 不負淵明. 老鶴高飛, 一枝投宿,[5] 長笑蝸牛戴屋行. 平章
了,[6] 待十分佳處, 着箇茅亭.[7]

靑山意氣崢嶸, 似爲我歸來嫵媚生. 解頻敎花鳥, 前歌後舞; 更
催雲水, 暮送朝迎. 酒聖詩豪,[8] 可能無勢,[9] 我乃而今駕馭卿.[10] 淸
溪上,[11] 被山靈却笑: 白髮歸耕.

注

1 期思(기사): 강서 연산현鉛山縣에 소재한 지명. 이곳에 표천이 있
　 다. ○ 卜築(복축): 터를 골라 집을 지음.

2 千丈晴虹(천장청홍): 천 길 길이의 갠 날의 무지개. 폭포를 비유한다.

3 草堂(초당): 두보가 759년(건원 2) 입촉한 후 다음해 성도 완화계에
　 세운 집. 지역 병란으로 재주梓州로 피난했다가 764년(광덕 2) 봄 엄
　 무嚴武가 절도사로 사천에 들어와 난을 진압하면서 두보도 초당에
　 다시 올 수 있었다. ○ 經歲(경세): 한 해 후. 여기서는 몇 년 후.

4 斜川(사천): 지금의 강서성 도창현都昌縣에 소재한 지명으로 풍광
　 이 아름다운 곳으로 알려졌다. 도연명이 심양潯陽 시상柴桑에 있을
　 때 「사천 시」斜川詩를 지어 이웃들과 사천에 놀러간 일을 묘사했다.

5 一枝投宿(일지투숙): 묵는 곳은 가지 하나면 된다. 『장자』「소요유」

에 "뱁새가 깊은 숲속에 둥지를 틀어도 나뭇가지 하나만 있으면 된다."鷦鷯巢於深林, 不過一枝.는 말이 있다.

6 平章(평장): 판별하여 드러내다. 처리하다. 계획하다. 평가하다.

7 着(착): 착공하다. 짓다.

8 酒聖詩豪(주성시호): 술을 혹애하고 시를 잘 짓는 사람.

9 可能(가능) 2구: 도연명의 「진나라 고 정서대장군의 장사 맹 부군의 전기」晉故征西大將軍長史孟府君傳에 나오는 말을 이용하였다. 동진의 맹가孟嘉는 한온桓溫의 부하로 직책이 장사였는데, 산수를 좋아하여 저물어서야 돌아오곤 했다. 환온이 일찍이 그에게 비난의 어조로 말하였다. "사람은 권세가 없어서는 안 되는데, 나는 그대를 부릴 수 있다네."人不可無勢, 我乃能駕馭卿!

10 卿(경): 그대. 너. 여기서는 대자연을 가리킨다.

11 淸溪(청계) 3구: 산령이 내가 백발이 되어 돌아왔다고 비웃다. 공치규孔稚珪의 「북산이문」에서 산령이 주옹을 비웃는 일을 이용하였다.

해설

전원에 돌아온 기쁨을 그렸다. 상편은 기사의 아름다운 풍광을 묘사하고 이곳에 살 뜻을 나타내었다. 하편은 청산을 의인화시켜 함께 어울리는 즐거움을 서술하였다. 시종 즐거운 어조로 노래했으나, 말미 세 구에서 갑자기 늙어서야 돌아온 자신을 자책하는 어조로 마무리하였다. 1194년(55세) 가을, 신기질은 복건 안무사에서 탄핵을 받아 관직을 떠나게 되었고, 신주信州의 대호帶湖로 돌아오게 되었다. 그가 복주에 가기 전에는 십 년간 대호에 살면서 기사期思에다 표천瓢泉의 땅을 사두고 자주 오가곤 했다. 2년간의 복주 생활을 마치고 돌아오자 기사에다 새집을 지어 본격적으로 여기에서 생활하게 되었다.

축영대근祝英臺近

—손님과 표천에서 마시다. 손님이 샘물소리가 시끄럽지 않느냐고 물었지만 나는 취해 바로 답하지 못하였다. 어떤 사람이 "매미소리가 시끄러우니 숲이 더욱 고요하고"로 대신 대답하니 그 의경이 무척 아름다웠다. 다음날 이 사를 지어 칭찬하다與客飮瓢泉, 客以泉聲喧靜爲問, 余醉, 未及答, 或者以"蟬噪林逾靜"代對, 意甚美矣, 翌日爲賦此詞褒之[1]

물은 이리저리 흐르고
산은 멀리 가까이 늘어섰으니
지팡이 짚고 넓은 산수를 차지한다.
노안이라 눈부신 걸 싫어해
물에 비치는 산 그림자 바라본다.
한번 물을 흔들어 보니 산이 움직이니
우습구나, 내 생애가
물속의 흔들리는 청산과 비슷하구나.

샘물 한 바가지 마시노라.
어떤 사람이 묻기를 "노옹께서 폭포를 좋아하여
그 속의 조용함을 찾아왔는데
집 주위에 소리가 시끄러우니
어찌 고요한 경지에 들 수 있나요?"
"내가 자려하니 그대는 잠시 돌아가오
유마힐 방장方丈이 설법하고
천녀가 꽃을 뿌릴 때 물어보오."

水縱橫, 山遠近. 拄杖占千頃. 老眼羞明, 水底看山影. 試教水
動山搖, 吾生堪笑, 似此箇靑山無定.²

　一瓢飲.³ 人問"翁愛飛泉, 來尋箇中靜;⁴ 繞屋聲喧, 怎做靜中
境?" "我眠君且歸休,⁵ 維摩方丈,⁶ 待天女散花時問."

1 蟬噪林逾靜(선조림유정): 남조 양나라 왕적王籍의 「약야계에 들어
　가며」入若邪溪에 "매미소리가 시끄러우니 숲이 더욱 고요하고, 새가
　우니 산이 더욱 조용하다."蟬噪林逾靜, 鳥鳴山更幽.는 구절이 있다.

2 此箇(차개): 이것. 물속의 산 그림자를 가리킨다.

3 一瓢飮(일표음): 한 바가지의 물을 마시다. 공자가 안회의 청빈낙도
　를 칭송하며 한 말에서 나왔다. "어질구나, 안회여. 밥 한 그릇과
　물 한 바가지로 누추한 골목에 사는 것을 보통 사람들은 그 근심을
　견디지 못하지만 안회는 그 즐거움을 바꾸지 않는구나."賢哉, 回也!
　一簞食, 一瓢飮, 在陋巷, 人不堪其憂, 回也不改其樂. 『논어』「옹야」雍也 참
　조. 여기서는 부제와 호응해 한 바가지의 술을 마시다는 뜻으로 썼다.

4 箇中(개중): 그 중에서.

5 我眠(아면) 구: 내가 잠들면 그대는 돌아가오. 『송서』「도잠전」에
　나오는 도연명의 말을 이용하였다. "귀하거나 천하거나 가리지 않
　고 사람이 와 술이 있으면 곧 차렸다. 도연명이 먼저 취하면 곧 객
　에게 말하였다. '내가 취하여 자려고 하니 그대는 가도 좋소.'"貴賤造
　之者, 有酒輒設, 潛若先醉, 便語客: "我醉欲眠, 卿可去."

6 維摩(유마) 2구: 대승불법에 정통한 거사 유마힐維摩詰이 병들어 누
　워있으면서 널리 설법을 하였다. 석가모니가 문수사리를 보내 문병
　하게 했다. 당시 유마힐 거사의 방에는 천녀天女가 있었는데 유마힐
　의 설법을 듣고는 현신하면서 천화天花를 여러 보살과 대제자 위에

뿌렸다. 꽃은 여러 보살의 몸에 닿고서는 떨어졌지만 대제자에 이르러서는 몸에 붙어 떨어지지 않았다. 『유마힐소설경』維摩詰所說經 「관중생품」觀衆生品 권7 참조.

연석에서 손님과의 대화로부터 고요함과 시끄러움이 마음의 지경에 따른 것이란 깨달음을 노래했다. 상편은 물에 비친 산 그림자를 통하여 움직임과 멈춤의 이치를 말했다. 산은 멈춰있으나 물을 흔들면 물에 비친 산이 흔들린다. 이로부터 자신의 삶도 흔들려왔다고 깨닫는다. 하편은 손님이 표천 주위가 샘물 소리로 시끄러운데 어찌 고요한 지경에 드냐고 묻는 데서 유마힐과 천녀산화天女散花의 고사를 가지고 안빈낙도의 마음에 달린 문제라고 답한다. 즉 천녀의 산화에 대해 대제자들은 현상의 꽃에 마음이 가 있어 몸에 붙고 말지만, 보살들은 설법의 깊이를 깨달았기에 꽃에 마음이 가지 않는다. 마음의 고요를 통해 자연의 시끄러움을 와해시키는 이치이다. 이는 상편에서 말한 자신의 삶이 그러한 마음의 고요를 갖지 못해서 물속의 산 그림자처럼 흔들렸다는 깨달음과 연결된다. 구체적인 현실의 현상으로부터 대화를 통해 참선의 깨달음을 이끌어낸 작품이다. 1195년(56세) 초, 표천에 새 거처를 세웠을 때 지었다.

수룡음 水龍吟

— '사'些 자를 사용하여 표천을 다시 읊다. 이 노래로 손님의 주흥을
   돋우는데, 성조와 운률이 무척 조화롭고 듣기 좋아 손님들이 모두
   잔을 비웠다用些語再題瓢泉, 歌以飮客,[1] 聲韻甚諧, 客皆爲之醊[2]

샘물 소리 들으니 경요 옥이 부딪는 패옥 소리요
샘물은 맑디맑아 가을 터럭도 비추겠구나.
그대 표천 샘물이여, 이곳을 떠나지 마오
이곳을 떠나면 기름때 섞인 혼탁한 물이 되고
그 물은 쑥과 잡초만 자라게 하리라.
호랑이와 표범이 사람을 잡아먹고
목이 말라 너를 마실 것이니
차라니 원숭이가 마시는 건 괜찮다마는.
물줄기가 커져 강과 바다로 흘러들어
바다가 배를 풀잎처럼 뒤집어엎더라도
그대 표천 물은 미친 파도를
돕지 마오.

표천 길은 험하고 산은 높아
내 홀로 있으니 적적하고 무료하구나.
겨울에는 술을 거르고 봄에는 술동이에 담아야 하니
표천 물이여 돌아와 나를 위해
송료주松醪酒를 만들어 주오.

그밖에 향기로운

단룡차와 편봉차가 있으니

나를 위해 차를 끓여주오.

옛사람은 비록 죽고 없지만

아아, 나의 즐거움이여

대그릇의 밥과 표주박의 물을 즐기고저!

聽兮淸珮瓊瑤些. 明兮鏡秋毫些. 君無去此,³ 流昏漲膩,⁴ 生蓬
蒿些. 虎豹甘人, 渴而飮汝, 寧猿猱些. 大而流江海, 覆舟如芥, 君
無助, 狂濤些.

　路險兮山高些. 塊予獨處無聊些.⁵ 冬槽春盎,⁶ 歸來爲我, 製松
醪些.⁷ 其外芳芬,⁸ 團龍片鳳,⁹ 煮雲膏些.¹⁰ 古人兮旣往,¹¹ 嗟予之
樂, 樂簞瓢些.

注

1 歌以飮客(가이음객): 이 노래로 손님의 주흥을 돋우다.

2 用些語(용사어): '사些' 자를 쓰다. '사些' 자는 구의 말미에 붙는 어
조사로, 일반적으로 감탄의 어조를 나타낸다. 주로 『초사』 중의 「초
혼」招魂 등에서 초 지방의 방언으로 쓰인다. ○ 釂(조): 다 들이키다.

3 君(군): 그대. 너. 여기서는 표천을 가리킨다.

4 流昏漲膩(류혼창니): 물줄기가 어지럽고 기름때가 넘치다. 두목杜
牧의 「아방궁부」에 "위수에 기름때가 흘러넘치는 것은 연지 씻은
물을 버렸기 때문이다."渭流漲膩, 棄脂水也.는 말이 있다.

5 塊予獨處(괴여독처): 괴연독처塊然獨處. 홀로 고독하고 무료한 모양.

6 冬槽春盎(동조춘앙): 겨울 술주자와 봄 술동이. 일 년 내내 술을
빚는다는 뜻으로 쓰였다.

7 松醪(송료): 솔 씨로 빚은 술.

8 芳芬(방분): 향기. 여기서는 차 향기를 가리킨다.

9 團龍片鳳(단룡편봉): 단룡차와 편봉차. 두 가지 차 이름.

10 雲膏(운고): 차를 덖은 후의 약간 기름지고 덩어리진 모습을 가리킨다.

11 古人(고인) 3구: 단표지락簞瓢之樂으로 사는 안회의 안빈낙도를 가리킨다. 『논어』「옹야」雍也에 "어질구나, 안회여. 밥 한 그릇과 물 한 바가지로 누추한 골목에 사는 것을 보통 사람들은 그 근심을 견디지 못하지만 안회는 그 즐거움을 바꾸지 않는구나."賢哉, 回也! 一簞食, 一瓢飮, 在陋巷, 人不堪其憂, 回也不改其樂.는 말이 있다.

해설

　표천을 마주 보고 말하는 형식으로 표천에 대한 친화감을 노래하였다. 상편은 표천에게 바다로 나가지 말고 산중에 남아 있기를 권하였다. 하편은 이미 떠나버린 샘물에게 다시 돌아와 술이 되고 차가 될 것을 노래하였다. 여기에는 외부세계는 혼탁하고 험악하니 조용하고 깨끗한 산속에서 자신의 고결함을 지킨다는 주제를 나타내고 있다. 말미에서 안빈낙도한 고대의 현인을 따르겠다고 말하여 그 뜻을 명확히 했다. 부제를 보면 술자리에서의 여흥으로 지었고, 『초사』에 특징적인 '사'兮 자를 많이 써서 유현한 초사풍으로 만들면서 동시에 작자의 뜻도 선명하게 부각시켰다.

난릉왕蘭陵王
— 언덕 하나와 골짜기 하나를 읊다賦一丘一壑[1]

언덕 하나와 골짜기 하나
이 늙은이가 그 풍류를 차지했네.
띠풀 처마 위로
소나무에 달 떠 오르고 계수나무에 구름 걸리는데
쉼 없는 샘물은 산자락을 감돌아가네.
곰곰 생각해보니 이전에 그르쳤던 일들
새벽 원숭이와 밤 학의
애를 태우게 했지.
결국은 그렇게
등우鄧禹 같은 사람이
비단 무늬 현란한 황각黃閣에 앉더라.

길게 노래하며 술을 가득 부어 자작하네.
바라보면 드넓은 하늘에 소리개 날고
고요한 연못에 물고기가 뛰어오르고
서풍 속 노란 국화가 향기를 뿜는구나.
해 저물어 구름이 모이는 걸 탄식하니
가인佳人은 어디에서
난초를 엮어 차고 두약을 허리에 두르고 있나.
일찍이 강호에 은거하기로 약속했었지.

어진 임금을 만나 뜻이 맞는 건
이루기 어려운 일.
공자처럼 경쇠를 치지 말라
문 앞에 삼태기 진 사람이 지나가니까
갓끈이 떨어지도록 앙천대소해야 하리.
궁달에 대해 말하려고 하니
의심할 필요 없으리.
"예부터 현자는
나아가도 즐거워하고
물러나도 즐거워했다네."

一丘壑,² 老子風流占却. 茅簷上, 松月桂雲, 脈脈石泉逗山脚. 尋
思前事錯, 惱殺, 晨猿夜鶴.³ 終須是, 鄧禹輩人,⁴ 錦繡麻霞坐黃閣.⁵

　長歌自深酌. 看天闊鳶飛,⁶ 淵靜魚躍, 西風黃菊香噴薄. 悵日暮
雲合,⁷ 佳人何處, 紉蘭結佩帶杜若.⁸ 入江海曾約.

　遇合. 事難託. 莫擊磬門前,⁹ 荷蕢人過, 仰天大笑冠簪落.¹⁰ 待
說窮與達, 不須疑着. 古來賢者,¹¹ 進亦樂, 退亦樂.

注

1　一丘一壑(일구일학): 언덕 하나와 골짜기 하나. 은거하기 좋는 곳
　을 가리킨다. 반고班固의 『한서』「서전」敍傳에 "골짜기 하나에서 낚
　시하니 만물이 그 뜻을 막지 않고, 언덕 하나에서 깃들어 사니 천하
　가 그 즐거움을 바꾸지 못한다."漁釣於一壑, 則萬物不奸其志; 棲遲於一
　丘, 則天下不易其樂. 는 말에서 나왔다.

2　一丘壑(일구학): 일구일학一丘一壑. 일산일수一山一水. 이 구는 『진

서』「사곤전」謝鯤傳에 다음 말을 참고했다. "예제禮制로 조정을 정돈하여 백관의 모범이 되는 것은 소신이 유량庾亮보다 못하지만, 산림에 뜻을 맡기는 것은 제 생각엔 제가 그보다 뛰어납니다."端委廟堂, 使百僚準則, 則臣不如亮; 一丘一壑, 自謂過之.

3 晨猿夜鶴(신원야학): 새벽 원숭이와 밤의 학. 공치규의 「북산이문」北山移文에 "혜초 휘장이 비자 밤 학이 원망하고, 산에 은거하는 사람이 떠나자 새벽 원숭이가 놀란다."蕙帳空兮夜鶴怨, 山人去兮曉猿驚. 는 뜻을 사용하였다.

4 鄧禹(등우): 동한의 명신. 자는 중화仲華이고 신야新野 사람이다. 광무제 유수劉秀를 도와 24세 때 대사도大司徒가 되었다. 『후한서』「등우전」 참조.

5 赮霞(마하): 색이 현란한 모양. ○ 黃閣(황각): 승상이 근무하는 관청. 한대漢代에 승상과 삼공이 정무를 보는 관청을 황색으로 칠하였기에 황각이라 하였다.

6 看天闊(간천활) 2구: 마음의 자유로움을 형상화하였다. 『시경』「한록」旱麓에 "매가 하늘 높이 날고, 물고기가 연못에 뛰어오른다."鳶飛戾天, 魚躍於淵. 는 말이 있다.

7 悵日暮(창일모) 2구: 강엄江淹의 「휴 상인의 '이별의 원망'을 본떠 짓다」擬休上人怨別에 나오는 "해 저물어 푸른 구름 모이는데, 가인은 아직도 오지 않는구나."日暮碧雲合, 佳人殊未來. 는 구절을 환기한다.

8 紉蘭結佩(인란결패): 난초를 엮어 허리에 차다. 굴원의 「이소」에 "가을 난초를 엮어 허리에 둘렀네"紉秋蘭以爲佩라는 구절이 있다. ○ 杜若(두약): 향초 이름. 『구가』「상군」湘君에 "아름다운 모래섬에서 두약을 따서"采芳洲兮杜若란 말이 있다.

9 莫擊(막격) 2구: 공자가 위나라에서 경쇠를 치며 남이 알아주기를 바라던 일을 본받지 말라. 『논어』「헌문」憲問의 뜻을 가져왔다. "공

자가 위나라에서 경쇠를 치고 있으니, 삼태기를 메고 공자 집 앞을
지나가는 사람이 말하였다. '천하를 마음에 두었구나! 경쇠를 치는
소리여!' 조금 후 다시 말하였다. '비루하구나! 소리가 퍼지지 않는
구나! 세상이 나를 알아주지 않는다면 자신이 그만 둘 따름이라. 물
이 깊으면 옷을 벗고 건너고, 물이 얕으면 옷을 걷고 건너야 하리라.'
공자가 말했다. '과연 그러하구나. 이렇게 하면 어려움이 없겠구나.'"

子擊磬於衛, 有荷蕢而過孔氏之門者, 曰: "有心哉, 擊磬乎!" 旣而曰: "鄙哉, 硜
硜乎! 莫己知也, 斯己而已矣. 深則厲, 淺則揭." 子曰:"果哉! 末之難矣."

10 仰天(앙천) 구: 전국시대 제나라의 순우곤淳于髡이 하늘을 보고 크
게 웃자 갓끈이 떨어졌다는 고사를 사용하였다. 『사기』「골계열전」
참조. 여기서는 자연 속에서 자유롭게 지낸다는 뜻이다.

11 古來(고래) 3구:『장자』「양왕」讓王에 "고대의 득도한 사람은 길이
막혀도 즐거워하고 길이 통해도 즐거워하였으니, 즐거워한 바는 길
의 막힘과 통함이 아니었다."古之得道者, 窮亦樂, 通亦樂, 所樂非窮通也.
는 말을 이용하였다.

해설

은거하는 즐거움을 노래했다. 상편은 산천에 사는 즐거움을 말하면
서 이전의 출사가 옳지 않았고 공명은 등우와 같은 사람이 누리는 것
임을 말하였다. 중편은 새와 물고기의 자유로움으로부터 심령의 자유
로움을 느끼고 지음인 '가인'을 기다리는 심정을 나타냈다. 하편은 공
업의 뜻을 이루지 못한 채 은거하고 있어도 알려지기를 바라지 않으며
궁달을 마음에 두지 않고 전원 속에서 즐거이 소요하겠다는 뜻을 나타
내었다. 전편에 걸쳐 정치에 대한 불만과 재능이 있어도 쓰이지 않는
세태에 대한 분노가 깔려 있다. 1195년(56세) 가을에 지었다.

복산자卜算子

─술을 마실 뿐 글씨를 쓰지 않다飲酒不寫書

한번 술 마시면 며칠 밤 계속하고
한번 취하면 사흘을 가곤 하지.
추우나 더우나 쓰던 글을 온통 작폐했으니
부귀를 어떻게 얻을 수 있겠는가!

무덤 속 사람을 보게나
무덤이 마치 그때 모아둔 붓과 같구나.
만 통의 서찰이 다만 저렇게 끝났으니
잠시 술이나 마셔야 하리.

一飮動連宵, 一醉長三日. 廢盡寒溫不寫書, 富貴何由得!¹
請看塚中人,² 塚似當年筆. 萬札千書只恁休, 且進杯中物.³

注

1 富貴(부귀) 구: 두보의 「백 학사 띠풀 집에 쓰다」題由柏得學士茅屋에
  나오는 "부귀는 반드시 애쓰고 근면해야 얻을 수 있으니, 남아는
  모름지기 다섯 수레의 책을 읽어야 하리."富貴必從勤苦得, 男兒須讀五
  車書.라는 뜻을 환기한다.
2 請看(청간) 2구: 당대 서예가 회소懷素의 일화를 환기한다. "장사의
  승려 회소는 초서 쓰기를 좋아했는데, 스스로 다음과 같이 말했다.

초서 삼매경을 얻느라 버린 붓이 쌓였고 이를 산 아래 묻었는데 사람들이 '필총'이라 하였다."長沙僧懷素好草書, 自言得草聖三昧, 棄筆堆積, 埋於山下, 號曰'筆塚'. 이조李肇 『국사보』國史補 참조.

3 杯中物(배중물): 술잔 속의 물건. 곧 술을 가리킨다. 도연명의 「아이를 꾸짖으며」責子에 "천운이 이와 같으니, 잔 속의 것을 마실 수밖에."天運苟如此, 且進杯中物.란 말이 있다.

힘들여 글씨 쓰기보다 술 마시기가 더 낫다는 뜻을 나타내었다. 상편은 질문에 해당하고 하편은 그에 대한 대답에 해당한다. 상편에서 두보의 시구를 끌어와 서예를 부지런히 힘써야 부자가 될 수 있는데 왜 술로 작폐하느냐고 묻는다. 하편에서 회소의 예를 끌어와 그렇게 노력했어도 무덤에 들어갔으니 무슨 소용이 있느냐고 반문한다. 물론 주제는 표면적인 의미와 달리 평생에 걸쳐 각고로 노력해도 보상받지 못하는 현실을 비판하는데 있다. 1195년에 지었다.

복산자 卜算子
─술을 마시면 병이 나는가 飮酒成病

한 사람은 신선술을 배우고
한 사람은 불법을 배웠다네.
신선은 천 잔을 마셔 고주망태가 되어도
피부와 근육은 쇠와 돌처럼 단단하다네.

술 마시지 않으면 곧 건강하여
부처의 수명은 천백 세가 되어야 할 터.
여든 남짓에 열반에 들었으니
역시 술을 마셔야 하리.

一箇去學仙, 一箇去學佛. 仙飮千杯醉似泥,[1] 皮骨如金石.
不飮便康强, 佛壽須千百. 八十餘年入涅盤,[2] 且進杯中物.

注

1 醉似泥(취사니): 떡이 되도록 취하다. 이백의 「양양가」襄陽歌에 "옆
사람이 무슨 일로 웃는가 물으니, 고주망태 산공山公이 우스워 죽겠
단다."傍人借問笑何事? 笑殺山翁醉似泥.라는 구절이 있다.

2 八十(팔십) 구: 석가모니는 나이 여든에 죽었다고 한다. ○ 涅盤(열
반): 원적圓寂이라고도 함. 육도六道 윤회를 영원히 떠나 불생불멸
의 문으로 들어감.

　술과 건강의 관계를 논했다. 상편은 신선의 경우 술을 항상 마셔도 장수하고 건강하니 술이 결코 나쁘지 않다고 하였다. 하편은 부처의 경우 술을 안 마시니 응당 장수하여야 할 것임에도 여든 남짓밖에 살지 못했다. 그러므로 술이 건강을 해친다는 말은 믿을 수 없다. 신기질은 「임강선」에서 "병이 많아 요즈음 술을 모두 끊으니, 새로 빚은 술을 담은 술주자는 텅 비었구나."多病近來渾止酒, 小槽空壓新醅.라고 한 적도 있기 때문에 이 문제에 대해 생각해보고 이처럼 해학적인 답안을 내놓았다.

복산자卜算子
— 술은 덕을 해치는가飮酒敗德

가령 도척盜跖을 공구孔丘라 이름 지어 부르고
공구를 반대로 도척이라 이름 지어 불렀다면
지금까지 도척은 성인이고 공구는 어리석은 자가 될 것이니
미추와 선악은 진실이 없을 것이다.

역사책엔 허명만이 전하고
개미는 썩은 뼈를 파먹었네.
천년 광음은 삽시간이니
역시 잔 속의 술을 마셔야 하리.

盜跖倘名丘,¹ 孔子還名跖, 跖聖丘愚直至今, 美惡無眞實.
簡策寫虛名,² 螻蟻侵枯骨. 千古光陰一霎時, 且進杯中物.

注

1 盜跖(도척): 이름은 전웅展雄. 또는 유하척柳下跖, 유전웅柳展雄이라
　 고도 한다. 춘추 말기 노나라의 대도大盜. 일설에 현능하기로 유명
　 한 유하혜의 동생으로 알려졌다. ○ 丘(구): 공구孔丘. 공자.
2 簡策(간책): 죽간을 연결하여 만든 책. 서적. 여기서는 역사서.

　사회와 역사의 실상을 역설적으로 통찰한 설리사說理詞이다. 상편은 도척과 공자의 이름이 바뀌어졌다고 가정하였을 때 이름과 실제, 즉 명실名實 관계는 서로 어긋남을 밝혔다. 하편에서는 설사 명실 관계가 일치한다고 할지라도 사람들은 모두 해골로 변했으니 역사서에 실린 건 허명일 따름이며, 이러한 죽은 후의 이름보다 지금의 술 한 잔이 낫다고 말하였다. 이름보다 실제가 중요하며, 도덕 세우기보다 술 마시기가 중요함을 강조하였다.

수룡음水龍吟

─이연년의 노래와 순우곤의 말을 좋아하였기에 이를 합쳐 사를 지었
으니, 「고당부」, 「신녀부」, 「낙신부」의 뜻이 되기를 바라다愛李延年
歌, 淳于髡語, 合爲詞, 庶幾高唐、神女、洛神賦之意云[1]

예전에 가인이 있었으니
산뜻한 모습 세상에 다시 없이 오로지 한 사람뿐.
한번 돌아보면 성이 무너지는 건 말할 것도 없고
두번 돌아보면 나라가 무너졌지.
어찌 모르랴만
성이 무너지고 나라가 무너지는지
그래도 이런 미인은 얻기 어려워.
그대 보소서, 아침에는 구름이 되고 저녁에는 비가 되어
아침마다 저녁마다
양대陽臺의 아래
양왕襄王의 곁에 있음을.

대청엔 밤 깊어 촛불도 꺼지고
여주인이 손님을 보내고 순우곤만 남겼지.
가까이 앉아 함께 술 마시고
비단 저고리 옷깃을 풀어헤치니
향기도 은은하게 났지.
이때를 당해서

예의에 머물고
미색을 탐하지 않는다네.
그녀는 다만 흐느끼며 울고 있어
흐느끼며 울고 있어도
어찌할 길 없다네.

昔時曾有佳人,[2] 翩然絶世而獨立. 未論一顧傾城, 再顧又傾人
國. 寧不知其, 傾城傾國, 佳人難得. 看行雲行雨,[3] 朝朝暮暮, 陽臺
下, 襄王側.

堂上更闌燭滅,[4] 記主人留髠送客. 合尊促坐, 羅襦襟解, 微聞薌
澤. 當此之時, 止乎禮義,[5] 不淫其色. 但啜其泣矣,[6] 啜其泣矣, 又
何嗟及.

注

1 李延年歌(이연년가): 서한 이연년李延年이 한 무제에게 자신의 여
동생을 추천하며 부른 「노래」歌. "북방에 사는 가인은, 세상에 다
시 없는 오로지 한 사람뿐. 한번 돌아보면 성이 무너지고, 두번
돌아보면 나라가 무너진다. 성이 무너지고 나라가 무너질지 어찌
모르랴만, 그래도 이런 미인은 다시 얻기 어렵다네."北方有佳人, 絶
世而獨立. 一顧傾人城, 再顧傾人國. 寧不知傾城與傾國, 佳人難再得. ○ 淳于
髠語(순우곤어): 제 위왕齊威王이 궁중에 술을 차리고 순우곤에게
얼마나 마실 수 있느냐고 묻자 한 말을 마셔도 취하고 한 섬을
마셔도 취한다며 다음과 같이 말했다. "만약 고향 마을의 모임에서
남녀가 섞여 앉아 술잔을 돌리고 육박이나 투호를 한다면 8말에
두세 번 취합니다. 해 저물고 술자리가 무르익어 술잔이 뒤섞이고,
좁게 앉아 남녀가 동석하고, 신발이 섞이고 술잔과 접시가 낭자하

고, 당상의 촛불도 꺼지고, 주인이 손님들을 보내고 순우곤만 남겨 둘 땐 비단 저고리 옷깃을 풀어헤치고 향기도 은은하게 나는데 그러면 이때에는 순우곤의 마음이 가장 즐거워져 한 섬도 마실 수 있습니다."『사기』「골계열전」 참조. ○ 高唐(고당): 전국시대 송옥이 지은 「고당부」로, 초 회왕이 무산의 선녀와 운우지정을 맺은 내용이다. ○ 神女(신녀): 송옥이 지은 「신녀부」를 가리킨다. ○ 洛神賦(낙신부): 삼국시대 조식曹植이 지은 부로, 조식이 낙수의 여신과 만난 일을 묘사했다.

2 昔時(석시) 7구: 이연년의 「노래」歌를 요약하였다.

3 看行雲(간행운) 4구: 「고당부」의 뜻을 가리킨다. 초 양왕襄王이 송옥과 함께 운몽대에 놀러갔을 때 송옥이 말하기를 선왕先王(즉 초회왕)께서 이곳에 놀러오셨을 때 꿈에 선녀를 만났는데, 그녀가 자신의 베개와 자리를 회왕에게 드리자 왕이 기뻐하며 승은을 내렸고, 떠날 때 그녀는 자신이 "아침에는 구름이 되고 저녁에는 비가 됩니다. 아침마다 저녁마다 양대의 아래에 있습니다."旦爲朝雲, 暮爲行雨. 朝朝暮暮, 陽臺之下.고 하면서 찾아오길 바랐다.

4 堂上(당상) 5구: 순우곤의 말을 요약하였다.

5 止乎(지호) 2구: 『모시』毛詩「대서」大序에 나오는 내용이다. "그러므로 변풍은 감정에서 발로하여 예의에서 머물렀다. 감정에서 발로한 것은 백성의 본성이요, 예의에서 머문 것은 선왕의 은택이다."故變風, 發乎情, 止乎禮義, 發乎情, 民之性也, 止乎禮義, 先王之澤也.

6 但啜(단철) 3구: 『시경』「중곡유퇴」中谷有蓷에 "생이별한 여인이 있어, 흐느끼며 울고 있네. 흐느끼며 울고 있지만, 어찌 할 길 없네."有女仳離, 嘅其泣矣. 嘅其泣矣, 何嗟及矣.란 구절을 이용하였다.

　　절대가인의 유혹에도 예의로 자신을 지키는 남자를 형상화하였다. 상편은 이연년의 「노래」와 송옥의 「고당부」의 시구를 이용하여 절대가인이 미모로 유혹하는 상황을 그렸다. 하편은 순우곤의 말과 『시경』의 구절로, 남자가 술과 여인의 유혹 앞에서 예의로 자신을 지키는 장면을 그렸다. 결국 남녀 사이의 애정은 선을 넘지 않았다. 기존의 여러 가지 시구와 말을 거의 그대로 모아 한 편의 이야기를 만들어내었다.

보살만菩薩蠻

담황색 궁중 풍의 신발이 작고
허리는 바람 불면 쓰러질 듯해라.
갑자기 빠른 음악이 재촉하자
날리는 한 뭉치 붉은 눈발.

곡이 끝나니 교태어린 목소리가 호소하는 듯
분명 이원梨園의 명단에 있었던 듯하구나.
머지않아 신곡新曲을 익혀
주인을 따라 도성에 들어가리라.

淡黃弓樣鞋兒小, 腰肢只怕風吹倒. 驀地管絃催, 一團紅雪飛.
曲終嬌欲訴,¹ 定憶梨園譜.² 指日按新聲.³ 主人朝玉京.⁴

注

1 嬌(교): 소리가 사랑스럽고 듣기 좋음. 또는 색이 선명하여 보기
좋음.
2 梨園(이원): 당 현종 때 궁정에서 음악을 관장하던 기관. 714년에
봉래궁에 교방을 설치하여 현종이 스스로 음악을 가르쳤기에 이원
제자梨園弟子라 하였다. 『옹록』雍錄과 『교방기』敎坊記 참조.
3 按新聲(안신성): 새로 지은 악곡을 연주하다.
4 玉京(옥경): 신선들이 사는 곳. 또는 도성을 가리킨다.

　춤과 노래에 뛰어난 기녀를 그렸다. 상편은 그녀의 차림과 몸매, 그리고 춤추는 모습을 형상화하였다. 그녀의 춤을 "날리는 한 뭉치 붉은 눈발"—團紅雪飛이라고 그린 것이 신선하다. 하편은 뛰어난 노래 솜씨를 그리면서 그녀의 전도가 유망하기를 격려하였다.

보살만菩薩蠻

―주국보 시녀에게贈周國輔侍人[1]

화려한 누대 그림자 맑은 계곡물에 비치는데
노랫소리 구름까지 울려퍼지네.
주렴 밖에는 제비가 쌍쌍이 날고
창문에 푸른 버들이 낮게 드리워졌네.

곡 중에 일부러 음을 틀리게 해서
주랑周郎이 돌아보는지 시험하는구나.
손님은 도취하여 정신이 아득한데
봄바람 속에 대교와 소교로구나.

畵樓影蘸淸溪水,[2] 歌聲響徹行雲裏.[3] 簾幕燕雙雙, 綠楊低映窓.
曲中特地誤,[4] 要試周郎顧. 醉裏客魂消, 春風大小喬.[5]

注

1 周國輔(주국보): 미상. ○ 侍人(시인): 시녀.
2 蘸(잠): 담그다.
3 歌聲(가성) 구: 노랫소리가 구름을 뚫다. "설담薛譚이 진청秦靑에게
　 노래를 배울 때, 진청의 기예를 다 익히지 못했으면서도 설담이 스
　 스로 다 알았다고 생각하고는 마침내 돌아가려 했다. 진청은 붙잡
　 지 않고 교외의 길가에서 전별하며 박자에 맞추어 노래를 불렀다.

노랫소리는 숲과 나무를 흔들었고, 그 울림에 흘러가는 구름이 멈추었다."薛譚學謳於秦青, 未窮青之技, 自謂盡之, 遂辭歸. 秦青弗止, 餞於郊衢, 撫節悲歌, 聲振林木, 響遏行雲. 譚乃謝求反,終身不敢言歸. 『열자』「탕문」湯問 참조.

4 曲中(곡중) 2구: 주랑고곡周郎顧曲의 전고를 가리킨다. "주유는 젊었을 때 음악에 정통하였는데 비록 술을 세 잔 마신 후라 하더라도 음률에 잘못이 있으면 반드시 알아냈고, 알면 반드시 돌아보았다. 그리하여 당시 사람들 속담에 '곡이 잘못 연주되면 주유가 돌아본다'는 말이 있었다."瑜少精意於音樂, 雖三爵之後, 其有闕誤, 瑜必知之, 知之必顧. 故時人謠曰: "曲有誤, 周郎顧." 『삼국지』 중의 『오서』吳書「주유전」周瑜傳 참조. 여기서는 주국보를 주유에 비유하였다.

5 大小喬(대소교): 대교와 소교. 삼국시대 동오의 최고 미녀 자매로, 대교는 손책에 시집가고, 소교는 주유에게 시집갔다. 『삼국지』 중의 『오서』吳書「주유전」周瑜傳 참조.

해설

주국보의 시녀를 예찬하였다. 대교와 소교라 되어 있는 것으로 보아, 시녀는 두 사람인 것으로 보인다. 상편은 그녀의 뛰어난 노래 솜씨를 그렸다. 계곡 옆 누대에서 부르는 노래는 구름에 이를 정도로 맑으며, 봄이 온 누대도 고상하고 한아하다. 하편은 그녀의 지혜와 미모를 그렸다. 주유周瑜의 전고를 빌려와 일부러 음을 틀리게 부름으로써 주인의 주의를 끌었으며, 말미에서 그녀에 대한 경모를 표현하였다.

자고천鷓鴣天

— 예장으로 돌아가는 원제지를 보내며送元濟之歸豫章[1]

비스듬히 베개에 기댄 그대 두 살쩍엔 서리 내려
일어나 강물에 떨어지는 낙숫물 소리 듣는다.
그곳에선 옥 젓가락 같은 눈물이 화장을 지우는데
여기서는 이별의 애간장에 수레바퀴 지나가는 듯.

친구들과 술 마시며 시를 짓고
강과 구름 사이의 마을을 유람하며
취한 채 붓을 휘둘러 그리니
그림은 마치 집으로 돌아간 꿈인 듯
천 리 먼 고향집이 한 치 화폭 속에 있구나.

欹枕婆娑兩鬢霜,[2] 起聽簷溜碎喧江.[3] 那邊玉筋銷啼粉,[4] 這裏車輪轉別腸.[5]

詩酒社, 水雲鄕,[6] 可堪醉墨幾淋浪.[7] 畫圖恰似歸家夢, 千里河山寸許長.

注

1 元濟之(원제지): 미상. ○ 豫章(예장): 지금의 강서성 남창시.

2 欹枕(의침): 베개를 비스듬히 베다. ○ 婆娑(파사): 가지 또는 나뭇
  잎이 산만한 모양. 눈물이 떨어지는 모양. 여기서는 노쇠한 모양.

3 簷溜(첨류): 처마에서 떨어지는 낙숫물.

4 玉筯(옥저): 옥 젓가락. 여인의 눈물을 비유한다. 『백공육첩』白孔六
帖 권64에 "견후의 얼굴이 희었는데, 눈물이 두 줄기 흐르면 옥 젓
가락 같다."甄后面白, 漏雙垂, 如玉筯.는 기록이 있다.

5 車輪轉別腸(차륜전별장): 수레바퀴가 이별의 창자 속을 돌아간다.
지극한 슬픔을 형용한다. 고대에는 지극히 슬플 때 애(창자)가 타거
나 끊어진다고 표현하였다.

6 水雲鄕(수운향): 강과 구름이 많은 고장. 일반적으로 은자가 살거
나 유람하는 곳을 가리킨다.

7 淋浪(임랑): 어지러운 모양. 취한 모양. 물이 줄줄 흐르는 모양. 여
기서는 마음껏 먹을 뿌려 그림을 그리는 모양.

해설

예장으로 돌아가는 원제지를 보내며 쓴 송별사이다. 상편은 원제지
의 늙은 모습과 고향에 대한 그리움을 표현했다. 하편은 원제지의 생
활과 귀향에 대한 간절함을 그림을 빌려 나타내었다. 전적으로 원제지
의 귀향에 대한 절실함에 초점을 맞춘 작품으로, 일반적인 송별사가
작자가 아쉬움을 쓰는 형식과 다른 구성을 취하였다.

강신자江神子

— 예장으로 돌아가는 원제지를 보내며送元濟之歸豫章

어지러운 구름 나부끼고 물소리 졸졸 흐르는데
흐르는 물과 산을 보며 웃나니
한가한 적 언제였던가?
더구나 이곳이 도원桃源임을 깨달으니
사람이 여기를 떠나면 선계에서 떨어져 범인이 되는구나.
누대 밖 만학천봉에 눈이 내려
나무는 경옥나무가 되고
난간은 옥난간이 되는구나.

오랜 관리 생활에 싫증나 돌아가니 밥 잘 챙겨 드시게.
차가운 작은 배
그림 속을 지나가리.
듣자하니 아리따운 처첩들이
머리 쪽을 쥐고 그대가 봐주기를 기다린다지.
이월의 동호東湖 호숫가 길
버들 어리고
들매화 떨어지리.

亂雲擾擾水潺潺, 笑溪山, 幾時閑? 更覺桃源,¹ 人去隔仙凡. 萬鑿千巖樓外雪, 瓊作樹, 玉爲欄.

倦遊回首且加餐.² 短篷寒,³ 畵圖間. 見說嬌鬟, 擁髻待君看.⁴ 二月東湖湖上路,⁵ 官柳嫩,⁶ 野梅殘.

注

1 [원주] "도원은 왕씨의 술청으로 원제지와 헤어진 곳이다."桃源乃王 氏酒壚, 與濟之作別處.

2 倦遊(권유): 놀이에 싫증나다. 관리 생활에 싫증나다. ○ 加餐(가 찬): 밥을 더 먹다. 밥을 잘 챙겨 먹고 몸 건강히 지내라는 격려의 말. '고시십구수' 중의 「걷고 걸어 또 쉬지 않고 걸어가니」行行重行行 에 "두만 두어요, 이제 더 말하지 않을래요, 힘써 밥 챙겨 드시길 바래요."棄捐勿復道, 努力加餐飯.라는 말이 있다.

3 短篷(단봉): 낮은 오봉선烏篷船. 작은 배를 가리킨다.

4 擁髻(옹계): 상투를 받들다. 쪽을 쥐다.

5 東湖(동호): 남창南昌의 동남에 있는 호수.

6 官柳(관류): 관아에서 심은 버들. 두보의 「서쪽 교외」西郊에 "시장 의 다리에 버들가지 가늘고, 강가의 길에 들매화 향기롭다."市橋官 柳細, 江路野梅香.는 구절이 있다.

해설

원제지를 보내며 지은 송별사이다. 바로 앞의 사가 원제지의 입장 에서 고향에 대한 절실한 마음을 주로 그렸다면, 이 작품은 전통적인 작법에 따라 이별의 장소에서 헤어지는 아쉬움과 떠난 후의 여로를 그려 상대에 대한 정을 나타내는데 충실했다. 상편은 헤어지는 장소와 시기를 그리고, 하편은 송별의 정을 나타냈다.

자고천鷓鴣天
— 오중으로 들어가는 구양국서를 보내며送歐陽國瑞入吳中[1]

날씨 흐리다고 말 타기를 늦추지 마오
봄 되어 흐리지 않는 날이 없으니.
사람의 정이 변하는 건 한가한 때 볼 수 있고
나그네길 험난함은 피곤한 후 알 수 있지.

매화는 눈과 같고
버들가지는 실과 같아.
송별의 말을 듣고 그리움을 위로하게.
작은 배에서 밥 지어 농어를 익혀 먹을 때
송강에서 반드시 시 지어 보내주오.

莫避春陰上馬遲, 春來未有不陰時. 人情展轉閑中看, 客路崎嶇
倦後知.

梅似雪, 柳如絲. 試聽別語慰相思. 短篷炊飯鱸魚熟,[2] 除却松江
枉費詩.[3]

注

1 歐陽國瑞(구양국서): 강서 연산鉛山 사람. 주희는 그를 "기량과 식
  견이 활달하고 시원스러우며, 논리의 전개가 무척 높은 수준이다."
  器識開爽, 陳義甚高.고 평하였다.

2 短篷(단봉) 2구: 서진 장한張翰이 농어회와 순채국 때문에 벼슬을
버리고 동오로 간 일을 이용하였다. 또 장한의 「추풍가」秋風歌에
"가을바람 일어나고 경치 좋은 때, 오강의 강물에 농어가 살찐다."
秋風起兮佳景時, 吳江水兮鱸魚肥.는 구절이 있다.

3 除却(제각) 구: 송강이 아니라면 헛되이 시 지을 필요 없다. 즉 송
강에서는 반드시 시를 지어야 한다는 뜻. ○ 松江(송강): 오송강吳淞
江. 고대에는 입택笠澤이라 칭했다. 소주蘇州의 태호太湖에서 발원
하며, 농어가 많이 나며 맛있기로 유명하다.

해설

오중으로 유람 가는 구양국서를 보내며 지었다. 상편은 헤어질 때
의 관심을 썼다. 첫 구 "날씨 흐리다고 말 타기를 늦추지 마오"莫避春陰
上馬遲는 마치 빨리 떠나라고 재촉하는 것 같으나, 사실은 구양국서의
헤어지길 싫어하는 아쉬운 마음과 예상할 수 없는 세상의 험난함에
대한 걱정을 나타낸다고 할 수 있다. 때문에 이어서 '사람의 정'人情과
'나그네길'客路에서의 도리를 잠언식으로 나타냈다. 하편은 헤어진 후
구양국서의 여로를 상상하며 자신의 관심을 나타냈다.

행향자 行香子

돌아가리라

행락은 지체하지 말아야 하리.

운명은 하늘에 달려 있다는데 부귀는 언제 오랴.

인생 백년에

칠십은 예로부터 드물다 하니.

어찌하랴, 한때의 시름

한때의 병

한때의 쇠약함이 있는 것을.

이름과 이익을 위해 바쁘게 뛰어다니고

영욕榮辱으로 놀라고 의심했던 일

예전에는 모두 얼마간 있었지.

지금은 늙었으니

세상사의 이치를 간파했다네.

차라리 한가함만 못하고

취하느니만 못하고

어리석음만 못하네.

歸去來兮,¹ 行樂休遲. 命由天富貴何時.² 百年光景, 七十者稀.³
奈一番愁, 一番病, 一番衰.

名利奔馳, 寵辱驚疑,⁴ 舊家時都有些兒.⁵ 而今老矣, 識破關機:

算不如閑, 不如醉, 不如癡.

1 歸去來兮(귀거래혜): 돌아가자. 도연명의 「귀거래사」歸去來辭의 첫
   구이다.

2 命由天(명유천): 운명은 하늘에 있으니 부귀는 언제 오는가? 『논어』
   「안연」顔淵에 "죽고 사는 일은 타고난 운명이며, 부귀는 하늘에 달
   려 있다."死生有命, 富貴在天.는 말이 있다. 서한 양운楊惲의 「손회종
   에게 알리는 편지」報孫會宗書에 "인생은 즐겁게 살 따름이니, 어느
   때 부귀가 오기를 기다리랴?"人生行樂耳, 須富貴何時?라고 하였다.

3 七十者稀(칠십자희): 칠십 세까지 사는 사람은 드물다. 두보의 「곡
   강」曲江에 "인생에 칠십 세는 예부터 드물어라"人生七十古來稀.라는
   말이 있다.

4 寵辱驚疑(총욕경의): 총애와 욕됨은 놀람과 의혹을 가져온다.
   『노자』 제13장의 말을 이용하였다. "어찌하여 총애를 받고 욕을 먹
   으면 놀란다고 하는가? 총애를 받으면 올라가고 욕을 먹으면 내려
   간다. 얻어도 놀라고 잃어도 놀라니 총애를 받고 욕을 먹으면 놀란
   다고 했다."何謂寵辱若驚? 寵爲上, 辱爲下. 得之若驚, 失之若驚, 是謂寵辱
   若驚.

5 舊家(구가): 예전. 전부터.

　부귀와 영달, 은거와 행락에 대해 사유하였다. 상편은 때를 놓치지
말고 즐기며 살라는 '급시행락'及時行樂의 사상을 제시하였다. 하편은
부귀영달이 놀람과 의혹만 가져오는 것으로 보고 한가롭고 어리석은
정신으로 돌아갈 것을 결심하였다.

완계사浣溪沙

—성 상인을 두고 떠나며, 더불어 성 선사를 보내며別成上人, 倂送性禪師[1]

매실이 안 익었을 때 몇 번이나 찾아왔던가
복사꽃 핀 후에는 더 이상 의심할 필요 없으리.
소나무와 대나무 우거진 곳 다시 와 거니네.

새소리 즐겨 들으니 응당 악보에 넣을 만하고
물고기 떼 지어 노니는 걸 실컷 보니 잡념을 물리칠 수 있네
비 머금은 저녁 구름이 돌아오라 부르네.

梅子生時到幾回,[2] 桃花開後不須猜.[3] 重來松竹意徘徊.

慣聽禽聲應可譜, 飽觀魚陣已能排. 晚雲挾雨喚歸來.

注

1 成上人(성산인): 성이 성씨成氏인 스님. 미상. ○ 性禪師(성선사):
법호가 성性인 선사. 미상.

2 梅子(매자) 구: 중당 시기 법상 선사法常禪師가 마조 선사馬祖禪師를
뵈었을 때 "마음이 곧 부처다"即心是佛는 말을 듣고 깨달음을 얻어,
사명四明 매자진梅子眞에 들어가 살았다. 마조 선사가 이를 듣고 제
자 염관제안鹽官齊安을 보내 요즈음 스승은 불법이 바뀌어 "마음도
아니고 부처도 아니다"非心非佛로 가르친다고 말하였다. 법상 선사
는 여전히 "마음이 곧 부처다"即心是佛를 믿는다고 말했다. 염관제

안이 돌아와 보고하니 마조 선사가 "매실이 익었구나"梅子熟也라고 말하였다. 마조 선사의 제자 방 거사龐居士가 확인해보기 위해 법상 선사를 찾아가 물었다. "사람들이 대매산大梅山을 우러러 왔는데 매실이 익었는지 모르겠군요." 법상 선사가 "익었습니다. 어떤 곳을 두고 하는 말인가요?"라 반문하였다. 이에 방 거사가 "산산이 깨져버렸소."라고 말하였다. 법상 선사가 손을 내밀며 "매실 씨는 돌려주시오."라고 말하자 방 거사가 할 말이 없었다. 『오등회원』五燈會元 권3 참조.

3 桃花(도화) 구: 당말 오대 때 영운지근靈雲志勤 선사가 복사꽃을 보고 깨달음을 얻었다는 전고를 가리킨다. 복주福州의 영운지근이 처음에 위산潙山에서 복사꽃으로 인해 깨달음을 얻은 후 다음과 같은 게를 읊었다. "삼십 년 동안 보검 찾던 나그네, 몇 번이나 낙엽 지고 가지 돋았나. 복사꽃을 한 번 본 뒤로는, 지금까지 다시는 의심하지 않았다."三十年來尋劍客, 幾回落葉又抽枝. 自從一見桃花後, 直至如今更不疑. 『경덕전등록』景德傳燈錄 권11 참조.

스님들과 노니는 산수의 즐거움을 노래했다. 부제로 보아 성 상인成上人의 거처에 성 선사性禪師와 함께 들렀다가 나오는 것으로 보인다. 첫 구는 "매실이 안 익었을 때"梅子生時, 즉 깨달음을 얻지 못하였을 때 자주 성 상인成上人의 거처에 찾아왔음을 말하고 있다. 제2구의 복사꽃 게송과 관련된 것은 아마도 성 선사性禪師의 상황을 말하는 듯하다. 제3구는 성 상인成上人의 거처에 다시 왔음을 말하였다. 때문에 하편의 새소리禽聲와 물고기 떼는 성 상인成上人의 거처에서 함께 즐기는 자연이 된다. 말구에서 어두워지는 저녁구름이 귀가를 재촉한다고 하여 세 사람은 헤어지게 된다. 승려들과의 교유를 노래했다.

완계사浣溪沙

홀로 핀 꽃이 백 년토록 자신을 드러내지 않으니
모름지기 시구詩句 속에 집어넣어 평해야 하고
그렇지 않으면 술자리로 불러와야 하리라.

도연명이 있어서 비로소 국화가 있게 되었고
만약에 임포林逋가 없었다면 매화도 없었으리.
지금은 어디에서 사람을 향해 피어있나?

百世孤芳肯自媒,[1] 直須詩句與推排.[2] 不然喚近酒邊來.
自有淵明方有菊, 若無和靖卽無梅.[3] 只今何處向人開?

해설

　국화와 매화의 아름다움은 이를 알아주는 사람이 있어야 함을 천명
하였다. 품격이 높은 꽃은 스스로 자신을 천거하지 않기 때문에 세상
사람들이 모르기 마련이고, 그래서 백 년이 지나도록 외롭게 지내게

되기 쉽다. 이러한 '외로운 꽃이 자신만이 자신을 알아주는' '고방자상' 孤芳自賞의 상황은 이를 발견한 시인의 호명과 이를 술과 함께 알아주는 문인에 의해서 타파된다. 그러나 도연명과 임포도 지금 없는 세상에 국화와 매화는 또 누구를 위해 피어 있는가? 꽃을 빌려 재능이 있으나 알아주는 사람이 없는 외로움을 말하였다.

청평악清平樂

봄밤이라 깊이 잠들었는데
꿈속에서 여전히 헤어지고 있었지.
베갯머리에서 일어나 쌍옥봉雙玉鳳 비녀 찾는데
한참이 지나서야 비로소 꿈인 줄 알았네.

한 번 나에게 옥을 준 사람이 떠난 후
편지도 없이 한 해가 지났네.
오히려 눈물을 강물로 만들어
흘러서 네가 있는 곳으로 흐르게 하고파라.

春宵睡重, 夢裏還相送. 枕畔起尋雙玉鳳,[1] 半日才知是夢.
一從賣翠人還,[2] 又無音信經年. 却把淚來做水, 流也流到伊邊.[3]

注

1 雙玉鳳(쌍옥봉): 한 쌍의 옥으로 만든 봉황 장식의 비녀玉鳳釵. 이
   구에서 그녀가 쌍옥봉 비녀를 찾는 것은 헤어질 때 정표로 반쪽을
   떼어 주려고 하기 때문이다.
2 賣翠人(매취인): 비취를 파는 사람. 그러나 실제의 뜻은 당시 나에
   게 옥을 준 사람으로, 지금은 마음을 저버린 사람을 가리킨다.
3 伊(이): 너.

　떠난 사람을 향한 여인의 지극한 그리움을 그렸다. 상편은 꿈속에서의 이별을 통해 여인의 순수하고 치열한 치정癡情을 그렸다. 이별하는 장면의 꿈에서 깨어났는데도 아직도 이별의 정표로 나눠주기 위해 쌍옥봉 비녀를 찾는 모습이 선명하고 강렬하다. 하편은 편지도 없는 사람을 향해 흘리는 눈물로, 그를 돌아오게 하고 싶다는 순진하고 진지한 마음을 그렸다.

행화천杏花天

모란이 어젯밤 막 피었으니
필경은 올해 봄도 저무는구나.
도미꽃은 훈풍에 개화開花를 맡겨놓고
제비가 한창 바쁠 때 꾀꼬리는 게으르네.

다병한 몸 일으켜보니 날은 길고 피곤하니
흥겨운 술자리 다 끝날 때까지 기다릴 수 없구나.
조금 전 차솥을 보았으니
오히려 일찌감치 차를 마시며 슬픈 마음을 다스려야 하겠네.

牡丹昨夜方開徧, 畢竟是今年春晚. 荼蘼付與薰風管.¹ 燕子忙
時鶯懶.

多病起日長人倦. 不待得酒闌歌散.² 副能得見茶甌面,³ 却早安
排腸斷.

> **注**
>
> 1 荼蘼(도미): 도미꽃. 키가 작은 관목으로 늦봄에서 초여름에 흰 꽃
>   이 핀다.
> 2 酒闌(주란): 술을 반 이상 마셨을 때. 술자리가 무르익었을 때.
> 3 副能(부능): 조금 전. ○ 茶甌(다구): 차를 달이는 작은 솥.

해설

　늦봄의 애상감哀傷感을 표현하였다. 상편은 늦봄의 풍경으로 모란, 도미, 제비, 꾀꼬리 등을 등장시켜 계절감을 나타내었다. 하편은 자신의 병약한 상태로부터 차를 마시며 진정하는 모습을 그렸다.

행화천杏花天

― 모란을 조롱하며嘲牡丹[1]

누구의 용모와 비교할 수 있을까?
궁중의 제일가는 양귀비와 같으리라.
어양漁陽의 북소리에 변방 형국 급한데
사람은 침향전沉香殿 북편 난간에 기대 있었지.

연못과 객사까지 많이 사다 심어도 좋을 게 없으니
천금을 헛되이 써버리지 마오.
만약 말을 할 줄 알게 한다면 틀림없이 나라를 기울게 할 것이니
서시西施 하나라도 충분하리라.

　　牡丹比得誰顔色? 似宮中太眞第一.[2] 漁陽鼙鼓邊風急,[3] 人在沉
香亭北.[4]
　　買栽池館多何益,[5] 莫虛把千金抛擲.[6] 若教解語應傾國,[7] 一箇西
施也得.[8]

注

1 牡丹(모란): 모란. 상고 시대에는 작약의 이름이 높았기에 모란은
　작약의 이름으로 불렸다. 수나라 말기 모란이 전래되고, 개원 연간
　에 궁중과 민간에서 다투어 숭상하여 '꽃 중의 왕'花王이라 불렸다.
　늦봄이 되면 사람들이 수레를 타고 몰려가 감상하고, 비싸게 거래

되어 어떤 것은 한 포기에 수만 냥이 나가기도 하였다.

2 太眞第一(태진제일): 태진은 양귀비楊貴妃의 법명. 양귀비의 아명
은 양옥환楊玉環이며, 735년(17세) 수왕壽王(현종의 아들)의 비로 책봉
되었다. 740년(22세) 현종이 그녀를 여도사로 입적시켜 법명을 태진
太眞이라 하고 태진궁에 거주케 한 후 745년(27세) 환속시켜 귀비로
삼았다. 안사의 난이 일어나 장안이 함락되자 756년(38세) 현종을
따라 도주하던 중 사사받았다. 이백의 「궁중행락사」宮中行樂詞 제2
수에 "궁중에서 이들 중 그 누가 제일인가? 당연히 소양전의 조비연
일세."宮中誰第一? 飛燕在昭陽.라는 구절이 있다.

3 漁陽(어양) 구: 어양은 군郡 이름으로, 치소는 지금의 천진시 계현
薊縣. 북경, 천진, 하북성 북부 일대를 관할하였다. ○ 鼙鼓(비고):
군대에서 사용하는 작은 북. 전고戰鼓. 여기서는 755년 11월 평로平
盧, 범양范陽, 하동河東 삼진의 절도사 안록산이 반란을 일으킨 일을
가리킨다. 백거이의 「장한가」長恨歌에 나오는 "어양의 북소리가 천
지를 진동시키자, 예상우의곡이 놀라 끊어졌어라."漁陽鼙鼓動地來,
驚破霓裳羽衣曲.라는 구절이 있다.

4 人在(인재) 구: 양귀비가 침향정 북쪽에서 모란을 감상한 일을 가
리킨다. 이백의 「청평조사」淸平調詞 제3수에 다음 구절이 있다. "모
란과 경국지색이 서로 즐거워 하니, 언제나 군왕께서 웃으며 바라
보시네. 봄바람에 실어 무한한 시름을 풀어 날리니, 침향전 북쪽
난간에 기대어 있구나."名花傾國兩相歡, 常得君王帶笑看. 解釋春風無限
恨, 沉香亭北倚闌干.

5 買栽(매재) 구: 나업羅鄴의 「모란」에 "연못과 객사까지 사다 심어
빈 땅이 없는 듯한데, 자손에 이르도록 볼 수 있는 집은 몇이나 될
까?"買栽池館恐無地, 看到子孫能幾家.라는 구절을 이용하였다.

6 莫虛(막허) 구: 중당 때 장우신張又新의 고사를 가리킨다. 장우신이

젊었을 때 장원 급제를 하여 이름이 높았는데, 관직엔 욕심 없고 다만 미모의 처를 갖는다면 평생의 바람이 이루어질 것이라고 말했다. 그런데 친구 양우경楊虞卿이 소개해 준 여인과 결혼했는데, 미모가 없어 마음에 들지 않아 다음과 같이 시를 지었다. "모란꽃 한 송이 천금에 값하는데, 이를 평하되 예부터 색깔이 가장 짙다고 하네. 오늘 난간 가득 눈처럼 하얗게 피었으니, 꽃을 보는 사람의 평생의 마음을 저버렸구나."牡丹一朶值千金, 將謂從來色最深. 今日滿欄開似雪, 一生辜負看花心. 맹계孟棨의 『본사시』本事詩 참조.

7 若敎(약교) 구: 양귀비의 이야기를 가리킨다. 태액지에 천엽 백련이 피자 현종이 양귀비와 구경하러 갔다. 현종은 주위 사람들에게 양귀비를 가리키며 "여기 말을 할 줄 아는 꽃은 어떠한가!"如何此解語花耶!라고 말했다. 나은羅隱의 「모란시」牡丹詩에 "만약에 말을 할 줄 알게 했다면 나라를 기울게 했으리니, 바로 무정한 사물이면서도 사람의 마음을 움직이누나."若敎解語應傾國, 便是無情也動人.라는 구절이 있다.

8 一箇(일개) 구: 당대 노주盧注의 「서시」란 시를 가리킨다. "나라의 흥망이 비단옷 입은 미인에 달려 있음이 슬프나니, 세인들은 아직도 젊은 미녀를 찾는다네. 월왕이 부차의 오나라를 격파한 것은, 한 사람의 서시만으로도 이미 충분하였네."惆悵興亡係綺羅, 世人猶自選靑娥. 越王解破夫差國, 一個西施已是多.

해설

모란과 미인을 높이 사는 풍조를 통하여 권문세가의 사치를 비판하고 국가의 안위를 걱정하였다. 상편은 모란의 미색으로부터 양귀비를 존중하는 세태를 비판하였다. 침향전 북편 난간에서 모란과 양귀비를 감상하던 현종이 안사의 난을 당해 나라를 존망의 위기로 내

몰게 한 일을 상기시켰다. 하편은 모란의 높은 값으로부터 서시를
존중한 풍토를 비판하였다. 오나라를 멸망시킨 서시는 한 사람만으
로도 경국의 위기를 가져올 수 있음을 경계하였다. 양귀비와 서시가
각각 나라를 위기로 몰아가는데 일정한 역할을 했던 미녀들이므로,
현실적 필요를 과도하게 초월한 미에 대한 추구는 비극을 불러올 수
있음을 경계하였다.

낭도사浪淘沙
— 우미인초를 읊다賦虞美人草[1]

강동으로 건너가려 하지 않고
옥 휘장 아래에서 총총히 이별하였지.
지금도 이 꽃은 영웅을 기억하여
우희를 부르는 그때의 노래를 부르면
봄바람에 춤을 추지.

여인의 이러한 정은 같아
지난 일 아득하여라.
상비湘妃가 대나무에 떨어뜨린 눈물 자국 뚜렷하구나.
순 임금의 쌍동목雙瞳目이 통한스러운데
항우 또한 쌍동목이었다네.

不肯過江東,[2] 玉帳匆匆.[3] 至今草木憶英雄. 唱着虞兮當日曲,[4]
便舞春風.
　兒女此情同, 往事朦朧. 湘娥竹上淚痕濃.[5] 舜蓋重瞳堪痛恨,[6]
羽又重瞳.

注

1 虞美人草(우미인초): 개양귀비. 양귀비과에 속한 두해살이풀. 송대
　심괄沈括의 『몽계필담』 「악률」樂律에 관련 기록이 있다. 고우高郵의

상경서桑景舒는 음악에 정통했다. 예부터 전해오는 말에 우미인초가 사람이 작곡한 「우미인곡」虞美人曲을 들으면 잎과 가지를 움직이는데 다른 곡에는 반응이 없다고 했다. 상경서가 시험해보니 과연 그러했다. 그 곡을 자세히 들어보니 모두 오음吳音이었다. 북송의 위부인魏夫人은 「우미인초의 노래」虞美人草行에서 우희의 푸른 피가 우미인초가 되었다靑血化爲原上草고 노래하였다.

2 不肯(불긍) 구: 강동으로 내려가려고 하지 않다. 항우項羽가 해하의 전투에서 유방劉邦에게 패하여 오강까지 도주하였다. 오강의 정장亭長이 배를 대고 기다리며 강을 건너 강동으로 가기를 권하였다. 항우는 "비록 강동의 어르신들이 나를 가련히 여겨 왕으로 추대한다고 하지만 내가 무슨 면목으로 그들을 보겠소?"라며 가지 않고 목을 찔러 자결하였다. 『사기』「항우본기」참조. 남북송 교체기에 이청조李淸照는 「여름날 절구」夏日絶句에서 다음과 같이 노래했다. "살아서는 사람들 중 호걸이 되었고, 죽어서도 귀신들 중 영웅이리라. 지금도 항우를 추모하는 것은, 강동으로 건너가려 하지 않았기 때문."生當作人傑, 死亦爲鬼雄, 至今思項羽, 不肯過江東.

3 玉帳(옥장): 옥으로 장식한 휘장. 옥장가인玉帳佳人인 우희虞姬를 가리킨다. ○ 匆匆(총총): 총총히. 황급한 모양.

4 虞兮當日曲(우혜당일곡): '우혜'라는 말이 있는 그때의 노래. 항우가 지은 「해하가」垓下歌를 가리킨다. "힘은 산을 뽑을 수 있고 기세는 세상을 덮건만, 시운이 불리하니 나의 준마가 달리지 못하는구나. 추騅가 달리지 못하니 아! 이를 어찌 할거나! 우희여, 우희여! 너를 어찌 할거나!"力拔山兮氣蓋世, 時不利兮騅不逝. 騅不逝兮可奈何! 虞兮虞兮奈若何!

5 湘娥(상아): 상비湘妃 또는 상부인湘夫人으로 순 임금의 두 비 아황과 여영을 가리킨다. 순 임금이 창오산에서 죽자, 상수로 달려간

두 비 아황과 여영이 흘린 눈물이 대나무에 떨어져 얼룩이 졌다고 한다. 이후 대줄기에 자갈색 반점이 있는 대나무를 상비죽湘妃竹 또는 반죽斑竹이라고 한다.

6 舜蓋(순개) 2구: 『사기』「항우본기」의 내용을 가리킨다. "내가 주생이 하는 말을 들으니 '순 임금 눈은 아마도 눈동자가 두 개일 것이오.'라고 했다. 또 항우도 눈동자가 두 개라고 들었다."吾聞之周生曰: 舜目蓋重瞳子. 又聞項羽亦重瞳子.

해설

우미인초를 노래한 영물사이다. 우미인초를 통하여 우희의 정한을 노래했고, "여인의 이러한 정은 같다"兒女此情同며 고금에 걸쳐 일어나는 여인의 깊은 마음을 높이 긍정하였다. 그것은 순 임금의 죽음을 슬퍼한 아황과 여영의 눈물이 지금도 상비죽으로 남아 당시의 통한스런 마음을 알려주는 것과 마찬가지로, 우미인초 역시 우희의 피가 뿌려져 만들어져 지금도 당시의 정한을 알려준다. 꽃과 여인과 정한이 한데 어우러진 뛰어난 작품일 뿐만 아니라, 여인의 정한을 높이 긍정하였다는 점에서도 의의가 높다.

우미인虞美人

— 우미인초를 읊다賦虞美人草

당시에는 봄날의 풀처럼 의기양양하여
날마다 봄바람이 좋았었지.
산을 뽑는 힘이 다하자 홀연 슬픈 노래 부르니
술잔을 놓고 "우희여! 이제 그대를 어찌할거나!"

인간 세상에선 지극한 정성의 괴로운 심정은 알지 못하고
다만 검은 머리 미인의 춤만 보려 하지.
돌연히 춤을 마치고 뒤돌아 우뚝 서니
아마도 아직도 사면초가 노랫소리가 들리는 듯.

當年得意如芳草, 日日春風好. 拔山力盡忽悲歌,[1] 飮罷虞兮從
此奈君何.
　人間不識精誠苦, 貪看靑靑舞.[2] 驀然斂袂却亭亭,[3] 怕是曲中猶
帶楚歌聲.[4]

注

1　拔山(발산) 2구: 바로 앞의 작품 주석에 나오는 「해하가」 참조.
2　靑靑舞(청청무): 검은 머리의 여인이 추는 춤. 우희의 춤을 가리킨
　　다. 靑靑(청청)은 검은 머리.
3　斂袂(렴메): 소매를 거두다. 춤을 마치다.

4 楚歌聲(초가성): 초나라 노랫소리. 초군을 포위한 한군이 부르는 사면초가四面楚歌를 가리킨다.

해설

우미인초를 노래했다. 상편은 패왕 항우가 우희와 헤어지는 장면을 각화하였다. 하편은 우미인초를 노래했다. 말미에서 우미인이 춤을 갑자기 멈추는 것은 노래 속에 사면초가가 들리는 듯해서라고 했다. 이는 동시에 우미인초가 바람에 흔들리다 멈추는 모습을 연상시키기도 한다. 게다가 춤추는 우미인이 당시의 우미인인지 지금 우미인으로 분장하고 춤추는 여인인지도 분명하지 않다. 진지한 정감에 함축적인 의상意象으로 역사와 현재, 꽃과 사람이 한데 어우러져 혼용의 미감을 만들어내었다.

임강선 臨江仙

— 섭중흡이 읊은 '양도'에 화답하며 和葉仲洽賦羊桃[1]

삼산의 봄 나무 아래 취했던 일 생각하니
양도 羊桃의 풍미를 잊을 수 없구나.
황금빛 색깔의 다섯 꽃잎이 피고
맛은 잘 익은 노귤 盧橘과 같고
귀하기는 조정에 공납하는 여지 荔枝 같아라.

듣자 하니 상산 商山에는 네 노인이 있다는데
귤 속에서 그들이 가을 술을 빚는다 하더라.
유명한 과일을 하나씩 자세히 품평해보면
겹겹이 폐부에 향기가 들어가 있으니
꼭 청주와 탁주만 마실 필요가 있으랴.

憶醉三山芳樹下, 幾曾風韻忘懷.[2] 黃金顔色五花開. 味如盧橘
熟,[3] 貴似荔枝來.[4]
聞道商山餘四老,[5] 橘中自釀秋醅.[6] 試呼名品細推排.[7] 重重香肺
腑, 偏殢聖賢杯.[8]

注

1 葉仲洽(섭중흡): 신주信州 사람. 그 밖의 사적은 미상. ○ 羊桃(양
  도): 오릉자五稜子. 카람볼라. 중국의 남방 및 남아시아에서 자라는

나무로, 열매는 칠팔월에 익으며 맛이 시다.

2 幾曾(기증): 언제 ~한 적이 있었는가?

3 盧橘(노귤): 남방 및 사천 지방에서 나는 귤의 일종. 껍질이 두껍고 9월에 열매가 열리어 다음 해 2월에 청흑색이 된 후 여름에 노랗게 익는다.

4 荔枝來(여지래): 여지가 궁중에 들어오다. 두목의 「화청궁을 지나며」過華淸宮에 "기마의 붉은 먼지에 양귀비가 미소 지으니, 그것이 여지가 오는 때문인 줄 아무도 몰라라."一騎紅塵妃子笑, 無人知是荔枝來.란 구절을 환기한다.

5 聞道(문도) 2구: 우승유牛僧孺의 『현괴록』玄怪錄 권3 「파공 사람」巴邛人에 다음 이야기가 있다. 파공 사람의 집에 귤 과수원이 있는데 서리가 내린 후 다른 귤은 모두 땄지만 세 되 들이 술동이만한 귤 두 개는 따지 않았다. 파 땅 사람들이 기이하게 여겨 따라고 하여 주인이 땄더니 무게는 보통 귤과 같았다. 갈라보니 각 귤마다 하얀 수염을 기른 두 노인이 서로 장기를 두고 있었다. 그중 한 노인이 말했다. "귤 속의 즐거움이 상산보다 못하지 않은데, 다만 뿌리가 깊고 꼭지가 단단하지 않아 어리석은 사람들에 의해 따졌구나!" ○ 商山餘四老(상산여사로): 상산사호商山四皓. 진대秦代 말기 상산에 은거하던 네 노인. 동원공東園公, 녹리선생甪里先生, 기리계綺里季, 하황공夏黃公. 네 사람 모두 여든 살이 넘었으며 수염과 눈썹이 모두 하얗다.

6 醅(배): 거르지 않은 술.

7 推排(추배): 평가하다.

8 聖賢杯(성현배): 성인과 현인의 술잔. 삼국시대 서막徐邈의 고사에서 나왔다. 조조가 정권을 잡으면서 금주를 엄격히 시행하였다. 사람들이 술이란 말을 금기시하여 청주淸酒를 성인聖人이라 부르고 탁

주를 현인賢人이라 불렀다. 상서랑 서막徐邈이 몰래 술을 마시고는 스스로를 '성인을 만나다'란 뜻의 '중성인'中聖人이라고 하였다. 『삼국지』 중의 『위서』魏書 「서막전」徐邈傳 참조.

　양도를 노래한 영물사이다. 상편은 양도의 산지와 특징을 묘사하였다. 하편은 과일을 품평하며 즐기는 모습을 그렸다. 중간에 귤 속에 노인들이 들어앉아 장기를 두는 『현괴록』의 이야기를 끌어와 귤의 맛을 형상화하기도 하였다. 술 대신 즐길 수 있는 대용품으로 과일을 가져온 것으로 보아, 신기질이 술을 끊었던 때 지었으리라 본다.

임강선臨江仙

겨울 기러기와 차가운 구름에 대해 내 어찌 한이 있으랴
봄바람이 불어와 절로 내 가슴에 봄이 가득해라.
더구나 하루라도 꽃이 피지 않는 날이 없도록 하여
국화가 시든다고 시름에 젖을 필요 없으니
이어서 차례차례 매화가 피도록 한다네.

병이 많아 요즈음은 술을 모두 끊으니
새로 빚은 술을 담은 주전자는 텅 비었구나.
청산은 오히려 나를 위해 스스로 잘 안배하니
연일 취할 필요 없이
잠시 두세 잔만 마시리라.

冷雁寒雲渠有恨,[1] 春風自滿余懷. 更敎無日不花開. 未須愁菊
盡, 相次有梅來.[2]
　多病近來渾止酒, 小槽空壓新醅.[3] 靑山却自要安排. 不須連日
醉, 且進兩三杯.

注

1 渠(거): 어찌.
2 相次(상차): 차례차례.
3 新醅(신배): 새로 빚은 술.

　한가한 생활의 정취를 노래하였다. 상편은 사시사철 꽃을 피우도록
정원을 가꾸겠다는 뜻을 말하였고, 하편은 술을 끊을 수밖에 없는 상
태에서 자연에 마음을 두는 뜻을 나타내었다.

자고천鷓鴣天
— 섭중흡에게 부치다寄葉仲洽

꽃은 도처에 옮겨 심으면 도처에서 피는데
누대는 고금의 흥망성쇠에 몇 번이나 세워지고 쓰러졌나.
사람을 등지고 물총새는 물고기를 훔쳐가고
꽃술을 안고 누런 벌은 나비와 함께 날아든다.

묵은 술 단지를 뜯고
새로 빚은 술을 떠내어
손님이 왔으니 두세 잔 마시리라.
해 높이 떴는데 소반의 안주는 왜 이리 늦게 올라오나?
시장이 멀어서 연어를 사러 갔다 아직 안 와서라오.

是處移花是處開,¹ 古今興廢幾池臺. 背人翠羽偸魚去,² 抱蘂黃
鬚趁蝶來.³

掀老甕, 撥新醅, 客來且盡兩三杯. 日高盤饌供何晚? 市遠魚鮭
買未回.

注

1 是處(시처): 도처. 곳곳.
2 翠羽(취우): 물총새.
3 黃鬚(황수): 노란 벌.

　섭중흡과 술을 마시고 세상을 논하는 즐거움을 썼다. 상편은 고금의 흥망성쇠와 인사의 다양함을 성찰하며 잠언식의 말을 적었다. 첫 두 구는 자연과 인간사를 대비하는 시각으로 인간사의 특징을 그려냈고, 물총새와 누런 벌을 대비시켜 대립과 화합의 관계를 나타냈다. 하편은 섭중흡을 맞이하여 차린 술과 안주를 정취 있게 표현하였다. 이렇게 보면 상편은 곧 두 사람이 술자리에서 나눈 화제의 내용으로 보인다. 두 사람의 우의와 일상의 흥취가 깃들어 있다.

수조가두水調歌頭

― 연석에서 섭중흡을 위해 읊다席上爲葉仲洽賦

좋은 말은 얼굴을 때리지 말아야 하니
천 리를 달릴 수 있을지도 모르니까 말일세.
큰 물고기는 비구름의 변화를 부리니
한 치의 비늘이라도 다치지 말아야 하리.
골짜기 하나 언덕 하나에 마음을 맡겨 노니는 것이 내 일이니
술 한 말에도 취하고 술 한 섬에도 취하여
풍월을 노래한 것이 몇 천 번이었던가.
수염은 고슴도치처럼 빳빳하고
붓은 칼날처럼 길구나.

내 그대를 아끼나니
제일 어리석기로는
고개지顧愷之와 비슷하지.
윤건을 뒤집어쓰고 깃부채 든 모습은
또 광달한 죽림칠현과 비슷하지.
사조謝朓의 '맑은 강은 명주와 같다'는 시를 지을 줄 아니
정운당停雲堂에서
천 수의 작품으로 가을 풍광을 사려고 하는구나.
원망스러운 가락은 무엇 때문에 읊고있는가
빈랑檳榔 한 섬을 준비해 두게나.

高馬勿捶面,¹ 千里事難量. 長魚變化雲雨, 無使寸鱗傷. 一壑一丘吾事,² 一斗一石皆醉,³ 風月幾千場. 鬚作蝟毛磔,⁴ 筆作劍鋒長. 我憐君, 癡絶似, 顧長康.⁵ 綸巾羽扇顚倒,⁶ 又似竹林狂.⁷ 解道澄江如練,⁸ 準備停雲堂上,⁹ 千首買秋光.¹⁰ 怨調爲誰賦, 一斛貯檳榔.¹¹

注

1 高馬(고마) 4구: 두보의 「삼운 삼편」三韻三篇의 제1수를 이용하였다. "좋은 말은 얼굴을 때리지 말고, 큰 물고기는 비늘을 벗기지 마라. 말을 욕보이면 말의 털이 타들어가고, 물고기를 가두면 신령이 깃든다. 그대 보게나, 당당한 선비를, 그 처음 뜻을 바꾸려 하지 않는 것을."高馬勿捶面, 長魚無損鱗. 辱馬馬毛焦, 困魚魚有神. 君看磊落士, 不肯易其身.

2 一壑一丘(일학일구): 골짜기 하나와 언덕 하나. 산수에 마음을 기탁함을 가리킨다. 반고班固의 『한서』「서전」敍傳에 "골짜기 하나에서 낚시하니 만물이 그 뜻을 막지 않고, 언덕 하나에서 깃들어 사니 천하가 그 즐거움을 바꾸지 못한다."漁釣於一壑, 則萬物不奸其志; 棲遲於一丘, 則天下不易其樂.는 말에서 나왔다. ○ 吾事(오사): 나의 일.

3 一斗一石(일두일석) 구: 한 말에도 취하고 한 섬에도 취하다. 전국시대 순우곤淳于髡의 주량과 관련된 말에서 나왔다. 제 위왕齊威王이 궁중에 술을 차리고 순우곤에게 얼마나 마실 수 있느냐고 묻자 한 말을 마셔도 취하고 한 섬을 마셔도 취한다고 말했다. 『사기』「골계열전」 참조.

4 鬚作(수작) 구: 수염이 고슴도치 털처럼 얼굴에 온통 퍼져 있다. 『진서』「환온전」에 전고가 있다. 환온은 호상豪爽하고 기개가 있으며 체구가 컸다. 유담劉惔이 일찍이 말하였다. "환온은 눈이 자소휘석

紫蘇輝石의 모서리와 같고 수염이 고슴도치 털처럼 퍼져 있어, 손권과 사마의와 같은 종류의 사람이다."溫眼如紫石棱, 鬚作蝟毛磔, 孫仲謀晉宣王之流亞也. ○ 蝟毛(위모): 고슴도치의 털. ○ 磔(책): 찢다. 여기서는 온 얼굴에 퍼지다는 뜻.

5 顧長康(고장강): 동진의 화가 고개지顧愷之. 장강은 그의 자字. 고개지는 당시 화절畵絶(그림에 뛰어남), 문절文絶(문장에 뛰어남), 치절癡絶(어리석음의 최고)이 있어 삼절三絶이라 불렸다.

6 綸巾(윤건): 파란 줄 끈이 있는 두건. 동한 말기부터 위진 시대에 사용되었다.

7 竹林(죽림): 죽림칠현. 삼국시대 위나라의 완적阮籍, 혜강嵇康, 산도山濤, 상수向秀, 완함阮咸, 왕융王戎, 유령劉伶. 당시 사마씨가 권력을 잡아가는 상황에서 일곱 사람은 자주 죽림에 모여 술을 마시고 광방불기狂放不羈한 행위로 저항하였다. 『세설신어』「임탄」任誕 참조.

8 澄江如練(징강여련): 맑은 강이 명주와 같다. 남조 사조謝朓의 「저녁에 삼산에 올라 도성을 되돌아보며」晚登三山還望京邑에 "남은 노을은 흩어져 비단을 이루고, 깨끗한 강물은 고요하기가 흰 명주와 같다."餘霞散成綺, 澄江靜如練.는 구절이 있다.

9 停雲堂(정운당): 신기질의 표천에 있는 거처 이름.

10 千首(천수) 구: 가을 풍경을 많이 읊으려 한다는 뜻.

11 一斛(일곡) 구: 동진 유목지劉穆之의 일을 가리킨다. 유목지는 대대로 경구京口(강소성 鎭江市)에서 살아왔으며, 어려서부터 가난하였다. 결혼하여 자주 처갓집에 가서 밥을 구해 먹었다. 한번은 처갓집에 연회가 있어 갔다가 배불리 먹고는 빈랑檳榔을 달라고 하였다. 빈랑은 당시 비싸고 귀한 과일이었다. 그 처형이 놀려서 하는 말이 "빈랑은 소화를 돕는데, 항상 굶주려 소화할 것도 없는 자네가 어찌 이걸 원하나?"라 하였다. 이 말이 널리 퍼지자 유목지는 다시는 가

지 않겠다고 결심하였다. 그 아내는 처갓집과 소원해지지 않게 하기 위해 자신의 머리카락을 잘라 술과 음식을 사서는 처갓집에서 보내온 것이라 하였다. 유목지가 유유劉裕 아래에서 일하다가 송나라가 세워지자 금방 출세하였고 곧 단양윤丹陽尹이 되었다. 한번은 처가 식구들을 불러 대접하였고, 식사 후에는 황금 소반에 빈랑을 가득 담아 선사하였다. 『남사』南史 「유목지전」劉穆之傳 참조.

해설

섭중흡의 재능과 인품을 칭송하면서 그의 낙백을 안타까워하였다. 상편은 섭중흡의 재능, 정취, 주량, 외모를 묘사하였다. 두보杜甫의 시구로부터 그를 기개 있는 말과 큰 물고기로 비유하면서 동시에 사회적인 대우를 받지 못한 불평을 간접적으로 표현하였다. 하편은 섭중흡의 화풍과 시풍의 특징을 구체적으로 묘사하였다. 그림으로는 고개지와 비슷하고, 행동거지로는 죽림칠현과 비슷하고, 시로는 사조와 비슷함을 지적하였다. 말미에서 섭중흡의 원망어린 작품에 대해 좋은 보답이 있을 것이라고 위로하였다.

자고천鷓鴣天
— 언덕과 골짜기에 올라 우연히 짓다登一丘一壑偶成[1]

봄빛 속 꽃 아래서 노닐기만 하지 말고
꽃 떨어진 후의 근심을 준비해야 하리라.
인생 한평생 온갖 풍상을 겪기 마련이니
만사에 '삼평이만'三平二滿이면 그걸로 만족한다.

어지러운 일들
한가하고 여유 있게 대하면
한세상 살아가는데 모든 것에 근심이 없다.
새로운 근심은 당장 떨쳐버리고
봄과 짝해서 하늘 끝으로 돌아가야 하리.

莫殢春光花下遊, 便須準備落花愁. 百年雨打風吹却, 萬事三平
二滿休.[2]

將擾擾, 付悠悠. 此生於世百無憂. 新愁次第相抛舍,[3] 要伴春歸
天盡頭.

注

1 一丘一壑(일구일학): 언덕 하나와 골짜기 하나. 신기질이 자주 쓰
　는 어휘이다.

2 三平二滿(삼평이만): 의, 식, 주 세 가지에서 각각 평범함을 추구하

고, 자신의 명예와 지위 두 가지는 지금 상태에서 만족한다. 북송 때 태의 손방孫昉이 사대부들에게 무료로 약을 처방하고 보답도 받지 않으며 자호를 사휴거사四休居士라 하였다. 황정견黃庭堅이 그 이유를 물었더니 다음과 같이 말했다. "거친 죽 묽은 밥도 배부르면 그치고, 헤어진 이불도 추위 막고 따뜻하면 그친다. '삼평이만'도 지나치면 그치고, 탐내지 않고 질투하지 않으니 늙으면 그친다."粗 羹淡飯飽卽休, 被破遮寒暖卽休. 三平二滿過卽休, 不貪不妒老卽休. 황정견 「사휴거사시 서문」四休居士詩序 참조.
3 次第(차제): 삽시간. 경각지간.

해설

인생을 살아가는 지혜를 설파하였다. 백 년 동안의 비바람에 근심 없이 살아가고, 점점 사라지는 봄빛을 누리기 위해서는 '삼평이만'三平 二滿으로 준칙을 삼아야 한다고 강조하였다. '삼평이만'은 '의식주 세 가지는 평범하게, 지위와 명예 두 가지는 지금 상태에 만족하라'는 뜻 이다. 그 속에는 대가 없이 치료하는 손방孫昉의 안분지족 하는 처세 까지 들어가 있다.

첨자완계사添字浣溪沙

— 부암수의 봄놀이 약속에 답하며答傅巖叟酬春之約[1]

살구나무 복사나무 두 줄로 늘어섰는데
가녀와 무희 데리고 가 빨리 꽃을 피우라고 재촉하지 말게나.
상황을 보아하니 아직 취한 눈을 즐겁게 해주지 못할 것이니
작년에 심었기 때문이네.

봄소식은 매화에서 막 시작되어 왔는데
사람의 마음은 모두 버들 쪽으로 가는구나.
지척지간 동쪽 이웃집에선 또
해당화가 피는구나.

艷杏夭桃兩行排, 莫携歌舞去相催. 次第未堪供醉眼,[2] 去年栽.
春意才從梅裏過, 人情都向柳邊來. 咫尺東家還又有, 海棠開.

注

1 傅巖叟(부암수): 본명은 부동傅棟. 연산鉛山 사람. 일찍이 악주鄂州
　주학강서州學講書를 역임하였다. ○ 酬春(수춘): 상춘賞春. 봄놀이.
2 次第(차제): 상황. 광경. 규모.

해설

　빨리 지나가는 봄을 형상화하였다. 이 작품의 제작 동기는 부제에

나와 있듯이 부암수의 봄놀이 가자는 제안에 대한 답이다. 상편을 보면 아직 초봄이어서 살구나무와 복사나무가 꽃 피기 전으로 지금 가면 오히려 맞지 않는다고 말하고 있다. 봄이 더디 오지만 그렇다고 천천히 가는 건 아니다. 하편에서 보듯 어느 사이 버들가지 물들고 해당화가 피기 때문이다. 언외의 뜻은 해당화가 피기 전에 봄놀이 가자는 뜻으로 보인다.

첨자완계사添字浣溪沙

─앞의 운을 사용하여 서향을 준 부암수에 고마워하며用前韻謝傅巖
叟瑞香之惠[1]

보내준 시구에는 주옥같은 글자가 나열되었는데
다감한 그대는 응당 봄의 재촉을 받았으리.
기이하게도 눈물에 젖은 서향꽃을 보내왔으니
우중에 심었기 때문이리라.

여종은 화분을 아직 제대로 놓지도 못했는데
미인은 벌써 귤 가지를 가지고 왔구나.
그대에게 알리노니, 향로의 비단 덮개 아래에서
사향 향기 피어나네.

句裏明珠字字排, 多情應也被春催. 怪得名花和淚送, 雨中栽.
赤脚未安芳斛穩,[2] 蛾眉早把橘枝來. 報道錦熏籠底下,[3] 麝臍開.[4]

注

1 瑞香(서향): 꽃 이름. 금훈롱錦熏籠이라고도 한다.

2 赤脚(적각): 꽃을 가꾸는 종. 일반적으로 여자 종을 말한다. ○ 芳斛
(방곡): 화분. 모양이 곡斛처럼 생겼기에 붙은 이름이다.

3 錦熏籠(금훈롱): 서향의 다른 이름. 여기서는 글자 그대로 '비단결
같은 연기로 만든 등롱'이란 뜻을 사용하였다.

4 麝臍(사제): 사향노루의 배꼽. 서향을 일명 사낭麝囊이라고 한다.

해설

부암수로부터 서향을 받고 감사의 뜻으로 쓴 답사이다. 때문에 상편에선 부암서에 대한 감사의 뜻을 전하고, 하편에선 서향에 대한 묘사를 위주로 하였다. 간결한 전개 속에 상대에 대한 감사의 뜻, 꽃나무를 옮겨 심는 정경, 꽃의 특징이 잘 드러났다.

귀조환歸朝歡

― 영산과 제암 창포항은 모두 큰 소나무 숲이 무성하다. 오직 야생 벗나무 한 그루가 산 위에 한창 피었는데 빛나는 모습이 사랑스럽다. 며칠 지나지 않아 비바람에 꺾어져 거의 다 져버렸다. 이에 감회가 있어 개암체를 본 떠 읊고, 또 '창포록'이라 이름 짓는다. 병신년 삼월 삼일靈山齊庵菖蒲港, 皆長松茂林. 獨野櫻花一株, 山上盛開, 照映可愛; 不數日, 風雨摧敗殆盡. 意有感, 因效介庵體爲賦, 且以'菖蒲綠'名之. 丙辰歲三月三日也[1]

산 아래 천 그루 꽃들은 아주 속되지만
산 위의 한 그루는 아무리 봐도 싫증나지 않는구나.
봄바람이 바로 이 꽃나무 가에 와 있고
창포는 자신을 맑은 시내의 푸른 물에 적신다.
꽃과 초목 가운데
묻노니 어느 것이 비바람에 더 빨리 떨어지는가.
슬픈 노래 부르지 말게
깊은 밤 바위 아래
흰 구름이 놀라 깨지 않도록.

병든 몸 여생이 얼마 남았는지 겁이 나서 자주 점을 치고
늙은 몸은 유작遺作을 좋아하지만 자세히 읽기 어려워라.
호랑이를 잘 그리는 솜씨가 없어서 괴로운데
그대는 지금 세상에서 정말 고니처럼 조각해내었구나.

꿈속의 사람 옥과 같고

깨어나서도 비단 묶음 같은 허리를 생각하네.

수많은 시름에

그대에게 묻노니, 술이 있는데

어찌하여 날마다 음악을 들으며 즐기지 않았나?

山下千林花太俗, 山上一枝看不足. 春風正在此花邊, 菖蒲自蘸
淸溪綠.² 與花同草木, 問誰風雨瓢零速. 莫悲歌, 夜深巖下, 驚動
白雲宿.

病怯殘年頻自卜, 老愛遺篇難細讀.³ 苦無妙手畵於菟,⁴ 人間雕
刻眞成鵠. 夢中人似玉,⁵ 覺來更憶腰如束.⁶ 許多愁, 問君有酒, 何
不日絲竹?

注

1 靈山(영산): 신주信州 상요현上饒縣에 소재. 신주의 진산鎭山. ○ 齊
  庵菖蒲港(제암창포항): 제암과 창포항. 구체적인 위치는 미상. ○
  介庵體(개암체): 조덕장趙德莊의 사詞 풍격. 조덕장은 송나라의 황
  족으로 나중에 벼슬이 좌사랑관左司郎官까지 올랐다. 신기질과 사詞
  를 주고받았다.

2 菖蒲(창포) 구: 조덕장의 「간화회」看花回에 "보게나, 물결 위에 수양
  버들이 초록빛을 던진 걸"看波面垂楊蘸綠이란 구가 있다.

3 遺篇(유편): 조덕장이 남긴 저서. 조덕장은 1175년 죽었으며, 『개
  암거사집』介庵居士集 10권을 남겼다.

4 苦無(고무) 구: 솜씨가 없어 호랑이를 그렸는데 오히려 개가 된 것
  과 같다. 마원馬援의 「조카를 권계하는 편지」誡兄子書에 나오는 "호
  랑이를 그렸는데 오히려 개가 되고"畵虎不成反類狗 "고니를 조각했

는데 오히려 집오리가 되다"刻鵠不成尚類鶩는 말을 이용하여, 자신이 개암체를 모방하여 지었으나 제대로 되지 못했다는 뜻을 나타내었다. ○ 於菟(어토): 호랑이. 춘추시대 초나라 방언.

5 人似玉(인사옥): 사람이 옥과 같이 아름답다. 조덕장의 「우미인」에 "춤추는 사람은 옥과 같다"起舞人似玉란 구가 있다.

6 腰如束(요여속): 허리가 비단 한 묶음과 같다. 날씬한 몸매를 형용한다.

해설

봄날에 조덕장을 그리워하였다. 상편은 산 위에 만개한 벚꽃과 푸른 창포로 봄날의 모습을 형상화하였다. 이는 곧 같이 봄을 누리지만 꽃처럼 먼저 떠난 조덕장과 아직 살아있는 자신을 대비한 것으로 보인다. 하편은 남아 있는 자신이 노쇠해가면서 생전의 조덕장의 작품을 읽고 따라 지으며 지내는 모습을 그렸다. 작품 속에서 조덕장의 '수많은 시름'許多愁을 읽을 수 있는데, 아쉽게도 왜 술과 음악으로 슬픔을 줄이지 않았느냐고 탄식하였다. 옛 친구에 대한 추념 속에 자신의 처지를 함께 말하였다.

심원춘沁園春

— 영산 제암에서 짓다, 이때 언호를 쌓고 있었으나 준공하지 못했다
靈山齊庵賦, 時築偃湖未成[1]

첩첩한 산봉우리는 서쪽으로 달리다가
만 마리 말이 돌아오는 기세로
산들이 동으로 달려가려한다.
마침 놀랍게도 폭포가 쏟아져 내리며
구슬 같은 물방울이 사방으로 튀어오른다.
작은 다리가 가로지르고 있는데
초승달이 막 당긴 활 모양이다.
늙어서는 응당 한가히 지내야 하건만
하늘은 많은 일 하라고
크고 우람한 십만 그루 소나무를 맡아보라고 하네.
내 작은 초가집은
용과 뱀의 그림자 밖
비바람 소리 속에 있다.

앞을 다투어 겹겹의 산들이 얼굴을 드러내니
보게나, 아침 무렵 상쾌한 기운이 서넛 봉우리에서 오는 것을.
마치 사씨謝氏 집안의 자제들이
멋있고 시원스럽게 의관을 잘 차려입은 것 같고
사마상여 집안 마당에 있는

우아한 수레와 말 같구나.

나는 그 속에서 느끼나니

웅장 심오하며 고아하고 강건한

사마천의 문장을 대한 것 같구나.

새로 쌓은 둑길에서

언호倨湖에게 묻나니 어느 날이 되어야

안개 자욱한 호숫물을 볼 것인가?

疊嶂西馳, 萬馬回旋, 衆山欲東. 正驚湍直下,² 跳珠倒濺; 小橋
橫截, 缺月初弓.³ 老合投閑;⁴ 天敎多事, 檢校長身十萬松.⁵ 吾廬
小, 在龍蛇影外,⁶ 風雨聲中.

　爭先見面重重.⁷ 看爽氣朝來三數峰.⁸ 似謝家子弟,⁹ 衣冠磊落;
相如庭戶,¹⁰ 車騎雍容. 我覺其間, 雄深雅健,¹¹ 如對文章太史公.
新堤路, 問偃湖何日, 煙水濛濛.

注

1 偃湖(언호): 영산에 만들던 호수. 당시에는 아직 완성되지 않았다.

2 驚湍(경단): 빠른 물살. 급류. 여기서는 산 위의 폭포를 가리킨다.

3 缺月(결월): 둥글지 않은 달. 반달 또는 초승달.

4 合(합): 응당. 당연히. ○ 投閑(투한): 관직을 떠나 한가한 생활을
   하다.

5 檢校(검교): 관리하다. 순시하다. ○ 長身(장신): 높고 큼.

6 龍蛇影(용사영): 용과 뱀의 그림자. 곧 소나무 그림자를 비유한다.
   백거이 「초당기」草堂記에 "계곡 사이에 오래된 소나무가 있으니 마
   치 용과 뱀이 달아나는 듯하다."夾澗有古松, 如龍蛇走.는 표현이 있다.

7 見面(현면): 얼굴을 드러내다.

8 爽氣朝來(상기조래): 상쾌한 기운이 아침 되니 다가오다. 동진의
왕휘지王徽之가 환충桓沖의 참군으로 있을 때, 환충이 "그대는 부府
에 있은 지 오래 되었으니 응당 사무를 잘 처리하겠지."라고 말하였
다. 왕휘지는 대답을 하지 않고 고개를 들고 높은 곳을 응시하다가
홀을 턱에 괴더니 "서산에 아침이 오니 상쾌한 기운이 있더라."西山
朝來, 致有爽氣.라고 하였다. 『세설신어』「간오」簡傲 참조. 신기질은
이를 이용하여 아침이 되자 봉우리들이 상쾌한 기운을 보내온다고
하였다.

9 謝家(사가): 동진 때 사씨 가문. 당시 명문세족으로 그 자제들은
복장과 차림에서 말쑥하고 풍도가 있었다. 여기서는 그들이 입은
검은 옷으로 산의 빛깔을 비유하였다.

10 相如(상여) 2구: 사마상여의 대문 안에서는 수레와 말이 우아하다.
○ 雍容(옹용): 태도가 우아하고 한가하며 시원스러운 모양. 여기서
는 우아한 사마상여의 수레와 말로 산의 화려함을 비유하였다.

11 雄深雅健(웅심아건): 웅장하고 심오하며, 고아하고 강건한 시문 풍
격. 한유는 유종원柳宗元의 문장을 평하여 "웅장하고 심오하며, 고
아하고 강건한 게 사마천과 비슷하다."雄深雅健, 似司馬子長.고 하였
다. 『신당서』「유종원전」 참조. 여기서는 사마천의 문장으로 산의
신운神韻을 비유하였다.

해설

　영산을 노래한 산수사山水詞 명작이다. 상편에서는 영산과 제암의
웅장한 기세와 모습을 그렸다. 원경에서 본 산세를 달리는 말의 모습
으로 형상화하기 시작하여, 초승달과 활 같은 다리로 초점을 만든 후,
솔숲 속에 사는 자신의 초가집을 그렸다. 여기에서 더 나아가 '용과
뱀의 그림자'龍蛇影와 '비바람 소리'風雨聲는 외부로부터 침입하는 박해

와 어두운 위력을 비유한다고 볼 수도 있다. 하편에서는 영산의 풍신風神을 그렸다. 영산을 청신하고 수려한 빛깔에 있어 사씨의 자제들이 입는 오의烏衣와 비슷하고, 화려함은 사마상여의 기마 수레와 비슷하고, 산의 웅장하고 드높은 신운神韻에 있어서는 사마천의 '웅심아건'雄深雅健한 문장과 비슷하다고 하였다. 산을 이렇게 비유하여 형상화한 사례는 드문 것으로 신기질의 창조성이 잘 드러났다.

심원춘沁園春

― 시내에서 놀며 읊다弄溪賦

술이 있어도 술잔 찾아 마시지 않고
붓이 있어도 시를 쓰지 않는다면
시내가 있다 한들 무슨 소용인가.
바라보니 시내는 종횡으로 북두칠성처럼 이리저리 돌아 흐르니
용이나 뱀이 뭍에서 몸을 일으켜 움직이는 듯.
물은 산이 무너지듯 떨어졌다가 솟구쳐 흐르면서 언덕을 터뜨리고
눈같이 흰 비단폭인 듯, 은하수가 쏟아지는 듯 폭포가 된다.
부드러이 동풍이 불면
그윽하게 그림자가 물에 비쳐
구름과 산이 물결 따라 흔들린다.
그런데 알고있는가 어쩐 일인지
웅덩이엔 우거진 창포가 없고
언덕 둘레엔 녹죽이 없는 것을.

산 위에 울쑥불쑥 솟았던 장송을 누가 잘랐는가?
우습구나, 산 위 벼논에서 김을 매는 노옹 모습이.
생각해보니 다만 새와 물고기가 있었기 때문에
천연을 즐기며 자락自樂했었지.
나의 즐거움은 바람과 달 때문이 아니라
마음에 한가함이 유독 많기 때문이라네.

아름다운 풀이 봄 되어 우거졌건만
가인佳人은 해 저물어도 오지 않으니
창랑滄浪에 머리를 감으며 홀로 크게 노래 부른다.
오래도록 배회하며
묻노니 "인간 세상에 그 누가
이 늙은이처럼 방일하랴?"

有酒忘杯, 有筆忘詩, 弄溪奈何. 看縱橫斗轉, 龍蛇起陸;[1] 崩騰
決去, 雪練傾河. 嫋嫋東風, 悠悠倒景, 搖動雲山水又波. 還知否:
欠菖蒲攬港, 綠竹緣坡.

長松誰剪嵯峨? 笑野老來耘山上禾. 算只因魚鳥, 天然自樂; 非
關風月, 閑處偏多. 芳草春深, 佳人日暮,[2] 濯髮滄浪獨浩歌.[3] 徘徊
久, 問"人間誰似,[4] 老子婆娑?"

注

1 龍蛇(용사): 용과 뱀. 여기서는 물줄기를 비유하였다.

2 佳人日暮(가인일모): 강엄江淹의 「휴 상인의 '이별의 원망'을 본떠
   서 읊다」擬休上人怨別에 나오는 "해 저물어 푸른 구름 모이는데, 가
   인은 아직도 오지 않는구나."日暮碧雲合, 佳人殊未來.는 구절을 환기
   한다.

3 濯髮滄浪(탁발창랑): 『초사』「어부」漁父에 나오는 "창랑의 강물이
   맑으면 내 갓끈을 씻고, 창랑의 강물이 탁하면 내 발을 씻으리라."
   滄浪之水淸兮, 可以濯我纓. 滄浪之水濁兮, 可以濯我足.를 환기한다.

4 問人間(문인간) 2구: 인간 세상에서 누가 이 늙은이처럼 느긋한가?
   파사婆娑는 여러 뜻이 있다. 송옥宋玉의 「신녀부」에서는 "또 인간
   세상에서 춤을 춘다"又婆娑乎人間고 하여 '춤추다'는 뜻으로 쓰였다.

『진서』「도간전」陶侃傳에서는 "늙은이가 느긋하여 가지 않은 건 바로 그대들 때문이오."老子婆娑, 正坐諸君輩.라고 하여 '느긋하다', '방일放逸하다'는 뜻으로 쓰였다.

해설

　계곡의 시내에서 놀며 지내는 즐거움을 서술하였다. 상편은 계곡의 모습을 서술하였다. 주흥과 시흥을 바탕으로 하여 산수를 즐기는 흥으로 시작하여 계곡의 물이 분출하는 기세를 그려냈다. 상편의 말미에서 이 계곡에 창포와 녹죽이 있었더라면 더 좋으리라 아쉬움을 나타냈다. 하편은 계곡에서 느낀 감회를 썼다. 김을 매는 노인을 보이고, 이어서 새와 물고기처럼 한가한 자신의 정취를 나타내고, 머리 감고 노래 부르며 친구를 기다리는 마음을 노래했다. 비록 자신을 가장 느긋한 사람이라고 하지만 가슴 속에 잠겨 있는 일말의 울결을 숨길 수 없다.

남가자 南歌子
— 새로 연못을 파며, 장난삼아 짓다 新開池, 戲作

산발하고 옷깃을 풀어헤친 곳
참외와 오얏을 물에 띄우고 술잔을 든다.
졸졸 흐르는 물이 섬돌을 적시니
연못을 파서 달을 불러온다.

알록달록한 기둥이 자주 흔들리고
붉은 연꽃이 모두 거꾸로 피었구나.
붉은 지분을 바르며 향기로운 뺨을 비추니
여인이 거울로 여기고 시샘을 하는구나.

散髮披襟處, 浮瓜沉李杯.¹ 涓涓流水細侵階. 鑿箇池兒喚箇月
兒來.
畫棟頻搖動, 紅葉盡倒開.² 鬪勻紅粉照香腮.³ 有箇人人把做鏡
兒猜.⁴

注

1 浮瓜(부과) 구: 물에 뜬 외와 가라앉은 오얏을 먹고 술을 마시다.
  조비曹丕의 「오질에게 주는 편지」與吳質書에 "맑은 샘에 맛있는 참
  외가 뜨고, 차가운 물에 붉은 오얏이 잠긴다."浮甘瓜於淸泉, 沉朱李於
  寒水.는 말을 이용하였다. ○ 杯(배): 술잔. 여기서는 '술잔으로 마시

다'는 동사로 쓰였다.

2 紅蕖(홍거): 붉은 연꽃.

3 鬪勻(투균): 지분을 바르며 놀다.

4 人人(인인): 사람. 남. 송대 방언.

청량하고 상쾌한 연못의 정취를 그렸다. 상편은 새로 판 연못에서의 한적한 심사와 광경을 묘사했다. 연못을 만들어 참외와 오얏을 물에 띄우고 달을 끌어왔다. 하편은 물에 비친 연꽃과 미인이 서로의 아름다움을 다투는 모습을 정취 있게 묘사하였다. 결국 달, 마룻대, 연꽃, 미인이 연못의 수면에 비치어 들며 풍부하고 운미韻味 넘치는 공간을 만들어내었다.

첨자완계사添字浣溪沙

날아다니는 제비를 날마다 한가히 바라보니
옛 둥지에 새 집 짓고 주렴 아래 지나가네.
달력을 헤아려보니 오늘이 무일戊日이나 기일己日이어서
진흙 물고 다니기를 멈추었구나.

봄빛은 본디 머물게 할 수 없는 것
더구나 두견새가 우는 것을 어찌 견디랴?
한바탕 저녁 향기 끝없이 불어오니
시내에 꽃잎이 떨어지는가 보다.

日日閑看燕子飛, 舊巢新壘畫簾低. 玉曆今朝推戊己,¹ 住啣泥.
先自春光留不住,² 那堪更着子規啼? 一陣晚香吹不斷, 落花溪.

注

1 玉曆(옥력): 역서曆書. 달력. ○ 推戊己(추무기): 무일戊日이나 기일
  己日인지 헤아리다. 『속박물지』續博物志 권6에서 "제비가 진흙을 물
  고 무일과 기일을 피해 둥지를 지으면 단단하고 무너지지 않는다."
  燕銜泥避戊己日, 則巢固而不傾.고 했다.
2 先自(선자): 본래 이미. 먼저 이미.

봄의 정취를 노래했다. 상편은 옛 둥지에 새 집 짓고 날아다니는 제비를 통해 봄의 도래를 민감하게 표현하였다. 하편은 두견새 울고 꽃이 지는 모습을 통해 봄을 머물게 하지 못하는 아쉬움을 서술하였다.

첨자완계사添字浣溪沙

— 객과 동백을 감상하며, 한 송이가 홀연 땅에 떨어지기에 장난삼아
짓다與客賞山茶, 一朵忽墮地, 戲作[1]

술 마신 얼굴 멍하고 비취색 치마 짙은데
황혼의 정원에 달빛이 희부연해라.
타마계墮馬髻에 제장啼粧을 한 손수孫壽가
진궁秦宮을 그리워하고 있구나.

묻노니 동백꽃이여, 봄날 며칠을 머무르나
보살피는 사람 없이 비와 바람에 맡겨졌구나.
언뜻 누대 아래 보이는 녹주綠珠
붉은 꽃 한 잎 떨어지누나.

酒面低迷翠被重,[2] 黃昏院落月朦朧. 墮髻啼粧孫壽醉,[3] 泥秦宮.
試問花留春幾日, 略無人管雨和風. 瞥向綠珠樓下見,[4] 墜殘紅.

注

1 山茶(산다): 동백꽃. 한국에서 산다화는 애기동백을 가리킨다.

2 酒面(주면): 술에 취한 붉은 얼굴. 꽃을 비유한다. ○ 翠被(취피):
  비취색 옷. 잎을 비유한다.

3 墮髻(타계) 2구: 동한 양기梁驥의 처 손수孫壽의 전고를 가리킨다.
  손수는 미모에 요태妖態를 잘 부려 수미愁眉(눈썹을 가늘게 구부려 화장

함), 제장啼粧(눈 아래를 문질러 눈물 흘린 것처럼 꾸미는 화장), 타마계墮馬髻(쪽이 한쪽으로 떨어지게 한 머리모양), 절요보折腰步(바람에 흔들리듯 뒤뚱거리며 걸음), 우치소齲齒笑(이빨이 아픈 듯한 입모양으로 웃음)를 미혹媚惑이라 생각하였다. 양기에게는 진궁秦宮이라는 감노監奴가 있었는데 관직이 태창령에 이르렀고 양기의 처소를 드나들었다. 한번은 손수가 진궁을 보더니 주위의 사람을 물리치고 다른 일을 빌려 말을 나누더니 이로 인해 그와 사통하였다. 『후한서』「양기전」 참조.

4 綠珠(녹주): 서진西晉 석숭石崇의 애첩. 원래 교주交州 합포군合浦郡(광서자치구 博白縣)에 살았다. 석숭이 형주 자사였을 때 진주 3곡斛(섬)을 주고 샀다. 용모가 빼어나고 시를 지을 수 있었으며, 피리를 잘 불고 춤을 잘 추었다. 당시 조왕趙王 사마륜司馬倫의 총신 손수孫秀가 빼앗으려 했으나 석숭이 거절하였다. 이에 손수는 사마륜에게 석숭, 반악潘岳, 구양건歐陽建을 살해할 것을 주청하였다. 무사들이 석숭을 체포하러 오자 석숭이 "내가 너 때문에 죽게 생겼다"고 말하니 녹주는 "그대에게 보답하기 위해 그대 면전에서 죽겠어요."라 말하고는 누각에서 뛰어내려 죽었다. 『진서』「석숭전」 참조.

해설

동백을 노래하였다. 상편은 동백꽃의 모습을 치정에 빠진 손수孫壽로 비유하였다. 그녀는 달빛이 희부연한 밤 술을 마신 듯 붉은 얼굴로 진궁과 붙어 있다. 동백꽃에서 느껴지는 미감을 이러한 총체적인 인상으로 형상화시켰다. 하편은 동백꽃의 낙화를 녹주綠珠의 추락에 비겨 묘사하였다. 작품은 아름다운 생명의 절정과 순간적인 추락으로 무한한 아쉬움을 나타내었다. 비록 장난삼아 지었다지만 봄과 청춘과 생명을 아끼는 마음이 숨김없이 짙게 나타났다.

하신랑賀新郎

― 서사원의 「과거에 떨어져 여러 어른이 술을 들고 방문해주심에 감사하며」에 화운하다和徐斯遠下第謝諸公載酒相訪韻[1]

양미간엔 뛰어난 기상이 준수하구나.
마치 왕량王良이 가벼운 수레로 익숙한 길 달리니
화류마驊騮馬가 춤추는 듯해라.
그대는 연못에 머물 인물이 아니니
지척지간에 교룡이 되어 비구름을 뿌리리라.
때와 운명은 그래도 하늘이 부여하는 것.
향기로운 난초를 허리에 차고 있어도 묻는 사람 없으니
굴원이 순舜 임금에게 호소함을 탄식하노라.
부질없이 침울하게 있으니
누구에게 말하리오?

아이들은 양웅揚雄의 작품을 몰라보고
그 당시 「감천부」甘泉賦에서
'청총옥수'靑蔥玉樹라고 잘못 말했다고 책망했지.
바람이 배를 이끌어 너른 바다로 나가
아득히 삼신산이 보이나 가로막혀 닿을 수 없구나.
다만 내 오두막집이 어디쯤인지 웃으며 가리키노라.
문밖엔 수많은 송백이 울창한데
모두 오래된 수염을 늘어뜨린 당당한 팔척장신이라네.

누가 술을 수레에 싣고
대호帶湖에 오려나?

逸氣軒眉宇. 似王良輕車熟路,² 驊騮欲舞.³ 我覺君非池中物,⁴
咫尺蛟龍雲雨. 時與命猶須天付. 蘭珮芳菲無人問, 歎靈均欲向
重華訴.⁵ 空壹鬱,⁶ 共誰語?

兒曹不料揚雄賦.⁷ 怪當年甘泉誤說,⁸ 青蔥玉樹. 風引船回滄溟
闊, 目斷三山伊阻.⁹ 但笑指吾廬何許.¹⁰ 門外蒼官千百輩,¹¹ 盡堂
堂八尺鬚髯古.¹² 誰載酒, 帶湖去?

注

1 徐斯遠(서사원): 서문경徐文卿. 자가 사원斯遠이다. 신주 옥산玉山
  사람.

2 王良(왕량): 춘추시대 조趙나라 사람으로 진晉나라에 가서 활동하
  였다. 말을 잘 몰기로 유명하다. 『맹자』「등문공하」滕文公下에 왕량
  이 조간자趙簡子의 명을 받고 그의 총신 해奚의 말을 모는 이야기가
  나온다.

3 驊騮(화류): 명마 이름. 주 목왕周穆王의 팔준 가운데 하나이다.

4 池中物(지중물): 연못 속의 물건. 곧 잠룡을 가리킨다. 삼국시대
  동오의 주유周瑜가 손권에게 보낸 편지에서 유비를 비유하며 말하
  였다. "교룡이 구름과 비를 만나면 결국 못 속에 있지 않고 하늘로
  오릅니다."蛟龍得雲雨, 終非池中物. 여기에서 유래하여 '지중물'池中物
  은 원래 재능은 있으나 기회를 얻지 못하여 쓰임을 받지 못하고
  있는 사람을 가리킨다.

5 靈均(영균): 굴원. 「이소」離騷에 "부친께서는 나의 태어날 때의 기
  상을 바라보고, 나에게 아름다운 이름을 주셨으니, 이름은 정칙이

라 지으셨고, 자는 영균이라 하셨네."皇覽揆余初度兮, 肇錫余以嘉名. 名余曰正則兮, 字余曰靈均.란 구절이 있다. ○ 向重華訴(향중화소): 순임금에게 호소하다. 「이소」에 "원수와 상수를 건너 남쪽으로 가서, 순임금에게 나아가 내 말을 아뢰네."濟沅湘以南征兮, 就重華而陳詞.라는 구절 아래 순 임금에게 고금의 득실을 나열하며 호소하는 대목이 있다.

6 壹鬱(일울): 침울하다. 억눌리다. 서한 초기 가의賈誼의 「이소부」離騷賦에 "요약하여 말한다. '끝났구나! 나라에 나를 알아주는 자 없으니, 나 홀로 침울하여 누구에게 이야기하랴!'"誶曰: "已矣! 國其莫吾知兮, 子獨壹鬱其誰語!'

7 兒曹(아조) 3구: 서진의 좌사左思가 양웅揚雄의 「감천부」甘泉賦를 잘못 평가한 일을 통해 시험 감독관이 서사원의 뛰어난 시문을 몰라보아 낙제시킨 일을 비유하였다. 「감천부」에 "비취 옥수가 푸르고, 벽옥에 말과 물소의 문양이 있구나."翠玉樹之青蔥兮, 璧馬犀之璘珉.에 대해 좌사는 「삼도부 서문」三都賦序에서 "양웅은 「감천부」에서 옥수청총玉樹青蔥을 나열했는데, 진귀한 것을 거짓으로 칭하여 윤색하였다. 과일나무는 그 땅이 아니면 자라지 않는 것을 고찰해보면, 신령스런 물건도 그 땅이 아니면 나지 않는다. 그러므로 언어는 꾸미기 쉽고, 뜻은 근거 없이 공허하다." 당송 시기에 문인들은 좌사를 비판하는 경우가 많았다.

8 怪(괴): 책망하다. 나무라다.

9 三山(삼산): 동해에 있다는 세 개의 신선이 사는 섬. ○ 伊(이): 조사.

10 吾廬何許(오려하허): 내 여막은 어느 곳인가? 두목의 「이 급사 시」李給事詩에 "어느 곳이 나의 여막인가"何處是吾廬란 구가 있다.

11 蒼官(창관): 소나무와 측백나무의 별칭. 진시황이 태산을 오를 때 소나무 아래 비를 피했기에, 그 소나무에 오대부五大夫 작위를 봉

했다. 당대 무측천은 측백나무에 오품대부五品大夫를 봉했다.

12 鬚髯古(수염고): 수염이 오래되다. 소나무와 측백나무를 가리킨다.

　과거에서 떨어진 서사원을 위로하고 격려하였다. 상편은 서사원의 뛰어난 자질과 추구를 칭찬하면서, 알아주는 사람 없는 상황에 분개하였다. 하편은 서사원의 뛰어난 시문에 대한 잘못된 평가를 지적한 후, 필획을 돌려 송백 우거진 자연 속에서 술을 마시자고 권하였다. 1196년(57세)에 지었다.

완계사浣溪沙
— 표천에서 우연히 짓다瓢泉偶作

새로 지은 띳집이 규모가 갖춰지자
청산이 마침 작은 창을 마주하고 가로 펼쳐졌구나.
작년에는 일찍이 제비도 함께 집을 지었지.

병들어 술잔을 봐도 겁이 나서 술 끊었는데
늙어서 향불에 의지하여 힘들게 불경을 읽고
밤이 되면 여전히 관현 소리 듣는다.

新葺茅簷次第成,¹ 靑山恰對小窓橫. 去年曾共燕經營.
病怯杯盤甘止酒, 老依香火苦翻經.² 夜來依舊管絃聲.

注

1 新葺(신즙): 새로 지붕을 이다. 즉 새 집을 짓다. ○ 茅簷(모첨): 띳
   집의 처마. ○ 次第(차제): 규모. 모양새.
2 香火(향화): 향과 등불.

해설

　표천의 새집이 완성된 상황과 새로운 곳에서의 생활을 그렸다. 상
편은 새집의 모습을 그렸다. 창문으로 산이 보이고 제비도 함께 산다.
하편은 당시의 생활을 서술했다. 술을 끊고 불경을 읽지만, 밤이면
가녀가 음악을 연주하고 춤을 춘다. 집은 1195년 봄부터 지었으며 일
년이 지난 1196년(57세)에 이 작품을 지었다.

수조가두 水調歌頭

—새집으로 이사가려 했지만 완공되지 않아 가지 못하는 감회를 장난삼아 짓다. 이때 병으로 술을 끊었으며, 가녀들을 내보낸 일은 하편에서 언급했다 將遷新居不成, 有感, 戲作. 時以病止酒, 且遺去歌者, 末章及之

나 또한 이사 가려는 사람
만년이 되어 삼려대부 굴원을 경모한다.
천리마처럼 고개 들고 내달리며 살지
물결 따라 둥둥 떠 있는 오리는 되지 않겠노라.
다행히도 책 한 묶음이 있으니
집은 다만 벽 네 개뿐인 걸 아랑곳하지 않네.
예전에는 송곳 꽂을 땅도 없었더라.
수레를 빌려 가구를 실었는데
가구가 수레보다 작구나.

춤도 없고
노래도 없고
술도 없다.
몇몇 제자들은 여전히 나를 좋아하지만
그 밖의 친구들은 소원해졌구나.
은거하는 일 누구와 더불어 의논할지
백학이 날아와 함께 할 듯하다가

홀연 날아가 버리니 또 어찌하나?
새들은 깃들 곳이 있어 즐거워하고
나 또한 내 초막을 좋아한다네.

我亦卜居者,¹ 歲晩望三閭.² 昂昂千里,³ 泛泛不作水中鳧. 好在
書携一束, 莫問家徒四壁, 往日置錐無.⁴ 借車載家具, 家具少於車.
　舞烏有,⁵ 歌亡是, 飲子虛. 二三子者愛我,⁶ 此外故人疎. 幽事欲
論誰共,⁷ 白鶴飛來似可, 忽去復何如? 衆鳥欣有託,⁸ 吾亦愛吾廬.

注

1　卜居(복거): 이사하다. 일반적으로 점을 쳐 날짜나 장소를 잡고 이
　　사한다. 굴원이 지은 「복거」卜居라는 작품이 있다.

2　歲晩(세만): 한해의 끝. 여기서는 만년. ○ 望(망): 바라보다. 경모
　　하다. 존경하다. ○ 三閭(삼려): 삼려대부三閭大夫 굴원을 가리킨다.

3　昂昂(앙앙) 2구: 굴원의 「복거」를 이용하였다. "차라리 천리마처럼
　　고개를 들고 살아야 하나요? 아니면 물속의 오리처럼 물결과 함께
　　오르내리며 자신의 몸을 구차하게 보존하며 평범하게 살아야 하나
　　요?"寧昂昂若千里之駒乎? 將泛泛若水中之鳧乎? 與波上下, 偸以全吾軀乎?

4　置錐無(치추무): 송곳 꽂을 땅도 없을 정도로 가난하다.

5　舞烏有(무오유) 3구: 춤이 없고, 노래가 없고, 술이 없다. 무희가
　　없고, 가녀가 없고, 마시는 사람이 없다. 오유烏有, 망시亡是, 자허子
　　虛는 원래 사마상여 「자허부」에 나오는 가공의 인물들이다. 세 사
　　람의 이름의 뜻은 모두 '없다'이다.

6　二三子(이삼자): 두세 사람. 여러 명. 공자는 『논어』에서 자신의
　　제자를 이렇게 부르곤 했다. 여기서는 신기질이 뜻이 같은 몇몇 제
　　자들을 가리킨다.

7 幽事(유사): 표천 주위의 고요한 풍경을 즐기는 일. 은거하는 일.

8 衆鳥(중조) 2구: 도연명의 「산해경을 읽으며」讀山海經 제1수의 시구를 그대로 사용하였다.

신기질은 1194년 늦가을 탄핵되어 관직에서 파면되었고, 다음 해인 1195년 봄에 기사期思에서 건물을 짓기 시작하였다. 이러한 과정이 굴원과 비슷하므로 자신을 굴원에 비유하였다. 마침 당시 대호의 설루雪樓가 화재로 타버리자 기사期思의 표천으로 이사 가게 되었다. 1196년 여름에 지었다.

작교선鵲橋仙

― 사람에게 주다贈人

풍도는 기품이 있고
말은 유창하니
진실로 절묘하구나.
난초 국화 삼할 가량에 매화가 십할
합쳐져서 곧 바람과 달이 어린 꽃가지라네.

생황도 불지 않았는데
은하수 빠르게 돌아가고
싸늘하고 어둑한 밤이 객을 머물게 하는구나.
다만 염려되는 건 술을 다 마시면 각자 헤어질까봐
다시 술잔을 내밀다가 금방 사양하네.

風流標格,¹ 惺鬆言語,² 眞箇十分奇絶. 三分蘭菊十分梅, 闘合
就一枝風月.³

笙簀未語, 星河易轉, 涼夜厭厭留客.⁴ 只愁酒盡各西東, 更把酒
推辭一霎.

注

1 風流標格(풍류표격): 빼어난 정신과 풍도.

2 惺鬆(성송): 명쾌하다. 날카롭다. 소리가 경쾌함을 형용한다.

3 鬭合(두합): 모으다. 모이다.

4 厭厭(염염): 어둑하다. 어두운 모습.

　젊은 여인에게 준 증사贈詞이다. 아마도 생황을 잘 부는 악기樂妓로 보인다. 상편은 그녀의 면모를 그린 것으로, 풍도와 언어에 대한 서술 끝에 총체적으로 묘사하여 난초, 국화, 매화가 어우러진 꽃가지라고 하였다. 하편은 객과 헤어질 때의 모습을 그렸다. 밤의 시간은 금방 흐르고 그녀는 자신의 아쉬움을 표현하기 위하여 이별의 술잔을 권하다가도 헤어질까 두려워 금방 사양하곤 한다. 여인의 심리를 구체적인 동작으로 형상화하였다.

작교선鵲橋仙
― 길 가는 분경을 보내며送粉卿行[1]

가마도 준비했고
짐도 실었고
두견새 울음소리는 일어나라 재촉한다.
지금부터 한 걸음마다 뒤돌아볼 터인데
어찌 천 리 길을 뒤돌아 바라보랴.

예전에 다닌 곳
예전에 노래한 곳
이제는 빈 제비 둥지에서 향기로운 진흙만 떨어지리.
백발이라 그리움이 없다고 싫어하지 말게
나 역시 절로 그리워하리라.

轎兒排了, 擔兒裝了, 杜宇一聲催起.[2] 從今一步一回頭, 怎睚得
一千餘里.[3]
舊時行處, 舊時歌處, 空有燕泥香墜.[4] 莫嫌白髮不思量, 也須有
思量去裏.[5]

注

1 粉卿(분경): 신기질의 시녀 이름으로 보인다.
2 杜宇(두우): 두견새. 그 울음소리가 마치 '차라리 돌아가자'라는 뜻

의 '부루궤이취'不如歸去라고 운다고 보았기에, 떠나는 사람 입장에
서는 빨리 고향으로 돌아가라며 재촉하는 뜻으로 들린다.

3 睚(애): 바라보다.

4 燕泥香(연니향): 제비가 물어온 진흙의 향기. 제비가 진흙을 물어
둥지를 지을 때는 마침 봄이 한창이므로, 진흙 속에는 떨어진 꽃의
향기가 묻어 있다고 보았다.

5 須(수): 절로. 송대 방언. ○ 去(거): 곳. 처處와 같다. ○ 裏(리): 어
조사.

해설

시첩을 보내며 지어준 송별사이다. '예전에 노래한 곳'舊時歌處이란
말이 있는 것으로 보아 분경이란 여인은 가기歌妓였던 것으로 보인다.
상편은 분경이 떠나는 장면을 서술하였고, 하편은 헤어진 후 이별의
아쉬움을 그렸다.

서강월西江月

분처럼 하얗던 얼굴은 모두 꿈이 되었으니
서리 내린 수염으로 몇 해를 더 살 수 있을까.
처음 올 때 나를 위해 「반뢰수」伴牢愁를 읊었는데
한 번 보자마자 술잔 앞에서 옛 친구처럼 친해졌지.

시는 음갱陰鏗과 하손何遜의 옆자리에 앉을 정도이고
서예는 나휘羅暉와 조습趙襲의 앞에 둘 정도라네.
비단 주머니 오고가며 주고받는 시 쓰기 그치지 마오
벌써 시녀를 보내 기다리고 있다오.

粉面都成醉夢, 霜鬢能幾春秋. 來時誦我伴牢愁,[1] 一見尊前似舊.
詩在陰何側畔,[2] 字居羅趙前頭.[3] 錦囊來往幾時休?[4] 已遣蛾眉
等候.

注

1 伴牢愁(반뢰수): 畔牢愁(반뢰수). 양웅揚雄이 지은 초사체의 작품 이
　름. 굴원의 「석송」惜誦부터 「회사」懷沙까지 모방하여 지은 작품을
　한 권으로 만들어 「반뢰수」라 이름지었다."旁惜誦以下至懷沙爲一卷,
　名曰畔牢愁. '반뢰수'의 뜻은 '군주와 헤어져 시름겹고 무료하다'이
　다. 『한서』「양웅전」참조. 지금은 전하지 않으며, 후세에는 이별의
　시름을 표현한 작품이란 뜻으로 사용되었다.

2 陰何(음하): 남조 시대의 시인 음갱陰鏗과 하손何遜.

3 羅趙(나조): 동한 말기 서예가 나휘羅暉와 조습趙襲. 서진 때의 장백영張伯英과 함께 서주西州라 칭해졌다. 나휘와 조습은 스스로 뛰어나다고 자부했지만, 후대의 장백영은 자신이 두 사람보다 뛰어나다고 했다.

4 錦囊(금낭) 구: 당대 시인 이하李賀의 전고를 가리킨다. 이하는 나귀를 타고 다니면서 시상이 떠오르면 바로 써서 따라오는 시종의 비단 주머니에 넣곤 하였다. 저녁에 돌아와 정리하면 시가 완성되었다. 『신당서』「이하전」 참조.

해설

시우詩友와 시를 주고받으며 쓴 증답사이다. 상편은 자신의 노년을 돌아보며 시우와 처음 만날 때를 회상하였다. 하편은 친구의 시와 서예 솜씨를 칭찬하면서 답시를 청하였다. 시우에 대한 존중과 기대가 깔려 있다.

서강월西江月

— 아경의 초상화에 쓰다題阿卿影像[1]

사람들은 말하지, 춤과 노래를 아주 잘한다고
하늘은 다만 아경을 초상화에 들어가도록 했지.
천지가 흔들리도록 북을 두드려 그녀가 듣게 하여도
꽃가지를 든 채 반응이 없구나.

사랑스런 정신과 날씬한 모습 어디에서 찾으리오
본래부터 부드러운 말씨에 상냥한 마음이었지.
어떤 때 취하면 '경경'이라 불러
오히려 옆자리 사람들의 웃음과 비난을 받았지.

人道偏宜歌舞,[2] 天敎只入丹靑. 喧天畵鼓要他聽.[3] 把着花枝
不應.
何處嬌魂瘦影, 向來軟語柔情. 有時醉裏喚卿卿.[4] 却被傍人
笑問.

注

1 阿卿(아경): 신기질의 시첩 이름으로 보인다. 경경卿卿이라 부르기
  도 했다.
2 偏宜(편의): 적합하다. 가장 알맞다.
3 畵鼓(화고): 그림이 그려진 북.

4 卿卿(경경): 당신. 아내가 남편을 부르는 말. 여기서는 시첩 아경의 애칭.

　시첩 가운데 하나인 경경卿卿을 그린 초상화에 적은 시이다. 신기질은 처 범씨范氏 이외에 시녀가 모두 여섯 명으로 정정整整, 전전錢錢, 전전田田, 향향香香, 경경卿卿, 비경飛卿이 있었다. 이들 시녀는 '시첩' 侍妾이라고도 하는데, 첩의 신분보다 낮지만 시종보다는 높아 주인에 따라 그 관계는 상당히 탄력적이다. 이 작품은 죽은 시첩 경경의 초상화를 보면서 애도하는 마음과 애틋한 정을 잘 나타내었다. 사람들의 경경에 대한 평가, 그림 속의 경경, 경경의 성정, 경경에 대한 애착 등을 차례로 두 구씩 서술하였다. 모두 여덟 구의 작품 속에 경경의 모습이 오롯이 살아나온다.

심원춘沁園春

— 술을 끊으려고 술잔에게 가까이 오지 말라고 경고하다將止酒, 戒酒
杯使勿近

너 술잔아!
이 늙은이가 오늘 아침
내 몸을 점검했지.
어째서 중년에 주갈이 심한지
목구멍이 끓는 솥처럼 타들어가고
지금은 또 잠자기를 좋아해
코 고는 소리가 우레와 같다.
너는 말하지 "유령劉伶은
고금에 걸쳐 달관한 사람
취한 후 죽으면 바로 아무데나 묻혀도 상관없네."
뜻밖에도 이렇게 말하다니
너는 친구인 나에게
정말로 정이 없구나!

더구나 노래와 춤을 매개로
합작하여 해치는 건 인간 세상에 독극물만큼 무섭다.
하물며 원한이란 크든 작든 상관없이
좋아하는 데서 나오는 것

사물은 본래 좋고 나쁜 게 없는데

지나치면 재앙이 되는 것.

내 너와 약속하노라.

"머뭇거리지 말고 속히 물러가거라

나의 힘은 아직 너를 깨버릴 수 있노라."

술잔은 재배하며

말하기를 "가라고 손을 내저으면 가고,

손짓해서 부르면 오리다."

杯汝來前, 老子今朝, 點檢形骸. 甚長年抱渴,[1] 咽如焦釜; 於今
喜睡, 氣似奔雷. 汝說"劉伶,[2] 古今達者, 醉後何妨死便埋." 渾如
此,[3] 歎汝於知已, 眞少恩哉!

　　更憑歌舞爲媒. 算合作人間鴆毒猜.[4] 況怨無大小, 生於所愛; 物
無美惡, 過則爲災. 與汝成言:[5] "勿留亟退, 吾力猶能肆汝杯."[6] 杯
再拜, 道"麾之卽去, 招則須來."

注

1 抱渴(포갈): 주갈병酒渴病. 중년에 목이 말라 술을 마시고 싶어 하
　는 증상.

2 劉伶(유령): 삼국시대 위魏의 죽림칠현竹林七賢 가운데 한 사람. 술
　마시기를 좋아했으며 술을 예찬하는 「주덕송」酒德頌을 남겼다. 또
　녹거鹿車를 타고, 술 한 병을 들고, 시종에게 괭이를 들고 따르게
　하면서 "내가 죽거든 곧 땅을 파 묻게나."死便掘地以埋라고 말하였
　다. 『진서』「유령전」 참조.

3 渾如此(혼여차) 3구: 뜻밖에도 이렇다면 친구에게 정이 없다. 한유
　의 「모영전」毛穎傳에 "네가 친구에게 이러하다면 정말이지 정이 없

다!"汝於知己, 眞少恩哉!는 말투를 이용하였다.

4 鴆毒(짐독): 짐조鴆鳥의 털로 만든 독극물. 술에 넣어 만든 짐주를 마시면 바로 죽는다.

5 成言(성언): 약속하다.

6 肆(사): 원뜻은 사형 후 시체를 군중에게 보임. 『논어』 「헌문」에 "내 힘은 아직 공백료의 시신을 저자에 늘어놓을 수 있습니다."吾力猶能 肆諸市朝라는 구절이 있다. 여기서는 그 어투를 사용하여 술잔을 깰 수도 있음을 말하였다.

해설

술 끊는 결심을 천명하였다. 술잔을 의인화시켜 문답을 나누는 형식으로 이루어져 해학적이면서도 활발하여 한 편의 가전체 소설을 읽는 감흥을 준다. 술을 좋아하면서도 어쩔 수 없이 멀리해야 하는 처지에서 오는 심리적 갈등을 표면화시켜 잘 처리하였다. 상하편 모두 말미에서 술의 반론이 제기되어, 작자의 엄격한 질타와 배척에도 지지 않는 모습을 보여 여운을 남긴다. 그것은 그야말로 '지나치면 재앙이 되므로'過則爲災 사람에게 달린 문제이기 때문이다. 이러한 심리적 요소를 대상화시켜 선명하고 통쾌하게 부각시킨 점이 뛰어나다. 산문의 방식을 채용하고 의론의 요소가 강하여 독특한 표현 공간을 이루었다.

심원춘沁園春

— 성 안의 여러 사람이 술을 싣고 산에 들어왔는데, 나는 금주를 이유로 거절할 수 없어 마침내 결심을 깨고 한바탕 취했다. 같은 운을 다시 사용하다城中諸公載酒入山, 余不得以止酒爲解, 遂破戒一醉, 再用韻

술잔이여 너는 아는가
주천酒泉 태수의 임기가 끝났으니
술 담는 가죽 부대도 함께 은퇴해야 하는 것을.
더구나 고양高陽의 술꾼이 뵙자고 청해도
모두 사양한다 말했고
두강杜康도 벼슬에 나가며 점을 쳐보니
둔괘屯卦가 나와서 술 빚을 겨를이 없었다네.
예전 일을 자세히 생각해보니
가슴 속 많은 한을 감당할 수 없어
세월을 모두 누룩 속에 묻어버렸다네.
그대들의 권주시勸酒詩는 모두 좋아서
마치 제호提壺새가 술을 권하며
술 사오라고 지저귀는 듯하네.

그대들 말인즉 병이란 원인이 있기 마련인데
마치 벽에 걸린 활 그림자가 술잔에 비쳐 뱀인 줄 알고 걱정했기
때문이네.
    잘 기억하게, 도원명은 술에 취해 곯아떨어졌어도

즐거이 지내며 천수를 누렸지만

홀로 술 마시지 않고 깨어있던 굴원은

끝내 강물에 빠져 죽었다는 것을.

그대들 말을 듣고 마시려고 하지만

다만 용단이 없는 것이 부끄럽구나

사마예司馬睿처럼 술잔을 끝까지 엎지 못함을.

그래도 즐거워 웃을 만하네

오늘 밤 병원邴原처럼 한바탕 취하리라

찾아온 친구들을 위해서.

杯汝知乎: 酒泉罷侯,[1] 鴟夷乞骸,[2] 更高陽入謁,[3] 都稱齏臼;[4] 杜康初筮,[5] 正得雲雷.[6] 細數從前, 不堪餘恨, 歲月都將麴糵埋.[7] 君詩好, 似提壺却勸,[8] 沽酒何哉.

君言病豈無媒, 似壁上雕弓蛇暗猜.[9] 記醉眠陶令, 終全至樂; 獨醒屈子, 未免沉菹.[10] 欲聽公言,[11] 慚非勇者, 司馬家兒解覆杯. 還堪笑, 借今宵一醉,[12,13] 爲故人來.

注

1 酒泉(주천): 주천군. 서한 한 무제 때 설치. 치소는 지금의 감숙성 주천시. 성 아래에 있는 금천金泉의 물맛이 술맛과 같으므로 이름 붙여졌다. 두보의 「음주팔선가」飮酒八仙歌에 "주천으로 봉지를 옮기지 않았음을 한스러워 한다"恨不移封向酒泉는 말이 있다. 여기서는 두보의 시구를 거꾸로 이용하여, 주천 태수의 자리도 이미 임기가 끝나 옮겨갈 가망이 없으니 술을 끊을 수밖에 없다는 뜻을 나타냈다.

2 鴟夷(치이): 술 부대. ○乞骸(걸해): 원래 연한이 찬 관원이 스스로 은퇴를 자청한다는 뜻. 여기서는 술 끊음을 비유한다.

3 高陽(고양): 고양주도高陽酒徒의 준말. 서한 초기 유방이 군사를 이 끌고 진류陳留에 가서 머물게 되었을 때, 진류의 고양(하남성 杞縣) 사람 역이기酈食其가 알현하기를 청하였다. 유방은 자신이 천자를 쟁탈하는 때라서 유생儒生을 만날 시간이 없다고 알렸다. 이에 역이 기가 눈알을 부라리며 검을 잡고 "나는 고양의 술꾼이지 유생이 아 니외다!"吾高陽酒徒也, 非儒人也!라고 소리쳤다. 『사기』「역생육가열 전」酈生陸賈列傳 참조.

4 齏臼(제구): 사양하다. 원래 삼국시대 조조曹操와 양수楊修가 조아 비曹娥碑의 뒷면에 적힌 '黃絹幼婦, 外孫齏臼'(황견유부, 외손제구) 여 덟 글자를 풀이하여 '절묘호사'絕妙好辭라 해석하였다. 이때 제구齏 臼는 음식을 담는 그릇으로 이는 매운 것辛을 담는 것이니受 두 글 자를 합치면 사辭가 된다. 『세설신어』「첩오」捷悟 참조. 여기서는 '사'辭 글자를 '사양한다'는 뜻으로 사용하였다.

5 杜康(두강): 술을 처음 만들었다는 사람. ○ 初筮(초서): 벼슬에 나 가면서 처음 쳐보는 점. 고대에는 출사하면서 점을 쳐 길흉을 판단 하였다.

6 雲雷(운뢰): 둔괘屯卦를 가리킨다. 『주역』「둔괘」에 "구름과 우레가 모여 둔괘가 된다. 군자가 천하를 경륜한다."雲雷屯, 君子以經綸.는 말이 있다. 둔괘는 어려움과 불길함을 의미하므로, 여기에서 두강 이 어려움에 처하는 괘를 얻었다는 것은 곧 관료 사회의 험난함에 빠져 술을 빚지 못한다는 뜻이다.

7 麴糵(국얼): 누룩. 술을 빚을 때 쓰는 발효 물질. 여기서는 술.

8 提壺(제호): 새 이름. '티후'提壺라는 음에서 만들어진 이름으로 보 이지만, 한자로 쓰면 '술병을 든다'는 말이므로 술을 마신다는 뜻을 연상시켰다.

9 雕弓蛇(조궁사): 배궁사영杯弓蛇影 고사를 환기한다. 서진의 악광樂

廣이 손님 가운데 오랫동안 오지 않는 사람이 있어 물었더니, 한 번은 술을 마시는데 술잔 속에 뱀이 있어 마음에 걸렸는데 마시고 나서 병이 났다는 것이었다. 이에 악광이 자신의 관청 벽에 활을 걸어놓고 뱀 모양으로 칠하여, 활 그림자가 떨어진 것으로 보이게 하자, 그 손님의 병이 나았다고 한다. 『진서』「악광전」 참조. 유사한 전고는 동한 말기 응소應劭의 『풍속통의』風俗通義에도 응침應郴과 두선杜宣 사이의 일로 서술되어 있다.

10 沉菑(침치): 침재沈災. 홍수를 가리킨다. 굴원이 멱라 강에 빠져 죽은 일을 가리킨다.

11 欲聽(욕청) 3구: 사마예司馬睿가 금주한 일을 가리킨다. 진 원제晉元帝 사마예가 평소 술을 좋아했으나, 양자강을 건너 강남으로 내려갈 때 왕도王導가 이에 대해 직언하였다. 사마예가 좌우 근신들에게 술잔을 가져오라 이르고는, 마신 후에 술잔을 엎었다. 이후로 다시는 술을 마시지 않았다. 『세설신어』「규잠」規箴 참조.

12 [원주]: "병원의 전고를 사용하였다."用邴原事.

13 借今宵(차금소) 2구: 삼국시대 병원邴原은 술을 마실 줄 알았으나, 스스로 결심을 한 후로는 팔구 년간 술을 입에 대지 않았다. 병원이 도성으로 떠날 때 스승과 친구들은 그가 술을 마시지 않는다는 것을 알고 쌀과 고기를 모아 병원을 떠나보내려 했다. 병원이 말했다. "본래 술 마실 줄 알지만 생각과 학업을 황폐하게 할까 끊었을 뿐입니다. 지금 멀리 떠나게 되어 송별금을 받았으니 술자리를 마련할 수 있겠습니다."本能飮酒, 但以荒思廢業, 故斷之耳. 今當遠別, 因見貺錢, 可一飮燕. 이리하여 함께 앉아 술을 마시게 되었는데 종일 마셔도 취하지 않았다. 『삼국지』배송지 주석에서 인용한 「병원별전」邴原別傳 참조.

　　바로 앞의 사詞는 금주의 결심을 나타내었지만, 이 사는 결심을 깨뜨린 내용으로, 앞의 사와 짝이 되는 작품이다. 금주한지 얼마 되지 않아 친구들이 술을 사들고 은거하고 있는 표천瓢泉으로 병문안하러 왔을 때, 친구들의 권주에 못 이겨 술을 마시게 되었다. 이 작품은 자신이 결심을 지키지 못한 데 대한 유쾌한 변명이자 자조라 할 수 있다. 상편에서는 술잔에게 말하는 어조로, 자신이 술을 끊게 된 굳은 결심을 관직에서의 은퇴, 술꾼 방문의 불허, 술 빚 지지 않기 등으로 표명하였다. 그동안 자신이 술을 그처럼 좋아하고 많이 마셨던 것은 사실 가슴 속에 쌓인 여한이 많았기 때문이었다. 여기에는 술로 시국을 걱정하고 자신을 위로하는 지사의 울분이 보인다. 이어서 친구들의 권주가 상하편에 걸쳐 이어진다. 지금 몸이 아픈 것은 술 때문이 아니며, 게다가 마시지 않고 굴원처럼 일찍 죽으니 마시고 도연명처럼 오래 사는 게 낫지 않느냐고 설득한다. 결국 사마예처럼 결심을 지속하지 못한 걸 부끄러워하고, 병원처럼 친구를 위한 것이라 변명한다. 금주의 결심과 파기 사이의 상반되는 심리가 생동적으로 그려졌다. 대략 1196년(57세) 표천에서 은거할 때 지었다.

추노아醜奴兒

요즈음 시름은 하늘처럼 큰데
누가 풀어주고 위로해주랴?
누가 풀어주고 위로해줘도
다시 시름으로 하늘을 만들게 되리라.

고금의 무한한 일들
시름 변두리 밖으로 내쳐 놓네.
시름 변두리 밖으로 내쳐 놓고
오히려 주천酒泉으로 이사하네.

近來愁似天來大, 誰解相憐? 誰解相憐, 又把愁來做箇天.
都將今古無窮事, 放在愁邊. 放在愁邊. 却自移家向酒泉.[1]

注

1 酒泉(주천): 지금의 감숙성 주천시. 바로 앞의 사 참조. 주천으로
이사한다는 말은 술을 마신다는 뜻.

해설

풀길 없는 시름을 호소하였다. 상편은 시름을 하늘로 형상화시켜
그 거대함을 나타내었고, 하편은 고금의 무수한 일들이 모두 시름의
소재라고 말하며 피할 수 있는 길은 술밖에 없다고 하였다. '시름'에
대해 사색한 결과를 정감의 방식으로 토로하였다.

첨자완계사添字浣溪沙

— 부암수에게 편지 삼아 보내며簡傳巖叟

평생 동안 취향醉鄕에 들어간다면
모두 합해서 삼만 육천 번의 술자리라네.
고금의 수많은 일들
생각하지 말 것이라.

조금 쌀쌀하지만 때맞춰 내리는 봄비가 좋은데
들꽃이 향기로운 곳을 찾지 못하는구나.
한 해가 가고 한 해가 올 때마다 또 웃나니
제비가 바삐 난다고.

總把平生入醉鄕,¹ 大都三萬六千場.² 今古悠悠多少事, 莫思量.
微有寒些春雨好, 更無尋處野花香. 年去年來還又笑: 燕飛忙.

注

1 醉鄕(취향): 술을 마시면 가게 된다는 정신적인 장소. 당대 초기
  왕적王績이 쓴 「취향기」醉鄕記에 자세하다.

2 三萬六千場(삼만륙천장): 삼만 육천 번의 술자리. 사람의 일생을
  일백 년이라 가정하여 매일 술자리를 갖는다는 뜻이다. 이백의 「양
  양가」襄陽歌에 "백 년은 삼만 육천 일, 하루에 모르지기 삼백 잔은
  마셔야 하리."百年三萬六千日, 一日須傾三百杯.란 구절이 있다. 소식의

「만정방」滿庭芳에도 "백 년 동안, 온통 취한다고 한다면, 삼만 육천 번의 술자리라네."百年裏, 渾敎是醉, 三萬六千場.라는 구절이 있다.

해설

편지 대신 부암수에게 부친 사이다. 상편은 세상사를 잊고 매일 술 속에 살겠다는 뜻을 나타냈고, 하편은 봄이 와도 춘경春景을 찾아 즐길 여유가 없이 바쁘게 지내는 것이 마치 봄에 돌아온 제비가 바쁘게 나는 것 같다고 자신을 자조하였다. 이 작품 역시 일시적인 안일과 타협 속에 빠진 현실 정치에 자신의 추구를 이룰 길 없어 술로써 초탈과 위로를 찾는 작자의 분개가 숨어 있다.

첨자완계사添字浣溪沙
─ 앞의 운을 사용하여 부암수가 좋은 꽃과 신선한 버섯을 보내왔기
에 감사하며 쓰다用前韻謝傳巖叟餽名花鮮蕈[1]

따뜻하고 부드러운 버드나무는 버섯이 자라난 곳이요
벌과 나비 분분한 곳은 작년에 꽃핀 그 자리라.
대체로 봄 한 철에 바람 불고 비 내리는 건
가장 헤아리기 어려워.

한 묶음 가득 가져온 꽃은 연지와 분을 바른 예쁜 얼굴이요
소반에 담으니 영지 향기 더욱 강하게 풍기네.
본래 국 선생麴先生이 한가히 떠나고 난 후인데
다시 분주하게 만드누나.

楊柳溫柔是故鄕, 紛紛蜂蝶去年場. 大率一春風雨事, 最難量.
滿把携來紅粉面, 堆盤更覺紫芝香.[2] 幸自麴生閑去了,[3,4] 又敎忙.

注

1 餽(궤): 보내다. 주다. ○ 蕈(심): 버섯.

2 紫芝(자지): 영지靈芝.

3 [원주]: "비로소 술을 끊었다."才止酒.

4 幸自(행자): 本自(본자)의 뜻. 본래부터. ○ 麴生(국생): 국 선생. 국
수재秀才. 술을 가리킨다. 앞의 「보살만 ─인간 세상 세월이 당당히

흘러가니」 참조.

꽃과 버섯을 보내온 부암수에게 감사의 뜻을 나타내었다. 상편의 첫 두 구는 버섯과 꽃에 대해 각각 묘사했고, 이는 하편의 첫 두 구도 마찬가지이다. 상편에선 변화 많은 봄철 날씨 속에 좋은 꽃과 신선한 버섯을 재배하기 어려움을 묘사하여, 그 성의와 우의에 고마워하였다. 하편은 자신의 만족감을 나타내어 고마움을 표현하였다.

임강선臨江仙

— 시첩 아전阿錢이 장차 길을 떠나매, '전'錢 자를 제목으로 지어 증
정하다侍者阿錢將行, 賦錢字以贈之[1]

한번 주흥酒興과 시흥詩興을 잃었더니
춤과 노래가 시들해졌지.
좋은 날 좋은 밤 달은 둥근데
두보는 진정 호사가라
빈 주머니에 동전 한 닢 남겨두고 보았었지.

만년에 사람들이 정불식程不識이 일'전'의 가치도 없다고 헐뜯는데
어찌 아도물阿賭物인 '전'에 마음을 두리오.
버들개지와 유전楡錢이 눈처럼 하늘 가득 날리면
지금부터 꽃그늘 아래
다만 '녹전'綠錢처럼 둥근 이끼만 바라보리라.

一自酒情詩興懶, 舞裙歌扇闌珊.[2] 好天良夜月團團. 杜陵眞好
事,[3] 留得一錢看.

歲晩人欺程不識,[4] 怎敎阿堵留連.[5] 楊花楡莢雪漫天.[6] 從今花影
下, 只看綠苔圓.[7]

> **注**
>
> 1 侍者(시자): 시첩. 시첩은 신분상 첩보다 낮지만 여종보다는 높다.

○ 阿錢(아전): 신기질의 시첩 전전錢錢. 성씨를 이름으로 만들었다. 신기질을 대신하여 답장 편지를 써줄 정도로 글을 잘 썼다. 『서사회요』書史會要 권6 참조.

2 闌珊(란산): 처량하다. 시들다.

3 杜陵(두릉) 2구: 두보의 「빈 주머니」空囊에 나오는 "주머니 비면 부끄럽고 창피할까봐, 한 푼을 남겨두고 보네."囊空恐羞澀, 留得一錢看. 란 구절을 이용하였다. 여기서는 이 시구를 이용하여 아전阿錢을 남겨두려고 했다는 의미를 말했다.

4 程不識(정불식): 서한 한 무제 때 이광과 함께 이름 난 장수. 여기서는 '일전불치'一錢不値 고사를 가리킨다. 승상 무안후武安侯 전분田蚡이 연왕燕王의 딸을 부인으로 맞이하자, 위기후魏其侯 두영竇嬰이 관부灌夫에게 함께 가서 축하하자고 했다. 관부가 연석에서 술을 권하다가 임여후臨汝侯 관현灌賢에 이르렀다. 임여후는 마침 정불식과 귓속말을 하고 있고 게다가 피석避席도 하지 않자 관부는 크게 노하여 임여후에게 욕을 퍼부었다. "평소 정불식이 일전의 가치도 없다고 헐뜯더니 오늘은 어른이 술을 권하는데 계집애들처럼 귓속말이나 주고받고 있구료!"生平毁程不識不直一錢, 今日長者爲壽, 乃效女兒, 呫囁耳語. 『사기』「위기무안후열전」 참조.

5 阿堵(아도): 아도물阿賭物. 위진 시대 구어로 '이것', '이 물건'이라는 뜻. 여기서는 서진 말기 왕연王衍의 전고를 가리킨다. 왕연은 부인의 탐욕스러움이 싫어 일찍이 돈 '전'자를 입에 담은 적이 없었다. 부인이 그를 시험해 보려고 시녀에게 명하여 돈으로 침상을 에워싸 걸어갈 수 없게 만들어 놓았다. 왕연이 아침에 일어나 돈 때문에 걸을 수 없음을 보고 시녀를 불러 "아도물(이것) 좀 치워라!"擧却阿堵物고 말했다. 『세설신어』「규잠」 참조. 여기서는 전전을 보내는 뜻을 비유하였다.

6 楡莢(유협): 느릅나무 잎. 가지를 따라 총생하는 모양이 마치 포개진 동전과 같아 유전楡錢이라 하였다.

7 綠苔(녹태): 초록색 이끼. 원선圓蘚, 녹선綠蘚, 녹전綠錢 등으로도 불린다.

시첩 '전전'을 보내며 지어준 송별사이다. 상편은 전전을 보내게 된 연유를 서술하였다. 두보가 빈 주머니에 일전을 남겨두는 어리석음을 비웃으면서 자신은 '동전 한 닢'一錢을 보내는 현명함을 대비하여 드러내었다. 이렇게 보면 둥근 달은 아마도 자신의 본처를 비유한 것으로 볼 수도 있다. 하편은 만년에 사람들의 비방을 받는 데 대해 해명하면서 전전을 보낸 후 그녀를 그리워 할 것임을 나타내었다. 신기질이 탄핵을 받을 때 그 이유 가운데 하나로 "돈을 모래처럼 쓴다"用錢如泥沙라는 말이 있으므로 이에 대한 변호의 뜻도 넣었다. '전'錢과 관련된 전고를 동원하여 이별의 아쉬움을 나타낸 솜씨가 비범하다.

임강선臨江仙

— 제갈원량 연석에서 화운사를 받고, 같은 운을 다시 사용하여 짓다
諸葛元亮席上見和, 再用韻[1]

밤에 남당南堂에서 이야기하다 기와가 막 울리는 소리
삼경에 소낙비가 쇄쇄 내리네.
사귐은 부서진 모래 뭉치처럼 하지 말게나
생사와 빈부의 갈림길을 당해
그 속에서 사귐의 진정을 살펴보게나.

내 기억하리다, 후일의 『기구전』耆舊傳에
나와 그대의 이름도 들어있으리라고.
맑은 바람에 베개가 시원한 밤
깨어나 다시 스스로 웃나니
이 꿈은 누굴 청하여 이루게 하나?

夜語南堂新瓦響,[2] 三更急雨珊珊.[3] 交情莫作碎沙團.[4] 死生貧富
際, 試向此中看.
　記取他年耆舊傳,[5] 與君名字牽連. 清風一枕晚涼天. 覺來還自
笑, 此夢倩誰圓?[6]

注

1 諸葛元亮(제갈원량): 미상. 앞에 나온 「수룡음 —그대 때문에 나

표천이 놀라 자빠지니」도 그에게 보냈다.

2 夜語(야어) 구: 소식의 「남당」南堂에 나오는 "남당의 기와에 비가 막 울리는 소리 들으니, 마치 동편 둑방의 어린 연꽃 향기를 맡는 듯해라."一聽南堂新瓦響, 似聞東塢小荷香.는 구절을 이용하였다.

3 珊珊(산산): 달랑달랑. 쟁강쟁강. 허리에 찬 옥이 부딪치며 나는 소리. 여기서는 쏴쏴 비가 내리는 소리.

4 交情(교정) 3구: 서한 초기 적공翟公이 한 말을 환기한다. 하규下邽의 적공이 정위廷尉가 되었을 때 손님들이 문을 가득 채웠지만, 면직되자 문밖이 한산하여 참새 잡이 그물을 쳐도 될 만큼 '문가라작門可羅雀'의 지경이 되었다. 나중에 다시 정위가 되자 손님들이 찾아가려 했다. 이에 적공이 대문에 써 붙였다. "생사의 갈림길에 있어봐야 친구의 마음을 알고, 빈부의 극한에 있어봐야 사귐의 태도를 알며, 귀천(벼슬과 파면)의 상황에 있어봐야 친구의 마음이 드러난다."一死一生, 乃知交情. 一貧一富, 乃知交態. 一貴一賤, 交情乃見. 『한서』「정당시전」鄭當時傳 참조. 소식의 「다시 교 태학박사와 단 둔전에게 답하며」再答喬太博段屯田에 "친구는 모래 뭉치와 같아, 손을 펼치면 다시 흩어진다."親友如摶沙, 放手還復散.는 말이 있다.

5 耆舊傳(기구전): 동진 습착치習鑿齒가 지은 『양양기구전』襄陽耆舊傳을 가리킨다. 이 책에는 제갈량諸葛亮이 젊어서 양양 성 서쪽 이십 리의 등현鄧縣에서 은거할 때부터의 생애가 기록되어 있다. 여기에선 제갈원량의 사적도 장차 제갈량을 이어 역사서에 들어갈 것이라 말하였다.

6 倩(천): 請(청)과 같다. 청하다. ○ 圓(원): 원몽圓夢. 꿈을 점쳐서 그 길흉을 판정함.

　제갈원석에게 사귐에 대해 논하며 자신의 꿈을 이루어주기를 바랬
다. 상편은 비 오는 밤 사귐의 도리에 대해 이야기를 나누는 정경을
그렸다. 하편은 청사에 길이 남을 의미 있는 일을 해주기 바라는 기대
를 말했다. 말미에서 "이 꿈은 누굴 청하여 이루게 하나?"라고 하여
제갈원량이 시인의 꿈을 이어서 이루어주기 바라는 뜻을 나타내었다.

임강선臨江仙
— 다시 '원'圓 자 운을 사용하여再用圓字韻

작은 술잔을 바꾸게 하고
창문 아래서 쇄쇄 내리는 빗소리 듣는다.
눈처럼 하얗고 둥근 가을 부채 같은 신세 되지 말지라.
고금의 슬프고 우스운 일들
오래도록 후인들이 보도록 해야 하리.

기억하게나, 봄비가 내린 뒤에는 두레박으로 물을 긷지 않아도
작은 밭의 국화와 쑥이 모두 물에 흠뻑 젖는 것을.
인력이 미치지 못하는 곳에 자연의 힘은 더욱 공교하니
그대 보게나, 땅바닥에 물을 쏟아부으면
네모꼴이나 원형을 이루기 어려운 것을.

窄樣金杯敎換了,[1] 房櫳試聽珊珊.[2] 莫敎秋扇雪團團.[3] 古今悲笑
事, 長付後人看.
　　記取桔槔春雨後,[4] 短畦菊艾相連.[5] 拙於人處巧於天. 君看流地
水,[6] 難得正方圓.

注

1 窄樣(착양): 좁은. 협소한.
2 房櫳(방롱): 창문. 격자 창살의 창문. ○ 珊珊(산산): 쇄쇄. 비가 내

리는 소리를 형용한 의성어.

3 秋扇(추선): 가을 부채. 한대 반첩여班婕妤가 지었다고 전해지는
「원가행」怨歌行에 자신을 가을 부채에 비유하여 "언제나 두려운 건
가을이 되어, 찬바람에 더위가 사라지면, 부채는 바구니에 버려지
고, 은정도 중도에서 끊어지는 일."常恐秋節至, 涼飆奪炎熱. 棄捐篋笥
中, 恩情中道絶.이란 구절이 있다.

4 桔槔(길고): 두레박.

5 短畦(단휴): 작은 밭. ○ 菊艾(국애): 국화와 쑥.

6 君看(군간) 2구: 동진 때 유윤劉尹의 말을 이용하였다. 은호殷浩가
"자연은 사람에게 천성을 부여하는데 있어 일정한 의도가 없이 무
심한데, 어찌하여 선인은 적고 악인은 많은가?"라고 묻자 사람들이
대답을 못했다. 이때 유윤이 말했다. "비유하건대 땅바닥에 물을
쏟으면 곧 절로 이리저리 흘러, 대체로 네모꼴이나 원형을 이루지
못하는 것과 같습니다."譬如寫水著地, 正自縱橫流漫, 略無正方圓者.

해설

사람의 일이란 인간의 의지대로 이루어지지 않음을 사고하였다. 상
편은 비 내리는 밤 반첩여의 일과 같은 고금의 수많은 슬프고 아쉽고
억울한 일이 없어지지 않고, 후인들에게 맡겨져 판단을 기다린다고 말
했다. 하편은 자연의 도리는 사람의 생각보다 공교하니 모든 걸 자연에
맡기며 현실을 받아들여야 한다고 말하였다. 두레박으로 물을 긷는 인
력이나 봄비가 내리는 자연이나 결국 같은 일을 하므로, 사람이 물을
길어 뿌리지 않아도 국화와 쑥이 자란다. 또 땅바닥에 물을 쏟으면 정방
형이나 원형이 만들어지지 않는데 이 또한 자연의 도리란 인간의 의지
적인 지향과 다른 식으로 작동함을 비유한다고 보았다. 철학적인 생각
으로부터 임기자연任其自然의 인생 태도를 도출해낸 설리사說理詞이다.

임강선臨江仙

손으로 노란 국화꽃을 따도 바라볼 흥이 없어
아무런 관심없이 회랑을 끝없이 오간다.
주렴을 걷으니 계화꽃이 향기를 풍기는데
연잎은 시들어 오리가 잠들기 어렵고
성긴 비에 연못이 어둑해진다.

기억하나니 예전에 손잡았던 곳
지금 강물은 멀고 산은 길다.
눈물에 비단 수건 젖고 화장도 망가져
예전의 즐거움은 지금은 꿈속에만 있어
조용하고 외진 곳에서 생각에 잠긴다.

手撚黃花無意緒,[1] 等閑行盡回廊. 捲簾芳桂散餘香. 枯荷難睡
鴨, 疎雨暗添塘.
憶得舊時携手處, 如今水遠山長. 羅巾浥淚別殘粧.[2] 舊歡新夢
裏, 閑處却思量.

注

1 撚(연): 비틀다. ○ 無意緒(무의서): 기분이 좋지 않다.
2 浥(읍): 젖다. 적시다.

　여인의 말투로 헤어진 후의 그리움을 노래했다. 상편은 여인이 정원에서 꽃을 따고, 회랑을 거닐고, 다시 연못에서 바라보는 정경을 묘사했다. 늦가을의 마른 연잎枯荷과 성긴 비疏雨는 여인의 심리적인 풍광이기도 하다. 하편은 지난날을 회상하며 눈물 흘리고 꿈을 꾸고 그리워하는 모습을 그렸다.

자고천鷓鴣天

하룻밤에 서리 내려 살쩍이 하얗게 변했기에
시름이 두려워 술로 덮어버리네.
옥 같은 사람은 오늘 밤도 나를 그리워하는지?
보고 싶은 마음에 비취 베개 자주 옮기리라.

진정 이별의 한으로
헤어진 지 얼마 되지 않았지만
분명 눈같이 하얀 몸 여위었으리라.
마름꽃 무늬 거울에 얼굴 비추며 기억하리라
눈썹은 옅게 그리는 게 좋다고 내가 했던 말을.

　一夜淸霜變鬢絲, 怕愁剛把酒禁持.¹ 玉人今夜相思不? 想見頻
將翠枕移.
　眞箇恨, 未多時. 也應香雪減些兒.² 菱花照面須頻記: 曾道偏宜
淺畵眉.³

注

1 禁持(금지): 펼치다. 늘어놓다.
2 香雪(향설): 향기로운 눈. 여인의 피부를 비유한다.
3 淺畵眉(천화미): 눈썹을 옅게 칠하다. 소식蘇軾의 시구에 "앉으니
　진실로 잘 어울리나니, 입술은 붉게 칠하고 눈썹은 옅게 그렸구나."

坐來眞箇好相宜, 深注脣兒淺畵眉.는 말이 있다.

해설

　헤어진 여인을 그리워하는 마음을 읊었다. 아마도 그 여인은 얼마 전에 헤어진 시첩 전전錢錢으로 보인다. 작품은 주로 여인의 입장에서 자신을 그리워하며 잠들지 못하거나 살이 빠지는 모습을 연상하였다. 작자가 여인을 그리워하는 것이 아니라, 여인이 자신을 그리워하는 것으로 서술하여 더욱 깊은 이별의 정한과 그리운 마음을 나타내었다.

알금문謁金文

그대 돌아갔는가?
비바람 속 봄과 함께 가는 사람 보냈지.
베개를 베면 이별의 시름이 머리에서 발끝까지 몰려오니
어찌 풀어내리오!

멀리서 생각하니 하늘가 돌아가는 배에서
검은 머리 헝클어져도 빗으려 하지 않으리라.
만나는 꿈마저 꾸지 못하고 꾀꼬리 소리에 일어나면
분과 향이 아직도 눈물에 얼룩져 있으리.

歸去未, 風雨送春行李.[1] 一枕離愁頭徹尾, 如何消遣是!
遙想歸舟天際,[2] 綠鬢瓏璁悌理.[3] 好夢未成鶯喚起, 粉香猶有殢.

注

1 行李(행리): 사자使者. 행인. 여기서는 행인을 가리킨다.
2 歸舟天際(귀주천제): 강과 하늘 사이로 사라지는 배. 남조 때 사조
   謝朓의 「선성군에 가며 신림포를 나와 판교를 향하며」之宣城郡出新林
   浦向板橋에 "하늘 끝에 돌아가는 배가 보이고, 구름 속에 강가의 나
   무들이 구별된다."天際識歸舟, 雲中辨江樹.는 구절이 있다.
3 瓏璁(롱총): 蘢蔥(롱총)이라 쓰기도 한다. 푸른 풀이 무성한 모양.
   여기서는 머리카락이 더부룩한 모양.

시첩 전전을 보내고 난 후의 그리움을 노래했다. 상편은 늦봄의 헤어질 때의 모습을 상상하며 그녀와 함께 봄마저 떠났다고 말하였다. 하편은 이별 후 전전의 입장에서 작자를 그리는 모습을 상상하였다.

옥루춘 玉樓春

―산에 놀러가는 객이 물건을 잊고 가지고 오지 않았다. 사를 지어서 술을 찾기에 같은 운을 사용하여 답하다. 나는 이때 병으로 가지 못 했다客有遊山者, 忘携具, 而以詞來索酒, 用韻以答. 余時以病不往

산행에선 언제나 비바람을 대비해야 하는데
비바람이 갰을 때는 가지 않았지.
담벼락 옆에는 먼지 가득한 작은 수레
문밖에는 사람들이 다니는 풀밭 길.

그대가 성남의 맹교孟郊처럼 연구聯句에 응하니
이전에 대나무를 읊던 곳 생각이 나네.
게다가 대숲에서 간이 주방을 차릴 때
어느 사이 술독으로 달려간 필탁畢卓을 막아야 하리.

山行日日妨風雨, 風雨晴時君不去. 牆頭塵滿短轅車,[1] 門外人
行芳草路.
  城南東野應聯句,[2] 好記琅玕題字處.[3] 也應竹裏着行廚,[4] 已向甕
間防吏部.[5]

注

1 牆頭(장두) 구: 담장 옆에 먼지 가득한 작은 수레가 있다. 자신이
  병으로 오랫동안 나가지 못했고 지금도 함께 갈 수 없음을 나타내
  었다.

2 城南(성남) 구: 한유와 맹교가 지은 「성남 연구」城南聯句를 가리킨
다. ○ 東野(동야): 맹교孟郊의 자字. ○ 聯句(연구): 두 사람 이상이
시구를 주고받으며 완성한 시.

3 琅玕題字(낭간제자): 대나무에 대해 읊다. 낭간琅玕은 대나무. 한
유의 「성남에서 놀며」遊城南 제1수에 그 내용이 있다. "그대의 눈동
자가 짙고 청랑해서 기쁜데, 손잡고 성남에 예 놀던 곳 갔네. 홀연
히 맹교와 대나무 읊던 곳 바라보니, 서로를 바라보며 눈물 그칠
수 없구나."喜君眸子重清朗, 携手城南歷舊遊. 忽見孟生題竹處, 相看淚落
不能收.

4 也應(야응) 구: 두보의 「엄무가 한여름에 초당에 왕림하며 술과 음
식을 가져오다」嚴公仲夏枉駕草堂兼携酒饌에 "대숲의 간이 주방에선
옥쟁반을 씻고, 꽃 옆에서는 말들이 선 채 몰려 있네."竹裏行廚洗玉
盤, 花邊立馬簇金鞍.란 시구를 환기한다.

5 已向(이향) 구: 동진 필탁畢卓의 전고를 가리킨다. 동진 초기 이부
랑吏部郎이 되었지만 자주 술을 마시다가 파직되었다. 한번은 북사
의 낭관北舍郎官의 집에 술이 익었을 때 필탁이 밤에 술독 사이에
가서 마시다 취한 것을 주인이 도둑으로 알고 잡아서 묶었다. 나중
에 알고 보니 필탁이라 풀어주었다. 이에 주인이 술독 사이에서 술
독을 탁자 삼아 마주 마셨고 크게 취한 후 파하였다. 『세설신어』「임
탄」任誕 참조.

해설

　산행 가는 친구의 방문을 받고 일어난 일을 서술하였다. 친구는 산
행을 나갔다가 비를 만나 들렀는데 우장을 챙겨오지 않았고, 또 음식
도 가지고 오지 않았다. 사를 지어서 술을 요구하기에 답으로 써준
작품이다. 상편에선 산행 와서 비를 만난 친구의 상황을 썼다. 하편에

선 사를 지어서 술을 찾는 장면을 그렸다. 친구가 사를 지어서 서로 주고받은 상황은 맹교와 한유 사이의 연구聯句에 비했고, 술을 찾는 일은 필탁이 술독 사이에서 취한 일로 비유하였다. 이 친구 역시 사를 잘 짓고 술을 좋아하는 사람임을 알 수 있다. 이들이 함께 술을 마셨는 지 아니면 자신은 병으로 술을 못 마시니 술병만 주고 보냈는지, 그것 도 아니면 아예 술을 거절했는지 알 수 없지만 일상에 일어난 일을 흥취 있게 그려내었다.

옥루춘 玉樓春
— 다시 화답하며 再和

인간 세상은 손바닥을 뒤집어 구름과 비를 만들지만
강호에선 오리와 기러기들 마음대로 오간다네.
한 말에 만 냥 하는 좋은 술 마시면 주중신선酒中神仙이요
백 여덟 굽이 고갯길은 하늘 위 올라가는 벼슬길이네.

예전에는 '오강의 단풍잎' 같은 명구를 지었고
지금은 비단 주머니에 다 담지 못할 만큼 좋은 시 많다네.
보게나, 강물과 구름을 관리하는 관외후關外侯에 봉해졌는데
게다가 산중에 시와 술을 관할하는 관리가 되었다네.

人間反覆成雲雨,¹ 鳧雁江湖來又去. 十千一斗飲中仙,² 一百八
盤天上路.³
舊時'楓葉吳江'句,⁴ 今日錦囊無着處.⁵ 看封關外水雲侯,⁶ 剩按
山中詩酒部.⁷

注

1 人間(인간) 구: 두보의 「가난한 사귐의 노래」貧交行에 나오는 "손을
펴면 구름이 되고 손을 뒤집으면 비가 내리니, 이익을 쫓아 사귀는
경박한 사람들 얼마나 많은가!"翻手作雲覆手雨, 紛紛輕薄何須數!를 이
용하였다.

2 十千一斗(십천일두): 한 말에 만 냥. 이백의 「장진주」에 "진사왕 조식은 예전에 평락관에서 잔치를 여는데, 한 말에 만 냥 하는 술을 제멋대로 즐기며 마셨다더라."陳王昔時宴平樂, 斗酒十千恣歡謔.란 구절이 있다. ○ 飮中仙(음중선): 술 마시는 신선. 두보의 「음중팔선가」에 "이백은 술 한 말에 시 백 편, 장안의 저자 술집에서 잠을 자지. 천자가 불러도 신발을 신지 않고, 자칭하여 말하길 '소신은 술 마시는 신선입니다.'"李白斗酒詩百篇, 長安市上酒家眠. 天子呼來不上船, 自稱臣是酒中仙.란 구절이 있다.

3 一百八盤(일백팔반): 백 여덟 굽이. 산길이 험난하고 굽이도는 모양을 형용한다.

4 楓葉吳江(풍엽오강): 단풍잎 떨어지는 오강. 당대 초기 최신명崔信明의 전고를 가리킨다. 최신명은 청주靑州 사람으로 명문 가문의 자긍심에 자신의 시문에 대해서도 자부심이 높아 이백약李百藥보다 뛰어나다고 생각하였다. 양주 녹사참군 정세익鄭世翼 역시 자부심이 높고 경박하기까지 한데 한번은 강에서 최신명을 만나자 말하였다. "듣자하니 공은 '단풍잎 떨어지는 오강이 차고'楓落吳江冷란 시구를 썼다는데 다른 시들을 보고 싶소." 최신명이 기뻐하며 여러 편을 내놓자 정세익이 다 보기도 전에 '들은 것보다 못 하군.'이라며 물에 던져버리고 배를 끌고 가버렸다. 『신당서』「최신명전」 참조.

5 錦囊(금낭): 비단 주머니. 중당 때 이하李賀가 나귀를 타고 다니면서 떠오르는 시상을 비단 주머니에 넣으며 시를 짓던 일을 가리킨다. 『신당서』「이하전」 참조.

6 關外水雲侯(관외수운후): 물과 구름을 관리하는 관외후關外侯. 삼국시대 설치된 관외후는 관내후關內侯와 관중후關中侯 다음의 작위로, 조세를 걷지 않는 허작虛爵이기 때문에 이렇게 표현하였다.

7 剩(잉): 많다. ○ 按(안): 按部(안부). 부서를 통솔하다. 송대 각로各路

의 사신은 소속 주군을 순시하고 조사하는데 이를 '안부'라고 하였다. 여기서는 이를 빌어 와 산중에서 시와 술을 관할한다는 뜻으로 썼다.

해설

낙백하여 강호에 은거해야 하는 영웅의 분개를 나타내었다. 상편은 세속과 산중을 대비하는 방식으로 현실의 각박함과 험난함을 서술하였다. 하편은 시와 술로 세월을 보낼 수밖에 없는 자신의 처지를 자조적으로 묘사하였다.

옥루춘玉樓春
―구름 낀 산을 장난삼아 읊다戲賦雲山

어느 누가 한밤중에 산을 밀고 가버렸나?
추측건대 사방에 낀 구름 바로 너로구나.
평소에 마주하던 두세 봉우리
개울가 두루 다녀도 찾을 수 없네.

서풍이 언뜻 일어 구름이 옆으로 갈라지니
홀연히 동남쪽에 보이는 하늘 받치는 기둥 하나.
늙은 중은 손뼉 치고 웃으며 또 자랑하면서
청산이 전처럼 거기 있다고 기뻐하네.

何人半夜推山去? 四面浮雲猜是汝. 常時相對兩三峰, 走遍溪頭無覓處.

西風瞥起雲橫度, 忽見東南天一柱.[1] 老僧拍手笑相夸, 且喜靑山依舊住.

注

1 天一柱(천일주): 하늘을 받히는 기둥 하나. 산을 비유한다.

해설

구름과 산을 노래하였다. 구름이 끼어 보이지 않다가 서풍에 나타난 산을 두고 동심과 같은 마음으로 놀라움과 기쁨을 표현하였다. 물

론 어디까지나 변화하는 풍경에 초점을 두고 묘사하였지만, 그 속에는
정치 풍운 속에 산처럼 흔들리지 않는 자신의 심경을 비유한 것일 수
도 있다.

옥루춘玉樓春

— 같은 운을 사용하여 부암수, 섭중흡, 조국흥에 답하며用韻答傅巖叟、
葉仲洽、趙國興[1]

청산은 구름 타고 날아갈 줄 모르니
우공愚公이 너를 옮겨놓을까 겁을 내누나.
인간 세상은 땅을 밟으면 세금을 내야 하기에
설령 옮기려 하더라도 돈이 없어 옮겨 놓을 곳 없어라.

어젯밤 별 셋이 특히나 빛나더니
사마상여가 다리에 쓴 것처럼 절묘한 사詞를 보내왔네.
머리 가득 국화 꽂고 돌아오지 않은 것은
청산이 백운을 불러 가로막았기 때문이라.

靑山不解乘雲去, 怕有愚公驚着汝.[2] 人間踏地出租錢,[3] 借使移
將無着處.[4]
三星昨夜光移度,[5] 妙語來題橋上柱.[6] 黃花不插滿頭歸,[7] 定倩白
雲遮且住.

注

1 傅巖叟(부암수): 본명은 부동傅棟. 신기질과 교유가 깊다. ○ 葉仲
洽(섭중흡): 신주信州 사람. 그 밖의 사적은 미상. ○ 趙國興(조국
흥): 미상.

2 愚公(우공): 우공이산愚公移山 전고를 가리킨다.

3 人間(인간) 구: 인간 세상은 땅을 밟으면 세금을 낸다. 당 무종武宗
때 최공崔珙이 강회 지역에 차세茶稅를 늘렸으며, 각도各道에서는
교통 요지에 관서를 세우고 세금을 받았는데, 이를 '답지전'踏地錢이
라 하였다. 소식 「어만자」魚蠻子에 "인간 세상 살아가기 힘들어, 땅
을 밟으면 세금을 내야하네."人間行路難, 踏地出賦稅.란 구절이 있다.

4 借使(차사): 만약. 비록.

5 三星(삼성): 별자리 이름. 『시경』「주무」綢繆에 "칭칭 동여 싸리를
묶으니, 삼성이 문 위에 있구나."綢繆束楚, 三星在戶.란 구절이 있다.
여기서는 세 사람의 친구를 가리킨다.

6 題橋上柱(제교상주): 다리 기둥에 글씨를 쓰다. 서한 때 사마상여
가 장안에 갈 때 성도 북쪽 승선교昇仙橋 다리 기둥에 "네 마리 말이
끄는 붉은 수레를 타지 않고서는 이 다리를 건너오지 않겠다."不乘
赤車駟馬, 不過汝下也!고 쓴 일을 가리킨다.

7 黃花(황화) 구: 두목의 「중양절에 제산에 등고하여」九日齊山登高에
나오는 "홍진 세상에 웃는 일 드문데, 머리 가득 국화꽃 꽂고 집에
돌아가야 하리."塵世難逢開口笑, 菊花須揷滿頭歸.란 뜻을 가리킨다.

해설

친구 사이에 주고받은 증답사贈答詞의 형식으로 중양절의 정취를 노
래하였다. 상편은 떠날 수 없는 청산의 존재를 백운과의 관계에서 말
하였다. 하편은 화답시를 쓰게 된 동기를 썼다. 먼저 어젯밤 보내온
작품을 높이 칭찬한 후, 자신이 등고登高하지 못한 이유를 썼다. 아마
도 어젯밤 보내온 작품에서 등고를 다녀오라거나 함께 가자고 권했을
것이다. 그러나 오늘 작자가 국화를 머리에 꽂고 돌아오지 못한 것은
백운에 가려서 산에 올라가지 못했기 때문이라고 말하였다.

옥루춘 玉樓春

무심한 구름은 절로 오가며
원래 청산과 서로 허물없이 지내는구나.
삽시간에 비를 맞이하여 드높은 봉우리를 가리다가
비가 지나가면 도리어 돌아가는 길 찾는다.

하늘을 찌르는 푸른 대숲 지나간 적 없고
우뚝 선 지주산砥柱山을 멀리서 바라본다.
오늘 아침 어지러운 구름 아무리 깊다고 해도
산 아래 내려와 노옹과 짝하여 주네.

無心雲自來還去,[1] 元共靑山相爾汝.[2] 靉時迎雨障崔嵬, 雨過却
尋歸路處.
　侵天翠竹何曾度, 遙見屹然星砥柱.[3] 今朝不管亂雲深, 來伴仙
翁山下住.

注

1 無心雲(무심운): 도연명의 「귀거래사」歸去來辭에 "구름은 무심히 산
　의 동굴에서 나오고"雲無心而出岫란 구가 있다. 또 왕안석 「보이는
　대로」 제2수의 "구름은 무심에서 와서, 다시 무심을 향해 간다. 무
　심하기에 찾을 곳 없으니, 무심한 곳을 찾지 말아라."雲從無心來, 還
　從無心去. 無心無處覓, 莫覓無心處.란 말도 있다.

2 爾汝(이여): 윗사람이 아랫사람에게 '너'라고 부르다. 여기에선 서
로 간에 허물없이 부르는 친한 사이를 가리킨다. 『문사전』文士傳에
"예형이 뛰어난 재능이 있어 공융이 '너'라고 부르며 사귀니, 당시
예형의 나이 스물 남짓이요, 공융의 나이 오십이 넘었다."禰衡有逸
才, …與孔融爲爾汝之交, 時衡年二十餘, 融年已五十.는 구절이 있다.
3 砥柱(지주): 지주산. 하남성 삼문협시三門峽市 동편 황하 가운데 있
다. 모양이 기둥 같아서 붙은 이름이다.

해설

구름의 정취를 표현하였다. 상편은 구름을 의인화시켜 청산을 두고
출몰하는 모습을 생동감 있게 그렸다. 하편은 구름의 운행을 그렸다.
대숲 근처에 있다가 지주산을 바라본다는 것은 높은 이상을 추구한다
는 비유로 읽을 수도 있다. 그러한 고결한 구름이 이제는 작자가 사는
산 아래에 내려와 위안과 위로를 주는 친구가 되었다. 결국 구름 깊은
곳에 은거하는 작자의 정취를 한 폭의 산수화처럼 그려내었다.

옥루춘 玉樓春

삐쩍 마른 공죽 지팡이 짚고 게으르게 높이 오르니
오히려 국화가 친밀하게 다가올까 겁이 나는구나.
고개에 올라 눈을 닦고 용안사龍安寺를 바라보니
다시금 구름에 가려 보이지 않는구나.

중양절에 모자 날린 맹가孟嘉의 풍도를 헤아려보나니
공적을 세운 마원馬援은 이야기하지 말라.
사안謝安이 줄곧 동산을 사랑했다지만
결국엔 동산이 그를 잡아둘 수 없었다네.

瘦筇倦作登高去,[1] 却怕黃花相爾汝. 嶺頭拭目望龍安,[2] 更在雲
煙遮斷處.
　思量落帽人風度,[3] 休說當年功紀柱.[4] 謝公直是愛東山,[5] 畢竟東
山留不住.

注

1 筇(공): 대나무 이름. 공죽 지팡이. 공죽筇竹은 사천성에서 나는 마
　디가 길고 속이 찬 대나무로, 지팡이를 만들 수 있다.
2 龍安(용안): 용안사龍安寺. 연산현鉛山縣 경내에 소재.
3 落帽人(낙모인): 동진의 명사 맹가孟嘉를 가리킨다. 용산龍山(호북
　강릉현)에서 환온桓溫이 주재하는 중양절 연석에, 맹가가 바람에 제

모자가 날아간 것도 모르고 있자 환온이 놀려주려고 했던 일화로, 권세가 앞에서도 대범하게 풍도를 지켰다. 중양절과 관련된 미담으로 알려졌다.

4 功紀柱(공기주): 공적을 기록한 기둥. 동한 광무제 때 마원馬援이 교지를 평정하고 세운 동으로 만든 동주銅柱.

5 謝公(사공) 2구: 동진의 사안謝安이 동산東山에 은거한 후 벼슬에 나간 일을 가리킨다.

해설

   중양절에 등고하면서 출처出處(벼슬과 은거) 문제를 생각하였다. 상편은 흥취가 별로 나지 않는 심정으로 등고하여 멀리 바라보는 모습을 그렸다. 중양절 당일의 불편한 심사는 제1구에서 "게으르게" 오른다는 말과 제2구에서 "국화가 친밀하게 다가올까 겁난다"는 말에서 알 수 있다. 하편은 맹가, 마원, 사안의 사례를 통해 진정한 은거가 무엇인지 사색하였다. 그가 보기에 맹가와 같이 권세가에 눌리지 않는 모습이 진정한 풍도이지, 마원과 같이 공적을 세워 부귀를 얻는 게 중요한 것이 아니었다. 게다가 세 번째 유형으로 사안과 같이 동산에 은거할 수도 있는데 창생을 위해 나왔다는 것도 사실은 부귀 때문이 아니었느냐고 반문하였다. 결국 작자가 이상적으로 생각한 은거란 도연명과 맹가와 같이 고결한 마음과 높은 풍도가 있는 생활임을 알 수 있다.

옥루춘玉樓春

바람이 불기 전에 봄을 잡아두려 했더니
봄은 벌써 성남의 풀밭 길에 가 있더라.
물가의 꽃 아직 떨어져 흘러가지 않았고
봄은 잠시 흩날리던 버들개지 되어 진흙에 붙어 있더라.

거울 속 희끗희끗한 백발이 나를 속였음을 알겠나니
내가 봄을 저버린 게 아니라 봄이 나를 저버렸구나.
꿈에서 깨어나니 사람은 멀리 있는데, 시름이 깊은 건
다만 배꽃이 비바람 속에 있는 것.

風前欲勸春光住, 春在城南芳草路. 未隨流落水邊花, 且作飄零泥上絮.[1]

鏡中已覺星星誤, 人不負春春自負. 夢回人遠許多愁, 只在梨花風雨處.

注

1 泥上絮(니상서): 진흙에 묻은 버들개지. 이 이미지는 남송 주변朱弁의 『풍월당시화』風月堂詩話에 다소 다른 의미로 기록되어 있어 참고할 만하다. 참료參寥가 소식蘇軾을 만나러 항주에서 팽성에 갔다. 하루는 소식이 관기官伎 마반반馬盼盼을 참료에게 보내 시를 구했다. 참료가 붓을 들어 바로 썼는데 "선정에 든 마음은 이미 진흙에

묻은 버들개지가 되어, 봄바람 따라 위아래로 미친 듯 날리지 않
네."禪心已作沾泥絮, 不逐春風上下狂.란 구절이 있었다. 소식이 이를
보고 말했다. "난 버들개지가 진흙 속에 있는 걸 자주 보고선, 시로
쓸 수 있다고 생각만 하고 있었지 아직 쓰진 않았는데, 이 사람이
먼저 썼구나."

해설

　규중 여인의 말투로 사라져가는 봄을 원망하였다. 상편은 늦봄의
풍경을 풀밭 길, 물가의 꽃, 버들개지 등으로 그려 사라지는 봄에 대한
무한한 아쉬움과 안타까움을 표현하였다. 하편은 사람에게 초점을 돌
려 자신이 나이 들어감을 탄식하였다. 자신이 늙은 것은 내가 봄을
배반한 것이 아니라 봄이 나를 배반한 탓이라고 항변함으로써 시름은
고조된다. 게다가 자신이 그처럼 시름에 겨운 것은 정인이 멀리 있어
서가 아니라 배꽃이 비바람 속에 있기 때문이라고 하였다. 청춘을 아
끼는 마음이 절절하다.

옥루춘玉樓春

어느 집의 여인들인가 두세 명씩 모여서
나뭇가지 위 새들의 지저귀는 말 듣는다.
제호提壺새는 술병 들고 술 사러 나간 지 오래되었다 지저귀고
파병초婆餅焦는 할머니 전병煎餅이 타니 얼른 돌아오라 지저귄다.

술에 취해 왔던 길을 잊어버려서
행인에게 묻노니 내 집이 어디오?
저기 오래된 사당 쪽으로 걸어가
다시 개울 남쪽을 지나 오구나무 있는 곳이라고 하네.

三三兩兩誰家女, 聽取鳴禽枝上語. 提壺沽酒已多時,¹ 婆餅焦
時須早去.²
　醉中忘却來時路, 借問行人家住處. 只尋古廟那邊行, 更過溪南
烏桕樹.³

注

1 提壺(제호): 새 이름. 사람들이 그 우는 소리를 '티후'라 들었다. '술
　병을 든다'는 뜻이다.
2 婆餅焦(파병초): 새 이름. 사람들이 그 우는 소래를 '포빙자오'라
　들었기에 이름 붙여졌다. '할머니 전병이 탄다'는 뜻이다.
3 烏桕(오구): 오구나무. 나무 이름.

　술에 취해 바라본 풍경과 집을 찾아가는 과정을 그렸다. 상편은 인상적인 필법으로 새들이 지저귀는 소리를 듣는 여인들을 그렸다. 새 중에서도 제호새와 파병초를 제시하여 집에 빨리 돌아가라는 속뜻을 전하였다. 하편에서는 새들의 당부와 연결시켜 시인 자신이 집으로 돌아가는 정경을 서술하였다. 집으로 가는 길을 잊어버린 시인은 행인에게 물어보고, 행인은 길을 자세히 알려준다. 행인이나 주위 사람들의 반응은 일체 언급하지 않았지만, 길가에서 웃음을 참는 행인들이 제집마저 찾지 못하고 비틀거리는 술꾼에게 손가락으로 방향을 가리키는 모습이 선명하다. 새 소리를 듣는 여인들과 술에 취한 술꾼(시인 자신)을 중심인물로 내세운 두 삽화가 인상적이다. 백화白話에 해학미가 돋보인다.

임강선臨江仙

―어제 집에서 편지가 와 모란이 바로 지금 피었다고 알려왔다. 연일 비가 적고 맑은 날이 많은 것이 전에 평년에 없는 일이다. 나는 용안 사에 머물러 있고, 여러 사람들도 오지 않는다면, 어찌 모란이 머물 지 않고 진 것을 한스러워하겠는가? 이에 운자를 취하여 모란을 위 해 전어轉語 하나를 지었다昨日得家報, 牡丹漸開, 連日少雨多晴, 常年 未有. 僕留龍安蕭寺, 諸君亦不果來, 豈牡丹留不住爲可恨耶? 因取來韻, 爲 牡丹下一轉語[1]

오직 모란이 머물지 않을까 근심하여
봄과 분명히 약속하였지.
아직 피지 않았을 때 가랑비 내리고, 반쯤 피면 날씨 맑게 해주기로.
때에 맞춰서 꽃이 피게 하기 위해
또 꽃과도 맹약을 하였지.

홍모란 위자魏紫는 아침에 피어 술 마시길 권하고
백모란 옥반우玉盤盂는 먼저 피어나고
정홍輕紅은 무희의 허리에 가로 묶은 붉은 허리띠구나.
그러나 풍류를 아는 사람이 봐주지 않는다면
비단옷 입고 밤길 걷는 격이라 아무 소용없으리.

只恐牡丹留不住, 與春約束分明: 未開微雨半開晴. 要花開定 準, 又更與花盟.

魏紫朝來將進酒,[2] 玉盤盂樣先呈.[3] 輕紅似向舞腰橫.[4] 風流人不

見, 錦繡夜間行.[5]

注

1 龍安蕭寺(용안소사): 용안사龍安寺. 蕭寺(소사)는 절. ○ 轉語(전어): 선종에서 말하는, 심기心機를 바꾸어 깨달음에 이르게 하는 기봉機鋒이 있는 말. 깨달음의 말.

2 魏紫(위자): 위가화魏家花라고도 한다. 모란의 진귀한 품종 가운데 하나. 구양수歐陽修의 「낙양모란기」洛陽牡丹記에 관련 기록이 있다. "사람들은 모란을 화왕이라 하는데, 지금 요황이 진실로 왕이라 할 수 있고, 위화가 왕후라 할 수 있다."人謂牡丹爲花王, 今姚黃眞可爲王, 而魏花乃后也. "위가화는 천엽 육홍색 모란으로 재상 위인부 집안에서 나왔다."魏家花者, 千葉肉紅花, 出於魏相仁溥家.

3 玉盤盂(옥반우): 백모란을 가리킨다. 옥반 위의 사발이란 뜻이다. 소식의 「옥반우」玉盤盂 서문에서 이름의 유래를 다음과 같이 적었다. 동무東武의 습속에 매년 사월 초파일 남선사南禪寺와 자복사資福寺 두 절에서 작약을 부처에게 바쳤다. 올해 가장 성대하였는데 칠천여 송이였다. 가운데 흰 꽃을 놓는데 마치 뒤집어놓은 사발과 같고, 그 아래 약간 큰 십여 송이가 소반처럼 받치고 있는데 그 격조와 뛰어남은 칠천여 송이 위에 우뚝 솟아 있다. 그 이름이 무척 속되어서 옥반우로 바꾸었다. 소식이 말한 것은 백작약인데, 나중에 백모란을 가리키기도 하였다.

4 輕紅(정홍): 모란의 일종. 청주에서 산출되므로 청주홍靑州紅이라고도 한다. 붉은 색이 허리띠의 붉은색과 같아서 정홍이라 하였다. 「낙양모란기」 참조.

5 錦繡夜間行(금수야간행): '의수야행'衣繡夜行을 가리킨다. 항우가 "부귀해져도 고향에 돌아가지 않는 것은 비단옷을 입고 밤에 다니

는 것과 같으니 누가 알아주겠는가!"富貴不歸故鄕, 如衣繡夜行, 誰知之
者!라고 했다. 『사기』「항우본기」 참조.

해설

　　모란을 노래한 영물사이다. 상편은 봄과 약속한 일을 썼다. 이는
마치 봄의 신이 모란을 피우기 위해 비를 내리고 날씨를 개게 만든다
는 듯한 어조이다. 하편은 모란의 품종 셋을 들어 각기 맹약한 내용을
서술하였다. 여기까지 보면 모란이 피게 하기 위한 작자의 간절하고
아끼는 마음이 가득하다. 그러나 말미의 두 구에서 이를 보아주는 사
람이 없다면 아무 소용없음을 말하고 있다. 부제에서 말했듯이 작자는
용안사에 있고, 친구들도 만약 꽃을 보러오지 않는다면 모란은 아무도
모르게 저홀로 피었다 지기 때문이다.

염노교念奴嬌

― 조국흥 지록에 화운하며和趙國興知錄韻[1]

좋은 술을 사려면
시내를 건너기만 하면 되니
누가 은거하는 이 사람을 부르기 어렵다고 말하나?
진등陳登과 같은 그대는 백척루에 있을 만하여
강호에서 평소 호기가 높았지.
요즈음 스스로 탄식하니
꽃을 보고 시구를 찾는 일도
늙으니 뜻대로 되지 않는구나.
봄바람 속에 돌아가는 길
온 내의 소나무와 대나무가 취한 듯하네.

어찌하면 이 몸이 장자와 같이
꿈속의 나비가 되어
꽃 사이를 날아다니듯 인간 세상을 날아다닐 수 있을까.
기억해야 하나니 강가의 삼월 늦봄
비바람은 봄을 위해 불지 않는다는 것을.
만 섬의 시름이 몰려오니
머리 위 초선관도
은병의 술보다 귀하지 않아라.
나를 비웃지 말지니

이 작품으로 잠시 「답빈희」答賓戲를 삼으리.

爲沽美酒, 過溪來, 誰道幽人難致? 更覺元龍樓百尺,[2] 湖海平生
豪氣. 自歎年來, 看花索句, 老不如人意. 東風歸路, 一川松竹如醉.
　怎得身似莊周,[3] 夢中蝴蝶, 花底人間世. 記取江頭三月暮, 風雨
不爲春計. 萬斛愁來,[4] 金貂頭上,[5] 不抵銀餠貴. 無多笑我, 此篇聊
當賓戲.[6]

注

1　趙國興(조국흥): 미상. ○ 知錄(지록): 관직 이름. 지록사참군知錄事
　參軍의 간칭. 주州의 속관으로 문서를 관장한다.

2　更覺(갱각) 2구: 조국흥에게는 진등의 호기가 있어 응당 백척루 위
　에서 잠을 자는 존경을 받아야 한다는 뜻. 元龍(원룡)은 삼국시대
　진등陳登. 여포의 모사인 허사許汜가 진등은 "강호의 선비로 호기를
　없애지 못했다."湖海之士, 豪氣不除.고 하였지만, 유비劉備는 오히려
　허사야말로 구전문사求田問舍로 개인의 영달을 추구하는데 비해 진
　등은 문무와 담력을 갖추어 백척루 위로 모실 만하다고 하였다. 『삼
　국지』「진등전」참조.

3　怎得(즘득) 3구: 장자의 '나비 꿈'蝴蝶夢 전고를 이용하였다. 『장자』
　「제물론」齊物論에 장자가 꿈에 나비가 되어 훨훨 날았는데, 꿈에 깨
　어난 후 장자가 나비 꿈을 꾼 것인지 나비가 장자를 꿈꾼 것인지
　의아해했다. ○ 人間世(인간세): 『장자』의 편명. 여기서는 '인간 세
　상'이란 뜻으로도 중의적으로 사용하였다.

4　萬斛愁(만곡수) 3구: 지극히 많은 시름. 곡斛은 10말, 곧 1섬. 유신
　庾信의 「수부」愁賦에 "한 치의 마음은 만 곡의 시름을 담을 수 있다."
　且將一寸心, 能容萬斛愁.는 말이 있다.

5 金貂(금초) 2구: 초선관을 술로 바꾸다. 금초金貂는 금선金蟬과 초미貂尾로 장식한 초선관貂蟬冠. 동진 때 완부阮孚가 황문시랑, 산기상시로 있을 때 자주 초선관을 술로 바꿔 마셨다. 은병銀缾은 술병으로, 여기서는 술을 가리킨다.

6 賓戲(빈희): 동한 반고班固가 쓴 「답빈희」答賓戲. 객의 비난하는 말에 자신의 처지를 답하는, 동방삭의 「답객난」答客難과 양웅의 「해조」解嘲의 구성을 모의했으며, 그 내용은 명리를 생각하지 않고 유학과 저술에 뜻을 둔다는 데 있다.

  조국흥의 작품에 대한 답사로, 조국흥을 찬미하는 동시에 자신의 쇠약과 함께 가슴 속의 시름을 구체적으로 나타내었다. 상편에서 비교의 각도에서 조국흥에 비해 늙고 무력해진 자신을 담담히 서술하였다. 하편에서는 장자와 같이 꿈속의 나비가 되어 자유롭게 지내고 싶지만 '비바람'에 의해 봄은 일찍 사라지고, 수많은 시름은 술로 씻어낼 수밖에 없다고 말하였다. 전편에서 술을 마실 수밖에 없는 이유가 늙음뿐만 아니라 정치적 이유임을 은유적으로 말하고 있다.

한궁춘漢宮春

— 눈에 보이는 대로即事[1]

시냇가에 가져가는 짐은
낚시 얼레와 다구
괴목 안궤와 부들방석.
아이들도 알아보는구나
지난번 가마 타고 왔던 사람이라는 것을.
때때로 물에 비친 내 모습을 보며
왜 이 몸이 강호를 편력하고 있나 생각하네.
임류林類와 같은 노인이 거닐며 노래하길 멈추지 않으니
분명 더불어 이야기 나눌 수 있으리라.

동쪽 울타리 아래 국화가 시들고 난 후
한 해가 저무는데
마음이 어떤지 도연명에게 물어보네.
매화는 정말이지 원래 나쁘지 않은데
일찍이 시로 읊은 적이 있느냐고.
노옹이 술을 끊은 걸 알고 있건만
또 다시 연사蓮社의 사람들이 술을 사게 했구나.
시름없이 하늘을 바라보나 풍류 인물은 없고
강산만이 이처럼 나를 슬프게 하네.

行李溪頭, 有釣車茶具, 曲几團蒲.[2] 兒童認得, 前度過者籃輿.[3] 時時照影, 甚此身徧滿江湖. 悵野老行歌不住,[4] 定堪與語難呼.

一自東籬搖落, 問淵明歲晩, 心賞何如? 梅花政自不惡, 曾有詩無? 知翁止酒,[5] 待重敎蓮社人沽.[6] 空悵望風流已矣,[7] 江山特地愁余.

注

1 卽事(즉사): 눈앞에 보이는 사물이나 물건을 가리킨다.

2 曲几團蒲(곡궤단포): 괴목 안궤에 부들방석.

3 籃輿(람여): 대나무로 만든 가마.

4 悵野老(창야로) 2구: '습수임류'拾穗林類 고사를 가리킨다. 나이 백 살이 되는 임류林類라는 노인이 묵은 밭이랑에서 떨어진 이삭을 주으며 노래를 부르며 걸어가곤 하였다. 공자가 제자들에게 저 노인은 말해볼 만한 사람이라며 자공을 보냈다. 자공이 후회하신 적이 없느냐고 물으니 임류는 들은 척도 않고 계속 거닐면서 노래하였다. 노인은 사람이 모두 즐거움을 가지고 있으면서도 오히려 걱정하고 있고, 젊어서 힘들여 행하지 않고 장성하여 시운을 다투지 않았기 때문에 장수할 수 있고, 죽은 후가 더 나을 수도 있기에 죽을 때가 가까워도 즐겁다고 말했다. 『열자』「천서」天瑞 참조.

5 翁(옹): 도연명을 가리킨다. ○ 止酒(지주): 술을 끊다. 도연명의 작품 중에 「술을 끊고」止酒란 시가 있다.

6 重敎蓮社人沽(중교련사인고): 다시 연사의 사람들이 술을 사게 하다. 『연사고현전』蓮社高賢傳에 나오는 도연명 일화를 이용하였다. 혜원 법사와 여러 현사들이 연사蓮社를 결성하고는 도연명을 불렀다. 도연명이 말하기를 "만약 술 마시는 걸 허락하면 참가하리다." 고 하였다. 사람들이 허락하여 마침내 참가하였다.

7 悵望(창망): 슬픔에 빠져 하늘을 바라보다. ○ 風流(풍류): 풍류 인
물. 도연명을 가리킨다.

해설

    시냇가에서 보고 느낀 일을 즉흥적으로 그렸다. 상편은 시냇가에
나가 낚시하고 차를 마시며 임류와 같은 고사高士를 흠모하였다. 하편
은 도연명과 같은 풍류 인물이 사라지고 난 지금 같은 뜻을 가진 사람
이 없음을 아쉬워하였다.

만강홍滿江紅

— 산에 살며 눈에 보이는 대로山居卽事

몇 마리 가벼운 갈매기
맑고 푸른 물에 파문을 일으키고 간다.
게다가 어디에서 왔는지 비오리 한 쌍
일부러 와 다투어 목욕한다.
「이소」離騷를 숙독하고 또 술을 통음하니
대나무를 실컷 보았다고 어찌 고기를 안 먹으랴.
폭포가 날아가 떨어지며 날마다 쏟아내는 구슬이
오천 섬.

봄비가 흠뻑 내려
올해 모를 옮겨 심는다.
한가한 대낮 하루해가 기니
누런 송아지도 잠잔다.
바라보면 밭두렁의 보리는 구름과 이어져 한 가지 색이고
누에섶에선 눈송이가 쌓인다.
만약 만족한 때를 찾는다면 지금 만족할 것이니
지금 만족하지 못한다면 언제 만족할 수 있으랴.
촌로村老의 부축을 받아 동편 과수원 들어가니
비파가 익었구나.

幾箇輕鷗, 來點破一泓澄綠.[1] 更何處一雙鸂鷘,[2] 故來爭浴. 細讀離騷還痛飲,[3] 飽看修竹何妨肉.[4] 有飛泉日日供明珠, 五千斛.

春雨滿, 秧新穀. 閑日永, 眠黃犢. 看雲連麥隴, 雪堆蠶簇.[5] 若要足時今足矣; 以爲未足何時足? 被野老相扶入東園, 枇杷熟.

注

1 泓(홍): 깊다. 물이 깊은 모양. 여기서는 일홍一泓이라 하여 양사量詞로 쓰였다.

2 鸂鷘(계칙): 비오리. 물새 이름. 쌍으로 다니며 원앙보다 약간 큰데 비해 자주색이기 때문에 자원앙紫鴛鴦이라고도 부른다.

3 細讀(세독) 구: 「이소」를 읽으면서 술을 마시다. 위진남북조 시대에 명사가 되는 자격 가운데 하나이다. 동진의 왕공王恭이 다음과 같이 한 말이 있다. "명사는 기이한 재능을 가질 필요가 없다. 다만 항상 일 없이 지내면서 술을 통음하고 「이소」를 숙독하면 곧 명사라 부를 수 있다."名士不必須奇才, 但使常得無事痛飮酒, 熟讀離騷, 便可稱名士. 『세설신어』「임탄」참조.

4 飽看(포간) 구: 소식의 시 「녹균헌」綠筠軒에 "고기는 먹지 않을 수 있지만, 대나무 없이는 살 수 없다. 고기를 먹지 않으면 사람이 마를 뿐이지만, 대나무가 없으면 사람이 속되게 된다."可使食無肉, 不可居無竹. 無肉令人瘦, 無竹令人俗.는 구절을 이용하였다. 신기질은 이를 받아 대나무와 고기가 서로 대립되지 않는다고 말한 셈이다.

5 雪堆(설퇴) 구: 누에섶에 눈송이가 쌓인다. 누에가 뽑는 하얀 실을 가리킨다.

해설

자족적이고 목가적인 산촌의 풍광과 한일한 심정을 노래했다. 초여름의 아름다운 풍경과 순박한 인정 속에 필자의 만족감을 그려내었다. 이는 곧 도연명이 그린 이상적인 풍광이자 시인이 전원에 동화되어 일어나는 정신적인 경지라 할 수 있다.

만강홍滿江紅

— 조무가 낭중의 생일을 축하하며. 상편에서 겸제창에 대한 일을 썼다壽趙茂嘉郞中. 前章記兼濟倉事[1]

내 그대를 대하니
과연 미간眉間 사이에 늘 음덕이 보이는구나.
그리고 꿈속에서 옥황상제 황금대궐에서
신선 명부에 있는 그대 이름 보았다네.
예전에 밥 짓는 연기가 온통 끊어졌을 때
그대가 천 사람의 목숨을 살려냈지.
헤아려보니 가슴 속 다섯 수레의 책을 제하면
아무것도 없으리라.

좌우엔 산
남북엔 개울
멀리 가까이엔 꽃들
아침저녁으로 떠있는 구름.
풍류 넘치는 모습 보게나, 지팡이에 짚신 신고
창대처럼 삐쳐 나온 푸른 수염.
버들을 심어 이미 도연명의 집처럼 되었고
흩어진 꽃은 유마힐의 방안보다 더욱 많구나.
바라옵건대 인간 세상에 오천 년 머물기를
금석처럼 강건하게.

我對君侯,² 怪長見兩眉陰德. 還夢見玉皇金闕, 姓名仙籍.³ 舊歲炊煙渾欲斷, 被公扶起千人活. 算胸中除却五車書,⁴ 都無物.

山左右, 溪南北. 花遠近, 雲朝夕. 看風流杖屨, 蒼髯如戟.⁵ 種柳已成陶令宅, 散花更滿維摩室.⁶ 勸人間且住五千年, 如金石.

注

1 趙茂嘉(조무가): 조부적趙不遏. 무가는 자字. 어려서 명성이 있고 문장을 잘 했으며, 진사과에 급제했다. 고향에 살면서 겸제창兼濟倉을 설치하여 향리 사람들의 칭송을 받았다. 경원 연간에 주州에서 이 일을 위에 올려 직비각直秘閣에 제수되었다. ○ 兼濟倉(겸제창): 조부적이 연산현鉛山縣 천왕사天王寺 옆에 설치한 창고. 곡식을 쌀 때 사들였다가 다음해 곡가가 오르면 낮은 값으로 팔았다.

2 君侯(군후): 한대의 열후列侯에 대한 존칭. 후세에는 일종의 존칭으로 사용했다. 여기서는 조부적을 가리킨다.

3 仙籍(선적): 신선의 이름이 기록된 명부. 또는 관리의 이름이 적힌 명부를 가리키기도 한다. 여기서는 양자를 모두 겸하는 의미로 쓰인 듯하다.

4 五車書(오거서): 다섯 수레에 실을 정도로 많은 책. 『장자』「천하」天下에 "혜시의 학설은 다방면에 걸쳐 있고, 읽은 책도 다섯 수레에 쌓을 정도이다."惠施多方, 其書五車.는 말이 있다.

5 蒼髯如戟(창염여극): 수염이 창과 같이 뻣뻣하다. 위엄 있는 용모를 형용하였다.

6 散花(산화): '천녀산화'天女散花 전고를 가리킨다. 대승불법에 정통한 거사 유마힐이 병이 들어 누워있으면서 널리 설법을 하였다. 석가모니가 문수사리를 보내 문병하게 했다. 당시 유마힐 거사의 방에는 천녀天女가 있었는데 유마힐의 설법을 듣고는 현신하면서 천

화天花를 여러 보살과 대제자 위에 뿌렸다. 꽃은 여러 보살의 몸에 닿고서는 떨어졌지만 대제자에 이르러서는 몸에 붙어 떨어지지 않았다. 『유마힐소설경』維摩詰所說經「관중생품」觀衆生品 권7 참조.

　조무가의 생일을 축하한 축수사祝壽詞이다. 그러나 일반적인 축수사와 달리 조무가의 사람됨과 사업을 위주로 서술하였다. 조무가의 간략한 이력서를 사의 형식으로 그려냈다고 할 수 있다. 상편에선 주로 그가 설립한 겸제창에 대해 서술했고, 하편에선 주로 그의 풍류를 노래했다. 상편의 첫머리에서 눈썹 사이에 보이는 음덕과 꿈에서 본 신선 명부로 장수의 의미를 나타내고, 말미에서 축수의 기원을 나타내, 수미일관의 구성 속에 길상과 선행의 뜻을 원만하게 포함시켰다.

맥산계薦山溪

— 조창보가 '언덕 하나 골짜기 하나'를 읊었는데 격률이 높고 고아하기에 그 형식을 본받다趙昌父賦一丘一壑, 格律高古, 因效其體[1]

나물밥 먹고 냉수 마시며 사니
객은 나를 졸렬하다고 비웃지 마오.
높은 곳에서 뜬구름 바라보며
언덕 하나 골짜기 하나 사이에서도 무척 즐겁다오.
공명을 얻는 교묘한 재주는
난 젊었을 때도 남보다 못했는데
지금 늙었으니
또 무엇을 할 수 있으리오?
앞 시내에 비친 달을 낚을 수 있을 뿐.

병들어 술을 끊었으니
술 뜨는 국자를 저버렸다오.
만년이 되어 평생을 돌아보고
이웃집 노옹과 모두 자세히 말해보려오.
인간 세상 모든 일에
먼저 깨닫는 자가 현인이 아니겠소?
깊은 눈 속에
꽃가지 하나 피었으니
매화가 봄뜻을 먼저 깨달았다오.

飯蔬飲水,² 客莫嘲吾拙. 高處看浮雲,³ 一丘壑中間甚樂. 功名妙手, 壯也不如人;⁴ 今老矣, 尙何堪? 堪釣前溪月.

病來止酒, 辜負鸕鷀杓.⁵ 歲晚念平生, 待都與鄰翁細說. 人間萬事, 先覺者賢乎?⁶ 深雪裏,⁷ 一枝開, 春事梅先覺.

注

1 趙昌父(조창보): 조저趙著. 옥산(강서 玉山縣) 장천章泉 사람. 호가 장천章泉이다. 시 짓기를 좋아하고 교제를 좋아하였지만, 관장에서의 출세는 그리 염두에 두지 않았다. 그의 시는 도연명의 시풍으로 알려졌다.

2 飯蔬飲水(반소음수): 거친 밥을 먹고 냉수를 마시다. 『논어』 「술이」述而에 "나물밥 먹고 냉수 마시고, 팔을 굽혀 베고 누워도 즐거움은 그 속에 있다."飯蔬食飲水, 曲肱以枕之, 樂亦在其中矣.는 말이 있다.

3 浮雲(부운): 뜬구름. 여기서는 공자가 말한 "의롭지 못하게 얻는 부귀는 나에게 있어 뜬구름과 같다."不義而富且貴, 於我如浮雲.는 말을 환기한다. 『논어』 「술이」述而 참조.

4 壯也(장야) 2구: 『좌전』 '희공 30년'조에 나오는 촉지무燭之武의 말을 본떴다. 진秦과 진晉이 정나라를 포위하여 형세가 지극히 위험할 때 어떤 사람이 촉지무더러 진秦 왕을 만나게 하면 분명 포위를 풀 수 있을 거라고 했다. 촉지무는 처음에는 거절하여 다음과 같이 말했다. "소신이 젊었을 때도 남들보다 못했는데, 지금 늙었으니 무슨 일을 할 수 없습니다."臣之壯也, 猶不如人. 今老矣, 無能爲也已.

5 鸕鷀杓(노자표): 목이 긴 가마우지 모양의 술 국자. 이백의 「양양가」襄陽歌에 "가마우지 국자에 앵무 술잔, 사람 백 년은 삼만 육천 일, 하루에 모름지기 삼백 잔은 마셔야 하리."鸕鷀杓, 鸚鵡杯. 百年三萬六千日, 一日須傾三百杯.란 구절이 있다.

6 先覺(선각) 구: 먼저 알아차리는 사람이 현명하다. 『논어』「헌문」憲問에서 유래했다. "공자가 말했다. '남이 나를 속일까 미리 짐작하지 않으며, 남이 나를 믿어주지 않을까 억측하지 않지만, 오히려 먼저 다른 사람의 속임수나 불성실을 알아차린다면 그 사람은 현인이다.'"子曰: 不逆詐, 不億不信, 抑亦先覺者, 是賢乎.

7 深雪裏(심설리) 3구: 당대 말기 제기齊己의 「이른 매화」早梅에 나오는 "앞마을에 쌓인 눈 속에서, 어젯밤 가지 하나에 꽃이 피었어라." 前村深雪裏, 昨夜一枝開.의 이미지를 이용하였다.

해설

산수와 전원에 은거하며 살아가는 즐거움을 나타내었다. 여기에는 이상과 가치를 추구했으나 이루어지지 않은 데 대한 자기 위안의 어조가 있어, 비록 안빈낙도와 조월釣月과 선각先覺을 말한다고 하더라도 밝고 활기차기보다는 사색적이고 침중하다. 1197년(58세) 봄에 지었다.

청평악 淸平樂

— 조창보에 보임. 당시 나는 병으로 술을 끊었다. 조창보가 날마다 시 여러 수를 지은 것은 하편에서 언급했다 呈趙昌甫. 時僕以病止酒. 昌甫日作詩數篇, 末章及之

풀과 나무가 구름과 안개에 싸여있더니
산 남쪽과 산 북쪽에서 비가 온다.
시냇가의 행인들은 나를 등지고 떠나고
오로지 까마귀들만 한 곳에 몰려 우짖는다.

문 앞 봄추위가 아무리 춥다고 해도
매화를 어찌 꺾을 수 있으랴?
나에게 오래도록 술을 잊게 하기는 쉬워도
그대에게 시를 짓지 말라 하기는 어려워라.

雲煙草樹, 山北山南雨. 溪上行人相背去. 惟有啼鴉一處.
門前萬斛春寒, 梅花可瞟摧殘?¹ 使我長忘酒易, 要君不作詩難.

注

1 可瞟(가살): 어찌. 그러나.

해설

　비 내리는 초봄의 풍경을 그리고 한가한 생활을 노래했다. 추위 속의 매화는 곧 작자의 정신적 의지의 표상이다. 말미에서 자신의 금주禁酒와 조창보의 시작詩作을 대비하여 나타냈다. 1197년(58세)에 지었다.

자고천鷓鴣天

— 장천 조창보에 화답하며和章泉趙昌父[1]

분분한 온갖 일 한바탕 웃음에 부쳐버리고
도연명은 국화 들고 가을바람 마주하는구나.
자세히 보면 상쾌한 기운 지금도 아직 있으니
오로지 남산만이 노옹과 비슷하여라.

정취도 좋고
언어도 정교하여
세 현인의 높은 모임은 예부터 같구나.
누가 알랴, 술을 끊고 높은 구름 아래 선 늙은이
홀로 비낀 석양 속에 지나가는 기러기를 세는 것을.

萬事紛紛一笑中. 淵明把菊對秋風. 細看爽氣今猶在,[2] 惟有南山一似翁.

情味好,[3] 語言工. 三賢高會古來同. 誰知止酒停雲老,[4] 獨立斜陽數過鴻.

注

1 章泉(장천): 강서 옥산현玉山縣 장천. 원래 장씨章氏들이 살았다. 조창보가 이곳으로 이사오면서 장천의 이름이 널리 알려졌다.

2 爽氣(상기): 상쾌한 기운. 동진의 왕휘지王徽之가 환충桓沖의 참군

으로 있을 때, 환충이 "그대는 부府에 있은 지 오래 되었으니 응당 사무를 잘 처리하겠지."라고 말하였다. 왕휘지는 대답을 하지 않고 고개를 들고 높은 곳을 응시하다가 홀을 턱에 괴더니 "서산에 아침이 오니 상쾌한 기운이 있더라."西山朝來, 致有爽氣.라고 하였다. 『세설신어』「간오」簡傲 참조.

3 情味(정미): 정취情趣. 흥취興趣.

4 止酒停雲老(지주정운로): 술을 끊고 정운당停雲堂에서 늙어가다. 그 속뜻은 도연명의 시에 「술을 끊고」止酒와 「정운」停雲이 있다. 특히 「정운」은 "친구를 생각하다"思親友는 뜻이라고 서문에 붙여져 있으므로, 여기에서 이를 빌려와 자신이 조창보와 도연명를 그리워하는 뜻을 나타냈다.

해설

　조창보와 더불어 도연명과의 정신적인 사귐을 노래하였다. 자신까지 합하여 '세 현인'三賢이라 하여, 세 사람의 인품과 삶과 시문이 상통함을 통해 역사와 현실 속에 지기가 함께 있음을 즐거워하였다. 신기질이 도연명을 자신의 정신적 지기로 삼은 작품은 상당히 많으며, 이 작품 역시 그중의 하나이다. 상편에서 초탈한 도연명을 노래하고, 하편에서 자신과 조창보 역시 그러함을 읊었다. 때문에 "술을 끊고 높은 구름 아래 선 늙은이"止酒停雲老가 자신인지, 조창보인지, 도연명인지 이미 분명하지 않다. 담담한 언어 속에 깊고 진지한 정감이 흐른다.

만정방滿庭芳

─장천 조창보에 화답하며和章泉趙昌父

서쪽 엄자산으로 해가 지고
동쪽으로 강물이 흐르며
아름다운 풍광은 사람을 위해 머물지 않는구나.
바스락거리며 떨어지는 나뭇잎 하나에
천하에 이미 가을이 왔음을 알겠네.
인간 세상에 득의한 사람 몇이나 있는지 손꼽아보니
학을 타고 양주 자사楊州刺史로 부임한 사람은 한 명도 없었구나.
그대는 알고 있으려니 내가
본래부터 고아한 흥취가 있어
젊을 때부터 이미 창주滄洲에 있었음을.

몸 밖의 무수히 많은 일들
인생 백년이라 한들 그 얼마런가
한번 취하면 모든 게 만족한 것을.
한스러운 건 아이들이 결사코
내 마음에 근심이 있다고 말하네.
더구나 산과 계곡을 지팡이에 짚신 신고
완적阮籍의 무리들과 함께 노닐자고 하네.
그래도 웃을 만한 건
나에게 기심機心이 있는 걸 이미 알고
바닷가 갈매기가 놀라 날아가는 것이네.

西崦斜陽,¹ 東江流水, 物華不爲人留.² 錚然一葉,³ 天下已知秋. 屈指人間得意, 問誰是騎鶴揚州?⁴ 君知我, 從來雅興,⁵ 未老已滄洲.⁶

無窮身外事,⁷ 百年能幾, 一醉都休. 恨兒曹抵死,⁸ 謂我心憂.⁹ 況有溪山杖屨,¹⁰ 阮籍輩須我來遊.¹¹ 還堪笑, 機心早覺,¹² 海上有驚鷗.¹³

注

1 西崦(서엄): 전설에서 말하는 서방에 있다는 엄자산崦嵫山. 고대 사람은 해가 지는 곳으로 여겼다.

2 物華(물화): 아름다운 경물.

3 錚然(쟁연) 2구: '일엽지추'一葉知秋를 가리킨다. 『회남자』「설산훈」說山訓에 "떨어지는 낙엽 하나를 보고 한 해가 저물 것을 안다."見一葉落而知歲之將暮는 말이 있다. ○ 錚然(쟁연): 쨍그랑. 금속이 부딪혔을 때 나는 소리를 형용한다. 여기서는 낙엽이 떨어지는 소리.

4 騎鶴揚州(기학양주): 남조 양나라 은운殷芸의 『소설』小說에 나오는 이야기를 가리킨다. 여러 사람이 각자 자신의 뜻을 말하는데, 어떤 이는 양주 자사가 되고 싶다 하고, 어떤 사람은 큰 재물을 가지고 싶다고 하고, 어떤 사람은 학을 타고 하늘로 날아가고 싶다고 했다. 그때 또 다른 한 사람이 "허리에 십만 관을 차고 학을 타고 양주에 내려가 세 가지를 다 가지고 싶소."라고 했다.

5 雅興(아흥): 고아한 흥취. 은거를 가리킨다.

6 滄洲(창주): 강호江湖. 산수가 아름다운 곳. 일반적으로 고사高士들이 은거하는 곳을 가리킨다.

7 無窮(무궁) 3구: 두보의 「절구 만흥」絶句漫興의 뜻을 환기한다. "이월이 이미 지나고 삼월이 오니, 점점 늙어가는 몸 봄은 몇 번이나

볼 수 있을까. 몸 밖의 무한히 많은 일 생각하지 말고, 생전에 유한한 술잔을 다 마시리."二月已破三月來, 漸老逢春能幾回. 莫思身外無窮事, 且盡生前有限杯.

8 抵死(저사): 결사코. 결국. 언제나.

9 謂我心憂(위아심우): 내 마음에 근심이 있다고 말하다. 『시경』「서리」黍離의 구절을 이용하였다. "나를 아는 사람은 내 마음이 근심스럽다고 말하지만, 나를 모르는 사람은 나에게 바랄 것이 무엇이 있느냐고 말한다."知我者謂我心憂, 不知我者謂我何求.

10 溪山杖屨(계산장구): 지팡이 짚고 짚신 신고 산수를 유람하다.

11 阮籍輩(완적배): 완적과 그의 친구들. 삼국시대 위나라의 죽림칠현. 의기투합하여 시주詩酒를 나누는 친구들. 「수조가두」에서도 "윤건을 뒤집어쓰고 깃부채 든 모습은, 또 광달한 죽림칠현과 비슷하지."綸巾羽扇顚倒, 又似竹林狂.라고 유사한 표현이 있다.

12 機心(기심): 기회를 보고 움직이는 마음. 명리 또는 물욕을 추구하는 마음.

13 驚鷗(경구): 놀라서 날아가는 갈매기. '해객압구'海客狎鷗 고사를 가리킨다.

해설

술과 자연에 도취하여 은거하고 살지만 여전히 세상사를 잊지 못하는 모순을 토로하였다. 상편은 은거의 즐거움을 서술하였다. 아름다운 풍광은 쉽게 사라지고 예로부터 자신의 뜻대로 원만히 살아간 사람은 없으니, 세속의 욕망에서 떠나 자유롭게 살아가는 은거야말로 가장 가치 있는 삶이라고 하였다. 하편은 술 마시고 자연 속을 유람하지만, 마음속엔 물리칠 수 없는 근심과 세속의 욕망이 있어 갈매기도 내려오지 않는다고 자조하였다.

목란화만 木蘭花慢

— 상요 군포의 취미루에 쓰다題上饒郡圃翠微樓[1]

예전에 이 누대 위에 오른 나그네

술잔을 들고

남산을 마주하길 좋아하였지.

스스로 웃나니, 이제 백발이 되어서야

하늘이 나에게 구속 없이

표천과 누대를 왕래하게 하였구나.

누대에 오른 나의 마음을 누가 알아주랴

난간에 기대 고개 돌려 서북쪽 바라본다.

주렴과 채색 두공에 구름과 비 날아들고

가녀와 무희가 생황을 불고 노래하네.

근래에 그림 같은 경관 속으로 들어가 바라볼만 하니

이곳 부로父老들은 군수가 즐기기를 원하네.

홀을 턱에 괴고 느긋하게 바라보는 군수와

아침에 상쾌한 기운을 쏟아내는 산

바로 이 둘은 서로가 서로를 중시하는구나.

후일에도 군수를 잊지 못하리니

꽃 하나 풀 하나에도 평안을 보살펴 주었다네.

객과 술병 들고 잠시 취하니

기러기 그림자 어리는 가을 강이 차갑구나.

舊時樓上客, 愛把酒, 對南山. 笑白髮如今, 天敎放浪, 來往其間. 登樓更誰念我, 却回頭西北望層欄. 雲雨珠簾畵棟,[2] 笙歌霧鬢風鬟.[3]

近來堪入畵圖看. 父老願公歡. 甚拄笏悠然,[4] 朝來爽氣, 正爾相關. 難忘使君後日, 便一花一草報平安. 與客携壺且醉,[5] 雁飛秋影江寒.

注

1 郡圃(군포): 주부州府 관아 소속의 원림園林. ○ 翠微樓(취미루): 남송 경원 연간(1195~1201)에 신주信州 지주 조백찬趙伯璨이 세운 누대.

2 雲雨(운우) 2구: 신기질이 자주 사용하는 이미지이다. 왕발王勃의 「등왕각」에 "아침이면 남포의 구름이 채색 두공에 날아들고, 저녁이면 서산의 비가 주렴에 걷히어라."畵棟朝飛南浦雲, 珠簾暮卷西山雨라는 구절이 있다.

3 霧鬢風鬟(무빈풍환): 안개 같은 머리카락과 바람에 날리는 쪽진 머리. 가녀와 무희를 가리킨다.

4 甚拄笏(심주홀) 3구: 동진 왕휘지王徽之의 '괘홀간산'拄笏看山 고사를 가리킨다. 왕휘지가 환충桓沖의 참군으로 있을 때, 환충의 질문에는 대답을 하지 않고 고개를 들어 높은 곳을 응시하다가 홀을 턱에 괴더니 "서산에 아침이 오니 상쾌한 기운이 있더라."西山朝來, 致有爽氣.라고 하였다. 『세설신어』「간오」簡傲 참조. 여기서는 지주가 비록 관직에 있어도 한아하고 흥취가 있음을 말하였다.

5 與客(여객) 2구: 두목杜牧의 「중양절 제산에 높이 올라」九日齊山登高에 나오는 "강물에 가을 풍광 어리고 기러기 막 날아가는데, 손님과 술병 들고 푸른 산에 올라간다."江涵秋影雁初飛, 與客携壺上翠微.를 환

기한다. 두목의 시구에 있는 '취미'翠微가 '취미루'翠微樓의 이름에 부합하기 때문이다.

취미루에 올라 주위의 풍광 속에 자신의 심정을 읊고, 군수(지주)의 치적을 칭송하였다. 상편은 누대에 오른 심정을 이전과 지금을 비교하는 시각에서 서술하였다. '고개 돌려 서북쪽 바라본다'回頭西北望는 말에서 고토 회복에 열렬하였던 예전의 심정이 이제는 알아주는 사람 없이 적막하게 변했음을 토로하였다. 지금 누대에 울려 퍼지는 가무는 작자의 적막한 마음을 숨겨주는 역할을 한다. 하편은 군수의 정치적 치적을 칭송하였다.

목란화만 木蘭花慢

— 광문 오극명의 '국화 속에 은거함'에 지어 부침寄題吳克明廣文菊隱[1]

길가의 사람들이 이상하게 여겨 질문을 한다.
이 은자는
성씨가 도陶씨가 아닌가요?
노란 국화가 구름처럼 가득하여
아침에 읊고 저녁에 취하며
불러도 고개를 돌리지 않는다.
설사 술이 없어서 슬피 멀리 바라보고
다만 동편 울타리 아래 머리를 긁적이고 있어도 풍류가 넘친다.
객과 함께 한바탕 웃으며 아침에 국화의
떨어진 꽃잎을 배불리 먹고선 곧 돌아가 쉰다.

예부터 요순에게는 소부와 허유가 있었으니
강과 바다를 유유히 다녔지.
가인佳人에게 말하노니
"향초를 심고 키우면서
임금이 몰라주어도 원망하지 마오."
"난 이래도 저래도 좋소."
선생의 진퇴는 공자와 같아
듣건대 지나가다 나루터를 묻는 사람이 있으면
닭 잡고 기장밥 하여 머물게 했다네.

路傍人怪問: 此隱者, 姓陶不? 甚黃菊如雲, 朝吟暮醉, 喚不回頭. 縱無酒成悵望,[2] 只東籬搔首亦風流. 與客朝餐一笑,[3] 落英飽便歸休.

古來堯舜有巢由,[4] 江海去悠悠. 待說與佳人: "種成香草,[5] 莫怨靈修." "我無可無不可",[6] 意先生出處有如丘.[7] 聞道問津人過,[8] 殺雞爲黍相留.

注

1 吳克明(오극명): 미상. ○ 廣文(광문): 광문선생. 유학 교관. 원래 당대 국자감에 설치한 교육기관.

2 縱無酒(종무주) 2구: 강주 자사 왕홍王弘이 흰옷 입은 사람을 보내 도연명에게 술을 보낸 일을 가리킨다. "도연명이 일찍이 구월 구일 중양절에 술이 없었는데, 집 주위의 국화 밭에서 손에 가득 국화를 땄다. 그 옆에 앉아 오래도록 멀리 바라보고 있었는데, 흰옷 입은 사람이 왔다. 알고 보니 왕홍이 술을 보내왔다. 곧 술을 따라 마시고 취해서 돌아갔다."陶潛嘗九月九日無酒, 宅邊菊叢中摘菊盈把, 坐其側, 久望, 見白衣至, 乃王弘送酒也. 卽便就酌, 醉而後歸. 『속진양추』續晉陽秋 참조.

3 與客(여객) 2구: 굴원의 「이소」에 나오는 "아침에는 목련에서 떨어지는 이슬을 마시고, 저녁에는 국화의 처음 피어나는 꽃을 먹네."朝飲木蘭之墜露兮, 夕餐秋菊之落英.란 구절과 황정견의 「사휴거사시 서문」四休居士詩序에 나오는 사휴거사 손방孫昉의 "거친 죽 묽은 밥도 배부르면 그만이다."粗羹淡飯飽卽休는 말을 이용했다.

4 巢由(소유): 소부巢父와 허유許由. 소부는 요 임금 시절의 사람으로, 나무 위에 둥지를 틀고 살았기에 소부巢父라 하였다. 요 임금이 일찍이 천하를 선양하려 했지만 거절하였다. 허유 역시 요 임금 때

사람으로, 요 임금이 천하를 양보하자 기산 아래로 도망가 밭을 일
구었으며, 요 임금이 재차 그를 구주九州의 장長으로 삼으려 하자
영수潁水에 가서 귀를 씻었다고 한다.

5 種成(종성) 2구: 굴원의 「이소」 이미지를 이용하였다. "나는 아홉
마지기 넓은 밭에 난초를 재배하고, 또 혜초도 들 가득히 심었네."
余旣滋蘭之九畹兮, 又樹蕙之百畝., "군왕의 분별없음을 원망하노니, 시
종 사람의 본심을 살피지 못하네."怨靈修之浩蕩兮, 終不察夫民心. 영수
靈修는 군주를 의미한다.

6 無可無不可(무가무불가): 가도 없고 불가도 없다. 아무래도 좋다.
『논어』「미자」微子에 근거한다. "공자가 말했다. '그 뜻을 굽히지 않
고, 그 몸을 욕되게 하지 않은 사람은 백이와 숙제일 것이다. …나
는 이 사람들과 달라서 가하다는 생각도 없고 불가하다는 생각도
없다.'"子曰: "不降其志, 不辱其身, 伯夷叔齊與. …我則異於是, 無可無不可.

7 出處(출처): 벼슬과 은거. 진퇴進退. 벼슬에 나가기와 벼슬에서 물
러나기. ○ 丘(구): 공구孔丘. 공자. 공자는『논어』「태백」泰伯에서
"천하에 도가 있으면 나타나고, 도가 없으면 숨는다."天下有道則見,
無道則隱.는 말을 했다.

8 聞道(문도) 2구:『논어』「미자」에 나오는 장저長沮와 걸익桀溺과 관
련된 고사를 가리킨다. "장저와 걸익이 밭을 갈고 있을 때 공자가
지나가다 자로子路를 시켜 나루터가 어디인지 묻게 했다. …자로가
공자를 따르다가 뒤처져 한 어른을 만났는데 지팡이에 삼태기를 매
고 있었다. …자로를 묵게 하고 닭을 잡고 기장밥을 하여 먹게 하였
다."長沮桀溺耦而耕, 孔子過之, 使子路問津焉. …子路從而後, 遇丈人, 以杖
荷蓧. …止子路宿, 殺鷄爲黍而食之.

오극명의 은일을 칭송하였다. 신기질은 그를 '국화 속에 은거한 사람'이란 뜻에서 '국은'菊隱이라 불렀다. 그만큼 국화를 좋아하고 그 성품이 도연명과 비슷해서일 것이다. 때문에 첫 구부터 작자는 오극명을 보고 "도연명이 아니시오?"라고 묻는다. 그의 행동은 고결하고 다만 국화와 술을 좋아한다. 하편은 오극명의 은일에 대한 지향을 서술하였다. 부귀를 멀리하고, 출처를 중시하고, 사람을 기쁘게 대하는 고사高士의 모습으로 그렸다.

목란화만 木蘭花慢

—중추절에 술을 마시다 새벽이 다가오매, 객이 전인의 시사詩詞에는 달을 맞이하는 작품은 있어도 달을 보내는 작품은 없다기에 「천문」의 형식을 사용하여 읊다中秋飲酒將旦, 客謂前人詩詞有賦待月, 無送月者, 因用天問體賦[1]

사랑스러운 오늘 밤 달은
어느 곳을 향하여
유유히 가는가?
인간 세상과는 다른 세상
그쪽에선 볼 수 있을까
동녘에 떠오르는 걸
하늘 밖 광대무변한 허공으로
거센 장풍이 불어 중추절 밝은 달을 보내는가?
날아가는 거울은 받침대도 없는데 누가 묶어두었고
항아는 시집도 안 갔는데 누가 붙잡아 두고 있나?

달이 바다 밑을 지나간다는데 물을 데 없으니
사람을 멍하니 근심스럽게 하네.
만 리 길이의 큰 고래에
이리저리 부딪치면
옥으로 만든 전각과 누대가 부서질까 걱정이로다.
두꺼비는 본시 헤엄칠 수 있다지만

옥토끼는 어떻게 물속에서 부침할 수 있나?
만약 달 속의 모든 것이 무사하다면
어찌하여 점점 갈고리처럼 이지러지나?

可憐今夕月, 向何處, 去悠悠? 是別有人間, 那邊才見, 光影東
頭? 是天外空汗漫,² 但長風浩浩送中秋? 飛鏡無根誰繫, 姮娥不
嫁誰留?³

謂經海底問無由,⁴ 恍惚使人愁.⁵ 怕萬里長鯨, 縱橫觸破, 玉殿
瓊樓. 蝦蟆故堪浴水, 問云何玉兔解沉浮? 若道都齊無恙, 云何漸
漸如鉤?

注

1 天間(천문): 굴원이 지은 초사체 작품. 그 내용은 자연 현상, 고금
  의 역사와 신화, 사회 현상에 대한 기이한 물음 170여 개로 이루어
  졌다. 당대 유종원도 이를 모의하여 「천대」天對를 지었다.

2 汗漫(한만): 거대하여 끝이 없음. 광대무변한 모양. 『회남자』「도응
  훈」道應訓에 "나는 구천 하늘 밖에서 광대무변과 만나기로 하였다"
  吾與汗漫期於九垓之外는 말이 있다.

3 姮娥(항아): 嫦娥(항아)라고도 쓴다. 달에 산다는 선녀. 『회남자』「남
  명훈」覽冥訓에 "예羿가 서왕모로부터 불사의 약을 구했는데, 항아가
  이를 훔쳐 달아났다."羿請不死藥於西王母, 嫦娥竊以奔之.고 하였다.

4 問無由(문무유): 물어볼 길이 없다.

5 恍惚(황홀): 정신이 아득하고 멍한 모양.

해설

굴원의 「천문」을 모의해 달에 대해 아홉 개의 질문을 제시하여 순진

무구한 발상을 전개하였다. 신비로운 자연 현상과 아름다운 신화에 둘러싸여 있는 달에 대해 하상遐想을 펼쳤다. 「천문」이 단순히 딱딱한 어조로 물음을 제시한 데 비해, 여기서는 달을 하나의 통일된 서정적 대상으로 제시하여 동화적 발상과 현실적 모습을 연결하여 더욱 아름답고 집중된 이미지를 만들어내었다.

답사행踏莎行
―조국흥 지록에 화운하며和趙國興知錄韻

나의 도道는 아득하여
근심스런 마음 초조해라.
가장 무료한 때에 가을빛이 이르러
서풍에 숲 너머 지저귀는 까마귀
비낀 석양에 산 아래 시들어가는 풀.

늘 생각하노니 상산商山에선
그 당시 네 노옹이 있어
먼지 속 함양으로 가는 길 걸었지.
편지를 받자 곧 은거의 뜻 갑자기 바뀌었으니
지금도 그들의 뜻을 아는 사람 없어라.

吾道悠悠, 憂心悄悄.[1] 最無聊處秋光到. 西風林外有啼鴉, 斜陽
山下多衰草.

長憶商山,[2] 當年四老. 塵埃也走咸陽道. 爲誰書到便幡然,[3] 至
今此意無人曉.

注

1 悄悄(초초): 근심하는 모습. 『시경』「백주」柏舟에 "근심스런 마음 초
    초한데"憂心悄悄라는 말이 있다.

2 長憶(장억) 3구: 진대秦代 말기 상산에 은거하던 네 노인인 동원공
東園公, 녹리선생用里先生, 기리계綺里季, 하황공夏黃公 등 상산사호
商山四皓가 태자 유영劉盈을 보좌한 일을 가리킨다. 한 고조漢高祖
유방劉邦이 만년에 여태후呂太后가 낳은 태자 유영(나중에 惠帝가 됨)
을 폐하고 총애하는 척부인戚夫人의 아들 유여의劉如意를 후계자로
삼으려 하였다. 그러나 여태후가 장량張良의 계책을 사용하여 상산
사호를 태자 유영의 빈객으로 불러 보좌하게 하였다. 태자에게 이미
세력이 형성된 걸 본 유방은 태자를 바꾸려는 계획을 포기하면서
척부인에게 말하였다. "내가 바꾸려 하였지만 저 네 사람이 보좌하
면서 우익羽翼이 이미 만들어졌으니 이제는 움직이기 어렵구나."我欲
易之, 彼四人輔之, 羽翼已成, 難動矣. 『사기』「유후세가」留侯世家 참조.

3 爲誰(위수) 구: 장량이 쓴 편지를 받고 상산사호의 의견이 바뀐 일
을 가리킨다. 『은운소설』殷芸小說에 장량이 썼다는 「상산사호에게
보내는 편지」與商山四皓書가 실려 있다. "선생들을 앙모하나니 세상
을 뛰어넘는 높은 절조를 가지시고, …연못에서 노닐고 산에서 은
거함은 생각하옵기에 선생들이 취하지 마시길 바랍니다. …지극한
말을 대략 썼으니 생각을 완전히 바꾸어주십시오."仰唯先生, 秉超世
之殊操, …而淵游山隱, 竊爲先生不取也. …略寫至言, 料想幡然. ○ 爲誰(위
수): 무엇 때문에. 어째서. ○ 번연(幡然): 갑자기 마음이 바뀌는 모
양. 빠르고 철저하게.

은거의 도리에 대해 사색하였다. 상편은 중용을 받지 못하고 탄핵
되어 은거하게 된 불만과 시름을 가을의 풍경을 빌어 표현하였다. 하
편에선 상산에서 「자지가」紫芝歌를 부르며 은거하던 상산사호가 장량
이 쓴 편지에 장안의 궁성에 들어간 일에 대해 비판하였다.

성성만 聲聲慢
— 도연명의 「높은 구름」을 개작하여隱括淵明停雲詩[1]

높은 구름 뭉게뭉게
천지 사방 어두운데
해종일 봄비가 부슬부슬 내리네.
머리를 긁적이며 좋은 친구 생각하는데
문 앞의 평지는 강이 되어버렸네.
봄에 담근 술 찰랑찰랑 혼자 들고
한스런 마음 가득한 채 동창 아래 한가히 마시네.
부질없이 우두커니 서서 기다리니
배와 수레는 남과 북으로 내달릴 수 있으나
어디로 갈지 모르겠구나.

동편 뜰의 좋은 나무
꽃 피우고 잎 뻗치어
다시 봄바람에 다투네.
해와 달이 쉼 없이 가니
어찌해야 무릎 가까이 당겨 마주 앉을 수 있나?
어디서 훨훨 날아온 새는
뜰의 가지에 쉬며 좋은 소리로 창화하네.
그 당시
친구 중에 몇 명이나 도연명과 같았는가?

停雲靄靄, 八表同昏, 盡日時雨濛濛. 搔首良朋, 門前平陸成江. 春醪湛湛獨撫,² 恨彌襟閑飮東窓. 空延佇,³ 恨舟車南北, 欲往何從.

歎息東園佳樹, 列初榮枝葉, 再競春風. 日月于征, 安得促席從容. 翮翮何處飛鳥, 息庭柯好語和同. 當年事, 問幾人親友似翁?

注

1 隱括(은괄): 원래 굽은 나무나 활을 바로잡는 틀인 도지개를 뜻한다. 여기에서 파생하여 규범이나 표준 또는 교정이나 수정을 의미한다. ○ 淵明停雲(연명정운): 도연명이 쓴 「높은 구름」停雲.

2 春醪(춘료): 봄에 담근 술. ○ 湛湛(담담): 깊고 두터운 모양. 물이 깊은 모양. 물이 맑고 깨끗한 모양. ○ 撫(무): 들다. 도연명의 「높은 구름」에 "봄에 담근 술을 홀로 들고"春醪獨撫라는 구가 있다.

3 延佇(연저): 오래 서서 기다리다.

해설

도연명의 「높은 구름」을 개작하였다. 도연명은 동진 말기 404년(40세) 환현桓玄 아래에서 관직을 떠나면서 이 시를 썼다. 당시 동진은 찬탈을 노리는 군벌 탓으로 전쟁이 빈발하여 위태로웠고 인심이 황황하고 친구들조차 만나기 어려웠다. 도연명은 시대의 혼란을 배경으로 '친구를 생각하며'思親友 이 작품을 썼다. 북송 때 소식蘇軾 역시 해남도에 폄적되었을 때 도연명 시에 화운한 작품을 동생 소철蘇轍에게 보냈다. 신기질의 이 작품 역시 친구를 생각하여 지은 것이다. 말미에서 도연명과 같은 사람이 그 당시 얼마나 있었느냐고 물으면서, 각박한 세태와 인정 속에 뜻을 나눌 친구가 적음을 탄식하였다.

영우락 永遇樂

— 정운당의 새로 심은 삼송을 살펴보고 장난삼아 지음. 당시 친구에게 편지를 쓰는데 종이와 붓이 바람에 날려갔기에 하편에서 이를 언급하다檢校停雲新種杉松, 戲作. 時欲作親舊報書, 紙筆偶爲大風吹去, 末章因及之[1]

늙게 되어 빈산에서
만 그루 소나무를 심으니
이는 바로 탄식할 만한 일.
언제 자라서 그늘을 이룰지
나의 수명은 얼마큼인지
마치 늦게 자손을 보는 것과 같네.
예부터 수많은 연못과 누대가
안개와 잡초와 가시나무 속에 황폐해져
오래도록 후인을 처연하게 했지.
생각하면 예전의 좋았던 날은 이미 한이 되었으니
밤 깊어 술은 비고 사람은 흩어졌구나.

정운당停雲堂 높은 곳
누가 알아주랴 이 늙은이의
만사에 관심이 없는 마음을.
꿈에서 깨어나 동편 창 아래
잠시 이처럼 할 뿐이니

일어나 편지를 쓰려고 하네.

삽시간에 드센 바람이 불어와

붓과 벼루를 뒤집어

하늘도 내가 글씨를 못 쓰게 하는구나.

그런데 무슨 일로 소나기가 시 쓰기를 재촉해

갑자기 구름이 어두워지는가.

投老空山,² 萬松手種, 政爾堪歎. 何日成陰, 吾年有幾, 似見兒孫晚. 古來池館, 雲煙草棘, 長使後人悽斷.³ 想當年良辰已恨: 夜闌酒空人散.

停雲高處, 誰知老子, 萬事不關心眼. 夢覺東窓, 聊復爾耳,⁴ 起欲題書簡.⁵ 霎時風怒, 倒翻筆硯, 天也只敎吾懶. 又何事催詩雨急,⁶ 片雲斗暗.⁷

注

1 檢校(검교): 관리하다. 순시하다. 조사하다. ○ 停雲(정운): 정운당停雲堂. 신기질이 표천에 세운 집 이름. 평소 도연명을 앙모하였기에 그의 시 「높은 구름」停雲에서 이름을 취하였다. ○ 作親舊報書(작친구보서): 친구에게 편지를 쓰다.

2 投老(투로): 늙게 되다. 늙어지다.

3 悽斷(처단): 지극히 처연하고 슬프다.

4 聊復爾耳(료복이이): 잠시 이처럼 할 뿐이다. 서진의 완함阮咸의 말에서 유래했다. 완함이 이웃의 부자 친척들은 칠월 칠일 비단옷을 말리는데 비해 자신은 내걸만한 것이 없자 쇠코잠방이犢鼻褲를 내걸었다. 사람들이 괴이하게 여겨 묻자, 답하여 말하기를 "습속에 따르지 않을 수 없어, 잠시 이처럼 할 뿐이외다."未能免俗, 聊復爾耳.

라고 하며 세속을 비웃었다. 『세설신어』「임탄」任誕 참조.

5 題書簡(제서간): 편지를 쓰다.

6 又何事(우하사) 2구: 두보 시의 "머리 위 검은 조각구름, 비가 올 듯해 시 짓기를 재촉하네."片雲頭上黑, 應是雨催詩.란 구절을 이용하였다.

7 斗暗(두암): 갑자기 어두워지다.

해설

노년의 한가한 마음을 서술했다. 상편은 자신의 나이 들어감을 탄식하고, 고금의 흥망성쇠를 슬퍼하고, 지난날을 회상하며 한스러워하였다. 하편은 자신의 생활 속에 일어난 작은 일, 즉 편지 쓰는 중에 종이와 붓이 날아간 일을 가져와 행동의 근거를 찾으려 하였다. 이러한 우연한 일은 하늘이 편지를 쓰지 못하게 하는 것이라 할 수도 있지만, 다른 한편 시를 빨리 짓게 하는 것이라 할 수도 있으므로, 이로부터 작자가 어떻게 심리적 균형을 잡아야 하는지를 생각했다고 할 수 있다.

옥루춘 玉樓春
— 은호에서 장난삼아 지음 隱湖戲作[1]

손님이 왔는데 무슨 일로 이리 늦게 맞이하는가?
찾아도 대숲 속 우는 새도 보이지 않는구나.
해가 높이 솟아도 아직 술에 취해 있는지
문밖에서 촉씨觸氏와 만씨蠻氏가 한창 싸워도 상관 않는구나.

목말라 여기저기 찾아도 샘물이 없으니
어느 날에 소나무 가득 심어 그늘을 이룰까.
앞으로 오래도록 물과 구름을 찾아오길 사양하지 않겠으나
다만 물고기와 새가 싫어할까 걱정이로다.

客來底事逢迎晩? 竹裏鳴禽尋未見. 日高猶苦聖賢中,[2] 門外誰
酣蠻觸戰?[3]
　多方爲渴泉尋徧, 何日成陰松種滿. 不辭長向水雲來, 只怕頻煩
魚鳥倦.

注

1 隱湖(은호): 신주信州 연산현鉛山縣에 소재한 호수. 『연산현지』鉛山
縣志에는 은호가 연산현 동쪽 이십 리에 소재한다고 했다. 거기에서
동쪽으로 오 리 더 가면 표천이 나오므로 신기질의 거처에서 멀지
않다.

2 聖賢(성현): 청주와 탁주. 삼국시대 서막徐邈의 고사에서 나왔다. 조조가 정권을 잡으면서 금주를 엄격히 시행하였다. 이에 사람들이 술이란 말을 금기시하여 청주淸酒를 성인聖人이라 부르고 탁주를 현인賢人이라 불렀다. 상서랑 서막徐邈이 몰래 술을 마시고는 스스로 '성인을 만나다'中聖人고 하였다. 『삼국지』 중의 『위서』魏書 「서막전」 徐邈傳 참조.

3 蠻觸戰(만촉전): 와각지쟁蝸角之爭을 가리킨다. 『장자』「칙양」則陽 에 나오는 우화. 달팽이 왼쪽 촉각에 사는 촉씨觸氏라는 나라와 오른쪽 촉각에 사는 만씨蠻氏라는 나라가 서로 싸워, 시체가 수만에 이르고, 도망가는 적을 추격하고 보름 후에 돌아왔다.

해설

은호隱湖는 글자 뜻으로 풀이하면 '숨어 있는 호수'이다. 이 작품은 '은호'란 이름의 의미를 중심으로 호수의 이미지를 만들어나갔다. 첫 번째는 새가 숨어 있으며, 두 번째는 사람이 숨어 있으며, 세 번째는 샘이 숨어 있다. 사람들은 술에 취해 남들이 대립하고 싸워도 상관하지 않으며 찾아온 손님도 아랑곳않는다. 이러한 가운데 방문자인 작자는 호수에 대한 애착을 보인다. 1197년(58세) 경에 지었다.

완계사浣溪沙

— 소나무와 대나무를 심었으나 아직 자라지 않아種松竹未成

초목은 사람과 거리를 두어 서먹서먹하더니
가을이 되니 가까이서 영고성쇠를 사람과 함께 한다.
빈 산에 한 해가 저무니 누가 나를 영화롭게 만들어줄 것인가?

고죽군의 두 아들이 곤궁하여도 여전히 절개를 지키고
적송자는 아직 어려도 벌써 수염이 생겼다.
주인이 사랑하니 대나무와 소나무는 여기 머물려는가?

草木於人也作疎, 秋來咫尺共榮枯. 空山歲晚孰華余?¹
孤竹君窮猶抱節,² 赤松子嫩已生鬚.³ 主人相愛肯留無?

注

1 孰華余(숙화여): 누가 나를 영화롭게 만들어줄 것인가? 굴원의 『구
가』 중의 「산귀」山鬼에 "나이가 많으니 누가 나를 영화롭게 만들
것인가"歲旣晏兮孰華予라는 어조를 이용하였다.

2 孤竹君(고죽군): 상나라 말기 요하 유역의 군주. 그의 두 아들인
백이伯夷와 숙제叔齊가 주나라 곡식을 먹지 않고 고사리를 뜯어먹다
가 수양산에서 굶어죽었다. ○ 抱節(포절): 마디를 안고 있다. 이 구
는 대나무를 비유한다.

3 赤松子(적송자): 신선 이름. 이 구는 소나무를 비유한다.

　소나무와 대나무를 노래하였다. 신기질이 표천에서 심은 소나무와
대나무가 아직 어린 것을 보고 그들의 성장을 기대하며 함께 지내고자
하는 마음을 나타냈다. 상편은 초목도 가을이 되면 쇠락하듯 자신도
나이 들어 쇠약해졌다며 동병상련의 마음을 그렸다. 하편은 고죽군으
로 대나무를 비유하고 적송자로 소나무를 비유하여 이들의 정신적 의
취와 함께 하겠다는 뜻을 나타냈다.

맥산계蓦山溪

— 정운당에 대나무 길이 처음 만들어져停雲竹徑初成

작은 다리 흐르는 물
앞 개울로 내려간다.
친구를 오라고 불러
나와 함께 지팡이에 짚신 신고 안개 속을 걷는다.
구불구불한 죽림을 뚫고
때로 울퉁불퉁한 작은 길을 넘는다.
시내를 비스듬히 두르고
산을 반쯤 가리며
어린 취죽翠竹이 길을 만들었다.

술 잔 들고 먼 옛일 생각하면
도연명의 정취가 가득하다.
산 위에는 정운당이 있어
산 아래 부슬부슬 내리는 보슬비를 바라본다.
들꽃과 우짖는 새는
시詩 속에 들어오려고 하지 않아
그것은 마치
이 늙은이의 시를 비웃으며
몸 둘 곳이 없다고 하는 듯하다.

小橋流水, 欲下前溪去. 喚取故人來, 伴先生風煙杖屨. 行穿窈窕,[1] 時歷小崎嶇. 斜帶水, 半遮山, 翠竹栽成路.

一尊遐想, 剩有淵明趣. 山上有停雲, 看山下濛濛細雨. 野花啼鳥, 不肯入詩來, 還一似, 笑翁詩, 自沒安排處.

注

1 行穿(행천) 2구: 도연명의 「귀거래사」에 나오는 "어둑어둑 골짜기를 찾아가기도 하고, 울퉁불퉁 언덕을 지나가기도 한다."既窈窕以尋壑, 亦崎嶇而經丘.는 말을 이용하였다.

해설

대숲길을 만들며 지내는 한적한 심경을 노래하였다. 상편은 길을 거닐며 본 풍경을 그렸고, 하편은 자신의 한아한 심정을 도연명의 정취로 비유하였다. 말미의 "들꽃과 우짖는 새는, 시 속에 들어오려고 하지 않아"野花啼鳥, 不肯入詩來는 시가 잘 만들어지지 않는다는 뜻이라기보다는 이미 시인지 풍경인지 모를 정도로 주객이 일체가 되고 자유롭다는 뜻으로 보아야 할 것이다.

맥산계蟇山溪

화려한 고당高堂의 발을 걷으니
제비가 쌍쌍이 지저귀며 축하하네.
꽃과 버들은 한바탕 봄이라
동풍을 맞아 붉은 꽃을 새기고 비췻색 버들가지를 늘어뜨렸네.
초당의 바람과 달은
여전히 예전과 같아
가녀의 부채 아래
무희의 깔개 옆에서
축수주에 해마다 취하네.

병부兵符가 성채에 전해지자
이미 변방의 요지를 지키러 나갔네.
두 손으로 은하수를 끌어와
남방의 안개와 장기瘴氣를 씻으려 하네.
초선관은
응당 투구에서 나왔으리.
다섯 솥을 벌려 놓고 먹고
꿈에 칼 세 자루를 보고
황금으로 만든 봉후인을 차리라.

畫堂簾捲, 賀燕雙雙語. 花柳一番春, 倚東風彫紅縷翠. 草堂風

月,¹ 還似舊家時;² 歌扇底, 舞裀邊, 壽斝年年醉.³

兵符傳壘, 已菴葵丘戍.⁴ 兩手挽天河,⁵ 要一洗蠻煙瘴雨. 貂蟬
冠冕,⁶ 應是出兜鍪; 飡五鼎,⁷ 夢三刀,⁸ 侯印黃金鑄.⁹

注

1 草堂(초당): 은거하는 곳. 두보의 성도 초당, 백거이의 여산 초당
  등이 유명하다.

2 舊家時(구가시): 예전. 종전.

3 壽斝(수가): 축수주祝壽酒. 가斝는 고대의 술잔으로 작爵보다 약간
  크다.

4 葵丘戍(규구수): 규구(산동성 임치)를 지키다. 『좌전』 '장공 8년'조에
  "제나라 왕(양공)이 연칭과 관지보에게 규구를 지키라고 하였다."齊
  侯使連稱、管至父戍葵丘.는 구절이 있다. 여기서는 변방의 중진重鎭을
  지킨다는 뜻.

5 兩手(양수) 2구: 두 손으로 은하수를 끌어와 남방의 안개와 장기瘴
  氣를 씻어내다. 두보杜甫의「병기와 말을 씻으며」洗兵馬에 "어떻게
  하면 장사들이 은하수를 끌어와, 갑옷과 병기를 깨끗이 씻어 오래
  도록 쓰지 않도록 할까!"安得壯士挽天河, 淨洗甲兵長不用!라는 구절이
  있다.

6 貂蟬(초선) 2구: 초선관은 분명 투구에서 나왔다. 남제南齊의 주반
  룡周盤龍이 만년에 변경에서 물러나와 산기상시가 되었을 때, 황제
  가 "경은 투구는 어디 두고 초선관을 썼나?"라고 한 농담에 대해
  "이 초선관은 투구에서 나왔습니다"此貂蟬從兜鍪中出耳고 대답하였
  다. 『남제서』「주반룡전」 참조. ○ 兜鍪(두무): 병사의 투구.

7 飡五鼎(손오정): 다섯 솥을 벌여 놓고 먹다. 고관이나 귀족의 생활
  을 가리킨다. 고대에 제례를 시행할 때 대부는 다섯 가지 솥을 쓴

다. 각기 양, 돼지, 썬 고기, 생선, 포를 담는다. 『사기』「주부언별전」
에 "장부는 살아서 다섯 솥을 벌여놓고 먹지 않으면, 죽어서 다섯
솥에 삶겨질 따름이다!"丈夫生不五鼎食, 死卽五鼎烹耳!는 말이 있다.

8 夢三刀(몽삼도): 꿈에 칼 세 자루 보다. 승진을 의미한다. 서진의
왕준王濬이 꿈을 꾸었는데 칼 세 자루가 방안의 들보에 걸려있었다.
조금 후 다시 칼 한 자루가 더해졌다. 왕준이 놀라 잠에 깨어나
이를 무척 껄끄럽게 생각하였다. 이때 주부 이의李毅가 축하하며
말하였다. "칼 세 자루는 州(주) 자이고(古字는 㓝) 또 한 자루가 더해
졌으니 이는 더한다는 뜻의 益(익) 자입니다. 현령께서는 익주益州
로 부임하신다는 뜻이 됩니다." 과연 왕준은 익주 자사가 되었고
결국 오나라를 정벌하는 공을 세웠다. 『진서』「왕준전」王濬傳 참조.

9 侯印(후인): 봉후인封侯印. 작위에 봉해진 사람이 차는 인장.

해설

생일을 축하하는 축수사이다. 상편은 생일잔치의 모습을 묘사하였
고, 하편은 공업을 이루기를 기원하였다. 다소 전형적인 축수사이나
균형을 잘 갖추고 있다.

자고천鷓鴣天

─ 잠에서 일어나 보이는 대로睡起卽事

들쭉날쭉한 노랑어리연꽃 푸른 물결에 흔들리어

연못의 뱀 그림자 같아 개구리들이 입 다문다.

바람 때문에 들의 학은 배고파도 춤을 추고

장마 때문에 산속의 치자는 병이 들어 꽃을 피우지 못한다.

명성과 이익이 있는 곳엔

전쟁이 많아

문 앞의 달팽이 뿔에서 만씨蠻氏와 촉씨觸氏가 날마다 싸운다.

알지 못하는가, 또 괴안국槐安國의 우화가 있는 것을

꿈에서 깨어나니 남쪽 가지에 해가 아직 기울지 않았더라.

水荇參差動綠波,[1] 一池蛇影噤群蛙. 因風野鶴飢猶舞, 積雨山
梔病不花.

名利處, 戰爭多, 門前蠻觸日干戈.[2] 不知更有槐安國,[3] 夢覺南
柯日未斜.

注

1 水荇(수행): 노랑어리연꽃. 물속에 사는 식물로, 잎이 수면에 붙고
여름에 담황색 꽃이 피며 부드러운 잎은 식용한다. 『시경』「관저」關
雎에 "들쭉날쭉 노랑어리연꽃을, 좌우에서 캐어내네."參差荇菜, 左右

流之.란 말이 있다.

2 蠻觸日干戈(만촉일간과): 만씨蠻氏와 촉씨觸氏가 날마다 싸우다. 와각지쟁蝸角之爭을 가리킨다.

3 不知(부지) 2구: 남가일몽南柯一夢 고사를 가리킨다. 순우분淳于棼이 괴안국槐安國에 가서 부마가 되고 남가 태수로 나갔다. 꿈에서 깨어나 찾아보니 오래된 홰나무에 개미구멍이 하나있고, 남쪽으로 뻗은 가지가 있었을 뿐이었다. 당대 이공좌李公佐의 「남가태수전」南柯太守傳 참조.

해설

　사회의 분쟁에 대한 나름대로의 소감을 말했다. 그 동기는 연못의 노랑어리연꽃이 뱀같이 흔들리자 개구리들이 울음을 그친데서 나왔을 것이다. 학은 배고파도 춤을 추지만 치자는 장마가 들면 꽃을 피우지 못한다. 모두 환경에 영향을 받지만, 그 극복과 실패는 각기 다르다. 자연계의 활동도 이익과 견제로 인해 이루어진다. 인간 세계 역시 명리名利를 두고 서로 다툰다. 그것은 마치 와각지쟁과 같고 남가일몽과 같다. 넓게 보면 지극히 사소한 다툼일 뿐이다.

자고천鷓鴣天

예부터 고사高士들이 가장 경탄스러운 것은
다만 소탈과 게으름 때문에 높은 이름 얻는 자 많은 것이네.
산에 살면서 온통 경상초庚桑楚와 같고
나무 심는 것은 진정 곽탁타郭橐駝처럼 되었네.

운자석雲子石 같은 밥에
수정 같은 참외
숲 사이에 객과 노닐며 또 차를 달이네.
그대들 돌아가오, 내 바쁜 일 무엇인가 하면
벌들이 저녁 관청 조회하듯 모이는 걸 보아야 하니.

自古高人最可嗟, 只因疏懶取名多.¹ 居山一似庚桑楚,² 種樹眞
成郭橐駝.³

雲子飯,⁴ 水精瓜,⁵ 林間携客更烹茶. 君歸休矣吾忙甚, 要看蜂
兒趁晚衙.⁶

注

1 疏懶取名多(소라취명다): 게을러도 높은 이름을 얻다.
2 居山(거산) 구: 『장자』「경상초」庚桑楚에 나오는 경상초 이야기를 가
  리킨다. 노자의 제자 가운데 경상초는 홀로 노자의 가르침의 진수
  를 받은 자로 외루산 북쪽에 살고 있었다. 노복 가운데 똑똑한 자들

은 모두 보내고, 시비 가운데 인의를 표방하는 자들도 멀리하고, 다만 돈후하고 소박한 사람들과 함께 하고 임성자득任性自得한 사람만 하인으로 두고 살았다. 삼년이 지나자 외루산 일대에 풍년이 들었다.

3 種樹(종수) 구: 유종원의 「정원사 곽탁타」種樹郭橐駝의 곽탁타 이야기를 가리킨다. 곽타타는 곱사등이 정원사로 나무의 천성에 순응하여 관리하므로 나무를 키우고 관리하는데 뛰어났다.

4 雲子飯(운자반): 운자석雲子石과 같은 밥. 운자雲子는 일종의 흰색의 돌로, 그 형상이 가늘고 길며 둥글어 밥알과 비슷하다.

5 水精瓜(수정과): 씹으면 수정 같이 차가운 참외.

6 蜂兒趁晚衙(봉아진만아): 벌들이 모여 왕벌을 옹위하는 것이 마치 신하들이 군주에 조회하는 것과 같다. 지방 관리가 아침과 저녁 두 차례에 상급 관청에 가서 늘어서는데 이를 양아兩衙라고 한다. 여기서는 저녁 신시申時의 참견을 말한다. 『비아』埤雅에 "벌들이 아침저녁으로 관청에 늘어서듯 하면 밀물의 징조이다."蜂有兩衙應潮는 말이 있다.

해설

산에서 살아가는 즐거움을 서술하였다. 상편은 속세를 떠난 고인들의 게으르면서도 뛰어난 경지를 그렸다. 하편은 자신의 산거山居 생활을 그렸다. 고인들의 소탈과 게으름疏懶에 대비해 자신의 바쁨吾忙을 말하고 있지만, 사실은 벌들이 모여드는 모습을 보는데 바쁜 것으로, 실질적으로는 자신 역시 고인들과 같은 경지에 있음을 완곡하게 말하였다. 오히려 자신의 이러한 바쁨을 통해 벌들처럼 저녁 관청 조회晚衙에 참가하는 속인들을 환기함으로써 그들을 비웃는 의미가 깔려 있다.

자고천鷓鴣天

— 감회가 있어有感

벼슬과 은거는 예부터 고르지 않아
강태공은 여든이 넘어서야 수레 타고 불려갔지만
누가 알랴, 빈산의 적막 속
오히려 백이 숙제와 같은 고사高士들은 「채미가」를 부르는 것을.

부드러운 노란 국화
저녁의 향기로운 가지에서
한가지로 꽃의 꿀을 따는 때
벌은 관아에 몰려드는 관리같이 고생하지만
나비는 꽃 사이로 자유롭게 날아다닌다네.

出處從來自不齊,¹ 後車方載太公歸.² 誰知寂寞空山裏,³ 却有高
人賦采薇.

黃菊嫩, 晚香枝, 一般同是采花時. 蜂兒辛苦多官府,⁴ 蝴蝶花間
自在飛.

注

1 出處(출처): 출사와 은퇴. 진퇴進退. 벼슬하기와 은거하기.

2 後車(후거) 구: 강태공姜太公이 나이 여든이 넘어 주 문왕周文王을
만나 벼슬한 일을 가리킨다. 주 문왕이 서백西伯이었을 때 위수의

북안 반계에서 낚시하는 강태공을 만나 이야기를 나누고는 크게 기뻐하며 수레에 싣고 돌아왔다. ○ 太公(태공): 태공망太公望. 문왕은 자신의 선친 태공太公(고공단보)이 주나라에 성인이 나오기를 기다렸는데, 강태공을 '태공이 기다리던 사람'이란 뜻으로 '태공망'太公望이라고 불렀다. ○ 後車(후거): 딸린 수레. 시종이 탄 수레.

3 誰知(수지) 2구: 은거하는 백이伯夷와 숙제叔齊를 가리킨다. 백이와 숙제는 고죽군의 두 아들. 주 무왕이 은나라를 평정하여 천하가 주나라를 따르자, 이를 치욕으로 생각하고 주나라의 곡식을 먹지 않겠다며 수양산에 들어가, 고사리를 캐어 먹다 굶어 죽었다. 『사기』「백이열전」伯夷列傳에는 그들이 부른 「채미가」采薇歌가 실려 있다. "저 서산에 올라, 고사리를 뜯으리. 폭압으로 폭압을 대신하면서, 그 잘못을 모르는구나."登彼西山兮, 采其薇矣. 以暴易暴兮, 不知其非矣.

4 蜂兒(봉아) 구: 관직생활을 비유한다. 벌들이 왕벌을 옹위하는 것이 신하들이 조회에서 군주에 조회하는 것과 같다는 뜻을 채용하였다.

해설

벼슬과 은거에 대한 생각을 전개하였다. 그 주제는 벼슬과 은거는 처지와 상황에 따라 다르며 이는 자연계도 마찬가지라는 깨달음이다. 강태공은 먼저 은거하다가 나중에 출사했던 데 비해, 백이와 숙제는 고죽군의 두 아들로 먼저 출사했다가 나중에 은거하였다. 자연계에서도 똑같이 꿀을 딴다고 하더라도 벌은 바쁜데 비해 나비는 한가롭다는 점에서 그 처지가 고르지 않다. 물론 이는 사람의 주관적인 각도에서 본 판단이지만, 구속된 관직 생활에 비해 은거가 자유롭다는 비유로, 관료 사회에 대한 비판과 자신의 출사를 후회하는 어조가 들어있다.

자고천鷓鴣天

— 도연명의 시를 읽다가 손에서 놓을 수 없어 장난삼아 지어 보내다
　　讀淵明詩不能去手, 戲作小詞以送之[1]

만년에 몸소 밭 갈며 가난을 원망하지 않았으니
닭 잡고 술 걸러 이웃과 함께 했지.
동진東晉과 유송劉宋의 음험한 일 전혀 없었고
스스로 복희씨 이전의 사람이 되었었지.

천 년이 지난 후
남은 시 백여 편
한 글자도 '청진'淸眞하지 않은 게 없어라.
만약에 왕씨王氏와 사씨謝氏의 자제들이 있었다면
시상柴桑의 길가 위 티끌보다 못하리라.

　晚歲躬耕不怨貧,[2] 隻鷄斗酒聚比鄰. 都無晉宋之間事,[3] 自是羲
皇以上人.[4]
　千載後, 百篇存. 更無一字不淸眞.[5] 若敎王謝諸郎在,[6] 未抵柴
桑陌上塵.[7]

注

　1　去手(거수): 손을 놓다. 그만두다.
　2　躬耕(궁경): 몸소 밭을 갈다. 직접 농사하다. 도연명의 「경술년 구

월 서쪽 밭에서 올벼를 거두며」庚戌歲九月中於西田穫早稻에서 "다만 오래도록 이런 생활을 하여, 몸소 짓는 농사를 즐거워하리."但願長如此, 躬耕非所歎.란 시구가 있다. 또 「전원에 돌아와 살며」歸園田居 제5수에 "새로 익은 술을 거르고, 닭을 잡아 이웃을 부른다."漉我新熟酒, 隻鷄招近局.라는 시구가 있다.

3 晉宋之間(진송지간): 동진과 유송 사이. 도연명이 살았던 시대이다. 당시 남북이 분단된 상황에서 남조의 상황은 전란이 빈번하고 찬탈이 자주 일어나 사회가 혼란하고 불안하였다. 이러한 상황에서 도화원과 같은 이상사회를 꿈꾸었다. 「도화원기」에 "한나라가 있는 것도 몰랐으니, 위나라와 진나라가 있는 것은 말할 것도 없었다."不知有漢, 無論魏晉.는 말이 있다.

4 羲皇以上人(희황이상인): 복희씨 이전의 사람. 도연명의 「아들 도엄 등에게 주는 글」與子儼等疏에 관련된 말이 있다. "나는 항상 말하기를 '오뉴월에 북창 아래에 누워 있을 때 시원한 바람이 불어오면 내가 바로 복희씨 이전 시대의 사람인 듯하다'고 하였다."常言'五六月中, 北窓下臥, 遇涼風暫至, 自謂是羲皇上人.'

5 淸眞(청진): 맑고 진실 되다. 순진하고 소박하다. 여기서는 도연명의 시풍을 개괄하여 정의한 말이다. 소식은 「도연명 음주 시에 창화하며」和陶淵明飮酒詩에서 "도연명은 특히 청진하다."淵明獨淸眞.고 말했다.

6 王謝諸郞(왕사제랑): 왕씨와 사씨 집안의 자제들. 왕씨와 사씨는 동진의 최대 문벌 거족으로 그 자제들은 세련되고 멋있으며 풍도 있고 고결한 것으로 유명했다.

7 柴桑(시상): 지금의 강서성 구강시 서남. 도연명은 시상 사람으로, 시상은 그가 벼슬에서 돌아와 은거하고 농사지었던 곳이다.

  도연명의 인품과 시품詩品을 칭송하였다. 신기질은 만년이 될수록 자신을 도연명에 자주 비유하였다. 물론 신기질의 상황은 도연명보다 훨씬 나았다. 신기질은 비록 잦은 부침으로 전직이 많았지만 복주 지주까지 역임하였고, 신주信州의 대호와 표천에 집과 땅이 있었으며, 처는 물론 여섯 명의 시첩을 비롯하여 노복들을 두었으며, 관계官界와 후진에 상당한 인맥이 있었다. 그러나 음험한 관장에서 자주 폄훼와 견제를 받아 두 번이나 탄핵으로 낙향하여 이십 년을 보내며, 산수와 술로 울분을 삭였던 신기질로서는 도연명의 의취와 흡사하였다. 도연명의 시를 평가하여 '청진'이라 한 것은 그의 인품까지 포괄한 말로, 남조 문벌세족의 기라성 같은 인물들의 고결함은 도연명 한 사람의 청진에 비해 먼지에 불과하다며 지극한 존경을 나타내었다.

자고천鷓鴣天

검은 머리카락에 봄빛은 무한했더니
어느새 붉은 꽃 떨어지고 속절없이 눈발이 분분해라.
노란 국화도 가을빛과 함께 늙어 가는데
어찌 이리도 술잔 앞에 앉아 있는 지금 이 몸과 같은가?

책 만 권을 읽고
글을 쓰면 신들린 듯했었지.
지금 눈 들어 바라보니 친구들은 높은 벼슬에 올랐구나.
이내 가슴속의 뜻을 젊은이들은 알지 못해
공명이 사람을 핍박하는 걸 두려워할 뿐이네.

髮底青青無限春, 落紅飛雪謾紛紛.¹ 黃花也伴秋光老, 何似尊
前見在身.
書萬卷,² 筆如神. 眼看同輩上靑雲. 箇中不許兒童會,³ 只恐功
名更逼人.⁴

注

1 謾(만): 漫(만)과 같다. 부질없이. 헛되이.
2 書萬卷(서만권): 두보의 「위 좌승께 삼가 드리며 22운」奉贈韋左丞丈
  二十二韻의 "책을 읽어 만 권을 독파하고, 글을 쓰면 신들린 듯했어
  라."讀書破萬卷, 下筆如有神.를 환기한다.

3 箇中(개중): 이 가운데. 이 구는 자신은 공업을 이루려고 노력했지만 세상일엔 부침이 있고 벼슬길도 변화무쌍하여 이루어지지 않는데, 이를 모르는 젊은이들은 오로지 공명만 추구한다는 뜻이다.

4 只恐(지공) 구: 오로지 공명이 더욱 짓누를까 걱정하는구나. 공명이 자신을 더욱 재촉할까 걱정하다. 다시 말해 공명만 더욱 추구한다는 뜻이다.

해설

노년이 되어 인생에 대한 감개를 토로하였다. 상편에선 주로 인생의 짧음에서 오는 노년의 처지를 탄식하였다. 하편에선 독서를 많이 하고 시문을 잘 쓴다 하여도, 출세가도를 달리는 친구에 비해 낙백하여 은거하는 처지를 그렸다. 인생이란 부침도 있고 청춘도 아껴야 함을 알아야 하건만, 아이들(청년들)은 다만 공명을 향해 매진해 가는 이러한 현상에 대해 고민하고 탄식하였다.

자고천鷓鴣天

— 잠들지 못하여不寐

늙고 병드니 세월의 흐름을 어찌 견디랴
순간의 시간도 천금에 값한다.
일생동안 산과 골짜기 유람하길 저버리지 않았고
온갖 약을 다 써도 책 읽는 병을 고치지 못했다.

세상 사람들의 교묘함과 졸박함에 따르고
세상사의 부침에 내맡겨 두네.
사람들은 얼굴이 다르듯이 마음도 다르지.
세인들의 옛 일의 자초지종을 써도 괜찮으니
그들의 평생일을 쓰면 『소림』笑林에 들어가리라.

老病那堪歲月侵, 霎時光景値千金.[1] 一生不負溪山債,[2] 百藥難
治書史淫.[3]

隨巧拙, 任浮沉. 人無同處面如心.[4] 不妨舊事從頭記, 要寫行藏
入笑林.[5]

注

1 光景(광경): 광영光影과 같다. 햇빛. 광음光陰. 시간.
2 溪山債(계산채): 골짜기와 산의 빚. 아름다운 자연을 유람하라고
　자연이 나에게 부여한 빚.

3 書史淫(서사음): 책과 역사에 빠지다. 서음書淫이란 말은 서진 황보
밀皇甫謐이 전적을 탐독하기를 잠자고 밥 먹기를 잊을 정도여서 사
람들이 한 말이다.

4 面如心(면여심): 얼굴이 다르듯이 마음도 다르다. 『좌전』 '양공 13
년'조에 자산子產이 "사람의 마음이 다른 것은 그 얼굴이 다른 것과
같다." 人心之不同, 如其面焉. 고 하였다.

5 行藏(행장): 다니기와 숨기. 즉 출사와 은거. 여기서는 평생의 일.
○ 笑林(소림): 책 이름. 주로 해학적인 일화나 이야기를 모았다. 동
한 이래 당송 시기에도 『소림』이란 책이 저술되었다. 현재 동한 한
단순邯鄲淳이 편찬한 『소림』 1권이 전한다.

해설

노년이 되어 일어나는 감개를 썼다. 상편은 자신에 대해 쓴 것으로,
평생 산수를 유람하고 책에 빠졌으며 절조를 가지고 살았다고 긍정적
으로 판정하였다. 하편은 범속한 세인, 특히 교졸과 부침 속에 살아가
는 정치가들을 비판하였다. 그들의 일을 처음부터 끝까지 쓴다면 상호
모순과 어리석음으로 쓴웃음을 자아내는 『소림』笑林의 이야기와 다름
없다고 말하고 있다.

최고루最高樓

— 전강의 주씨 집안에 정표가 예정되었다는 소식을 듣고聞前岡周氏 旌表有期[1]

그대 들어보게.
한 자의 옷감도 기워 입을 수 있고
한 되의 좁쌀도 찧어 나누어 먹을 수 있건만
인간 세상에서 친구는 오히려 화합을 해도
예부터 형제는 서로를 받아들이지 못한다지.
당체棠棣꽃을 노래한 시는
관숙管叔과 채숙蔡叔의 죽음을 슬퍼하고
주공周公을 슬퍼하였지.

할미새가 언덕에서 급하게 나는 것을 길게 탄식하고
콩대가 타면서 콩이 우는 것을 또 탄식하니
형식은 달라도
주제는 응당 같다네.
주씨 집안은 오대에 걸친 장군의 후예로
전강前岡에서 천 년 동안 함께 살아온 가풍.
보게나, 내일
황제의 조서
붉은 인장 찍혀 내려오리라.

君聽取: 尺布尙堪縫,[2] 斗粟也堪舂. 人間朋友猶能合, 古來兄弟
不相容. 棣華詩,[3] 悲二叔, 弔周公.

長歎息脊令原上急;[4] 重歎息豆其煎正泣;[5] 形則異, 氣應同. 周
家五世將軍後,[6] 前岡千載義居風. 看明朝, 丹鳳詔,[7] 紫泥封.[8]

注

1 前岡(전강): 연산현鉛山縣에 속한 마을. ○周氏(주씨): 주씨 집안.
『강서통지』江西通志에 따르면 주흠약周欽若의 네 아들 주조周藻, 주
운周芸, 주필周芯, 주불周芾은 부친이 서거하면서 남긴 유훈을 지켜
모친께 효도하고 형제지간에 우애가 높았다. 경원 연간에 이르자
이미 삼세三世에 이르렀기에 1197년 주州에서 이 상황을 보고하여
올리고 조정에서 그 마을에 정표旌表하였다. ○旌表(정표): 관청에
서 패방이나 편액을 내려 봉건 예교를 준수한 사람을 표창하는 일.

2 尺布(척포) 4구: 「회남 여왕 노래」淮南厲王歌와 그 일을 가리킨다.
회남 여왕淮南厲王 유장劉長은 한 고조漢高祖의 아들로 자신의 형이
문제文帝로 즉위하자 교만해져 법을 지키지 않고 제멋대로 하다가
기원전 174년에는 모반을 꾀하였다. 그 죄로 촉군蜀郡으로 유배가
게 되었는데 도중에 스스로 음식을 먹지 않고 죽었다. 기원전 168
년 백성들이 다음 노래를 지어 불렀다. "한 자의 옷감도 기워 입을
수 있고, 한 되의 좁쌀도 찧어 먹을 수 있건만, 형제 두 사람은 서로
를 받아들이지 못하네."一尺布, 尙可縫. 一斗粟, 尙可舂. 兄弟二人不相容.
『사기』권118 「회남형산열전」淮南衡山列傳 참조.

3 棣華詩(체화시) 3구: 서주 초기 주공周公이 형제들을 불러 잔치를
베푼 일을 소재로 한 『시경』「당체」棠棣를 가리킨다. "당체의 붉은
꽃이여, 꽃받침이 선명하구나. 오늘날 세상 사람들, 형제만 못하구
나."常棣之華, 鄂不韡韡. 凡今之人, 莫如兄弟.란 구절이 있다. ○二叔(이

숙): 주 무왕의 동생 관숙管叔과 채숙蔡叔을 가리킨다. ○ 周公(주공): 희단姬旦. 주 문왕의 아들. 무왕이 주紂를 죽이고 주나라를 세우는데 보좌했다. 무왕이 죽고 조카 성왕이 아직 어리자 섭정하였다. 관숙과 채숙이 은나라의 후예 무경武庚을 끼고 난을 일으키자 동정하여 평정하였다.

4 脊令(척령): 鶺鴒이라 쓰기도 한다. 할미새. 『시경』「당체」棠棣에 "할미새가 언덕에 있는데, 형제가 황급히 어려움을 도와주네."鶺鴒在原, 兄弟急難.란 시구가 있다. 형제가 우애 있고 어려울 때 서로 도와주는 걸 비유한다.

5 豆萁(두기) 구: 삼국시대 조식曹植이 지은 칠보시七步詩를 가리킨다. 위 문제 조비曹丕가 동아왕東阿王 조식에게 일곱 걸음 걸을 동안 시를 지으라고 명하면서 만약 짓지 못하면 사형으로 다스리겠다고 했다. 조식은 대답하자마자 시를 지었다. "콩을 삶아 죽을 끓이고, 콩을 걸러 즙을 만든다. 콩대는 솥 아래에서 타고, 콩은 솥 안에서 운다. 본래 같은 뿌리에서 생겨났건만, 들볶기가 어찌 이리 급한가?"煮豆持作羹, 漉菽以爲汁. 其在釜下燃, 豆在釜中泣. 本是同根生, 相煎何太急. 『세설신어』「문학」文學 참조.

6 周家(주가) 2구: 주씨 집안의 내력을 언급했다. 한원길韓元吉의 「연산주씨의거기」鉛山周氏義居記에 따르면, 주씨의 시조는 장군이며, 금릉(지금의 남경)에서 아봉鵝峰 아래로 이사 온 지는 약 삼백 년 되었다. 주흠약에 이르러 형제들과 함께 살며 적관을 나누지 않았으며, 1152년(소흥 22) 병으로 위급해지자 네 아들에게 모친께 효도하고 서로 도우며 살라고 유언하였다. ○ 義居(의거): 효행과 절의로 대대로 같이 살아옴.

7 丹鳳詔(단봉조): 황제의 조서. 여기서는 조정에서 내린 정표旌表.

8 紫泥(자니): 황제의 조서를 봉할 때 사용하는 도장 인주.

　주씨 집안의 형제 사이의 화합을 높이 칭송하였다. 역사상으로 형제끼리 핍박한 일 세 가지를 사례로 들었다. 첫째는 서한 초기 문제가 자신의 동생 회남 여왕을 죽인 일, 둘째는 서주 초기 주공이 자신의 형제들을 죽인 일, 셋째는 위나라 초기 조비가 동생 조식을 죽이려 한 일이다. 이들은 비록 형식은 달라도 모두 자신의 이익을 위해 형제를 핍박한 예이다.形則異, 氣應同. 말미의 다섯 구에서 앞의 예들과 달리 형제지간에 우애로 함께 지내온 주씨 집안을 높이 표양하였다. 1198년(59세)에 지었다.

남향자南鄉子
— 전강의 주씨 집안의 정표를 경하하며慶前岡周氏旌表

봄빛이 닿지 않은 곳이 없으니
천상에서 열 줄의 조서가 내려왔구나.
어르신들이 환호하고 아이들이 춤추니
전강前岡은
천 년 주씨의 효행과 절의의 고장.

초목이 모두 향기를 뿜고
더구나 냇가의 물도 달게 느껴지는구나.
내 말하노니, 오사모烏紗帽가 문 옆에 와 있으니
여러 형제들이여
금의환향하는 형제를 맞는 주금당畫錦堂을 세울 준비를 하게나.

　無處着春光, 天上飛來詔十行. 父老歡呼童稚舞, 前岡, 千載周
家孝義鄕.
　草木盡芬芳, 更覺溪頭水也香. 我道烏頭門側畔,¹ 諸郞, 準備他
年畫錦堂.²

注

1 烏頭(오두): 오사모烏紗帽. 관원이 쓴 관모.
2 畫錦堂(주금당): 당호 이름. 북송 한기韓琦의 주금당에 대해 구양수

가 지은 주금당기晝錦堂記가 있다.

해설

주씨 집안이 조정의 정표를 받은 일을 축하하였다. 상편은 조정에
서 내려온 정표 조서에 마을 사람들이 기뻐하는 장면을 그렸다. 하편
은 초목과 냇물도 덕행과 표양에 감화를 받는 듯하다고 쓰고, 말미에
서 주씨 형제들이 조만간 관직에 진출하리라 덕담을 하며 축하하였다.

자고천鷓鴣天

—무오년 복직하고 봉사하라는 명을 받고戊午拜復職奉祠之命[1]

늙어서 물러난 후 관직에 대해 말한 적 없는데
오늘 아침 죄를 방면하니 주상의 은덕이 넓어라.
이제부터 향촉을 받아 진실로 제사를 올리고
게다가 예전의 궁전 조반朝班에서 문서를 작성하리.

병든 발걸음을 부축하고
쇠약해진 얼굴을 씻고
늙고 병든 모습으로 얼른 의관을 빌려야 하리.
이 몸이 세상을 잊는 것은 아주 쉬우나
세상이 나를 잊게 하는 것은 오히려 어렵구나.

老退何曾說着官, 今朝放罪上恩寬: 便支香火眞祠俸, 更綴文書
舊殿班.
扶病脚, 洗衰顔, 快從老病借衣冠. 此身忘世渾容易,[2] 使世相忘
却自難.

注

1 復職(복직): 집영전集英殿 수찬修撰의 직책을 다시 받음 ○ 奉祠(봉
사): 송대에 공신功臣과 학자를 우대하기 위하여 각지의 도교道敎
사원寺院에 제사를 맡게 하고 녹祿을 주던 벼슬. 궁관사宮觀使, 판관

判官, 도감都監, 제거提擧, 제점提點, 주관主管 등 직책을 설치하고, 5품 이상의 실무를 볼 수 없거나 은퇴한 관원을 안치하였다. 궁관사 등 직책이 원래 제사를 주관하므로 봉사奉祠라 칭하였다. 여기서는 신기질이 건녕부 무이산충우관建寧府武夷山沖佑觀을 다시 주관한 일을 가리킨다.

2 此身(차신) 2구: 『장자』「천운」天運의 말을 이용하였다. "어버이로 하여금 나를 잊게 하기는 쉬워도, 천하를 잊게 하기는 어렵다. 천하를 잊게 하기는 쉬워도, 천하로 하여금 나를 잊게 하기는 어렵다."
使親忘我易, 兼忘天下難. 兼忘天下易, 使天下兼忘我難.

해설

갑자기 떨어진 복직과 봉사奉祠의 명을 받고 일어난 소감을 말했다. 1194년 영종寧宗의 즉위에 공을 세운 한차주韓侂冑가 재상이 되면서 성리학을 위학僞學으로 규정하고, 또 북벌을 주장하면서 항금파抗金派 세력을 키워나갔다. 이 과정에서 진가陳賈를 병부시랑으로, 오정吳挺의 아들 오희吳曦를 사천 선무부사로, 신기질을 소흥부 지사 겸 절동 안무사로 발탁하였다. 한차주의 항금 정책은 신기질의 작용이 컸다. 이 사는 신기질이 본격적으로 발탁되기 전의 초기 복직으로 1198년(59세)에 지었다. 사전에 한차주와 교감이 없는 상황에서 갑자기 떨어진 복직 명령에 신기질은 망연하였다. 그동안 출사와 은거 사이에서 깊은 고민을 하며 관직에 대한 기대를 완전히 버린 입장에서, 다시 '주상의 은덕'上恩을 받고 '의관을 빌려 입어야'借衣冠하는 그는 "세상이 나를 잊게 하는 것이 오히려 어려움"使世相忘却自難을 통절하였다. 여기에는 변화무쌍한 정치 형세의 속성에서 벗어나기 어려운 운명을 신랄하게 지적하는 어조가 깃들어 있다.

하신랑賀新郎

─조겸선 용도각 학사의 동산원 소로정에 쓰다題趙兼善龍圖東山園小
魯亭[1]

말에서 내려 '동산' 가는 길.
바람을 맞으니 주공周公의 심정과 공자의 생각에
아득히 천 년 전으로 이어진 듯해라.
적막한 '동쪽 집의 공자'는 어디에 있나?
드높은 정자에서 노나라를 작다고 여기며
다시 바위 우람한 높은 곳 올라간다.
더구나 주공이 서쪽으로 돌아갈 생각에 슬퍼한 날을 기억하니
마침 부슬부슬 돌아오는 길에 비가 많이 내렸지.
아아, 몇 구의
시를 썼었지.

사안謝安이 동산에 은거한 뜻에도 아취가 있어
중년이라 이별에 더욱 마음이 아파
자주 기녀를 데리고 노래와 춤을 즐겼지.
진실로 군주와 신하가 잘 어울리기는 어려워
만년에 진쟁秦箏의 곡조 듣고 눈물 흘렸지.
그러니 빨리 천 마지기 가득 늘어선 소나무와 대나무를 보아야 하리.
공명을 위해 눈물을 흘리기보다
차라리 골짜기와 산의 주인이 되는 게 어떠한가.

흰 새 한 쌍

또 날아가누나.

下馬東山路. 恍臨風周情孔思,[2] 悠然千古. 寂寞東家丘何在?[3] 縹緲危亭小魯. 試重上巖巖高處.[4] 更憶公歸西悲日,[5] 正濛濛陌上 多零雨. 嗟費却, 幾章句.

謝公雅志還成趣.[6] 記風流中年懷抱,[7] 長携歌舞. 政爾良難君臣 事,[8] 晚聽秦箏聲苦. 快滿眼松篁千畝. 把似渠垂功名淚,[9] 算何如 且作溪山主. 雙白鳥,[10] 又飛去.

注

1 趙兼善(조겸선): 조달부趙達夫. 송 황실의 종친으로 호주湖州 통판, 임정臨汀과 가흥嘉興 지주, 회동淮東 상평차염 제거, 복건 전운판관 등을 역임하였다. ○ 龍圖(용도): 용도각 학사龍圖閣學士. ○ 東山(동 산): 연산현鉛山縣 동 3리에 소재. 조겸선이 오흥吳興 지주로 있을 때 재상의 친척을 거스른 이후, 향리에 돌아가 정자 스물다섯 개를 세우고 바위와 골짜기에 마음을 풀며 종생토록 살고자 하였다. ○ 小魯亭(소로정): 정자 이름. 『맹자』「진심」에서 "공자가 동산에 올 라 노나라를 작다고 여기고, 태산에 올라 천하를 작다고 여겼다."孔 子登東山而小魯, 登泰山而小天下.고 한 말의 뜻을 따왔다.

2 周情孔思(주정공사): 주공周公의 심정과 공자孔子의 생각. '동산'東 山과 '소로'小魯란 말에서 연상하였다. '동산'은 주공이 동정하여 삼 년 후에 돌아오자 사대부들이 이를 칭송하여 「동산」東山 시를 지은 일을 환기한다. '소로'는 "공자는 동산에 올라 노나라를 작다고 여겼 다."孔子登東山而小魯는 말을 환기한다.

3 東家丘(동가구): 공자를 가리킨다. "공자 집의 서쪽에 어리석은 사

람이 살고 있었는데, 공자가 성인인 줄 모르고 그를 '저 동쪽 집의 공자'彼東家丘라고 말했다." 『공자가어』孔子家語 참조.

4 巖巖(암암): 태산을 가리킨다. 『시경』「복궁」宓宮에 "태산은 높고 우뚝하여, 노나라 어디서든 우러러볼 수 있구나."泰山巖巖, 魯邦所詹.는 말이 있다.

5 更憶(갱억) 2구: 『시경』「동산」東山 시의 내용을 가리킨다. "내가 동산에 가서, 오랫동안 돌아오지 못했지. 내가 동산에서 돌아올 때, 보슬비가 부슬부슬 내렸지. 내가 동쪽에서 돌아가자고 말하면서, 서쪽으로 돌아갈 생각에 슬퍼하였지."我徂東山, 慆慆不歸. 我來自東, 零雨其濛. 我東曰歸, 我心西悲. ○ 公(공): 주공周公을 가리킨다. ○ 西悲(서비): 서쪽을 바라보며 슬퍼하다.

6 謝公(사공) 구: 동진의 사안謝安이 동산東山에서 출사한 일을 가리킨다. 사안이 일찍이 회계의 동산에서 은거할 때 조정에서 누차 출사를 명하여도 나오지 않자, 어사중승御史中丞인 고숭高崧이 말하였다. "동산에서 높이 누워있기만 하니, 사람들이 만날 때마다 서로 말하고 있더이다. '사안이 나오지 않으니 장차 창생을 어이할꼬?'라고요."高臥東山, 諸人每相與言: '安石不肯出, 將如蒼生何?' 사안은 웃기만 하고 대답하지 않았다. 이후 재상이 되었으며, 비수지전을 승리로 이끌었다. 『세설신어』「배조」排調 참조.

7 記風流(기풍류) 2구: 동진 때 사안謝安과 왕희지王羲之의 대화를 환기한다. 사안이 왕희지에게 말했다. "중년이 되면 슬픔이나 기쁨에 마음을 크게 다치는데, 친지나 친구와 헤어질 때는 여러 날 동안 힘들다네." 이에 왕희지가 말했다. "사람이 만년이 되면 자연스럽게 그리 됩니다. 그러니 음악으로 마음을 즐겁게 하여 마음속의 우울함을 쏟아내야 합니다." 『세설신어』「언어」言語 참조.

8 政爾(정이) 2구: 동진 때 사안이 공을 세우고도 황제의 인정을 받기

어려웠던 일을 가리킨다. 비수지전 이후 사안의 이름이 갈수록 높아지자 이를 시기하는 사람들이 효무제孝武帝에게 폄훼하곤 하였다. 하루는 효무제가 주연을 베풀 때 환이에게 피리를 연주하게 하였다. 환이는 피리를 연주한 후 쟁箏을 연주하며 노래하였다. "군주가 되는 것도 쉽지 않지만, 신하가 되는 일도 진실로 어려워. 충성과 믿음의 일은 잘 드러나지 않고, 일어나는 일에 대해선 의심을 받는구나."爲君旣不易, 爲臣良獨難. 忠信事不顯, 事有見疑患. 이에 사안이 눈물을 흘리며 환이에게 다가가 그 수염을 쓰다듬으면서 "사군께서 이러한 일에 범상하지 않소이다!"使君於此不凡!라고 말하였다. 효무제도 자신이 간신들의 참언에 귀 기울였음을 부끄러워하였다. 『진서』晉書「환이전」桓伊傳 참조.

9 把似(파사): ~하기보다는.

10 雙白鳥(쌍백조): 구양수의 「한 학사의 '양주 문희정에서 술을 차리고'에 화답하며」和韓學士襄州聞喜亭置酒에 나오는 "맑은 강은 만고에 걸쳐 쉬지 않고 흐르는데, 흰 새가 쌍으로 날아가는 뜻은 절로 한가롭다."淸川萬古流不盡, 白鳥雙飛意自閑.의 뜻을 사용하였다.

해설

동산에 있는 조겸선의 소로정에 적은 사이다. 역대로 '동산'과 관련된 주공, 공자, 사안의 일을 빌려와 조겸선 또한 그들과 같은 마음임을 밝히고, 그의 관료 사회에 대한 불만을 위로하였다. 사안과 관련된 많은 전고를 자연스럽게 연결하고 조리있게 이용하여 통일한 의미를 만들어내었다.

초편哨遍
― 추수관秋水觀[1]

달팽이 뿔에서 전쟁이 나자
왼 뿔의 촉씨와 오른 뿔의 만씨가
천 리를 내달리며 싸움을 했다.
그대 생각해보게
한 치의 심장이 비록 작아도
결국 무한한 허공을 품을 수 있다.
이 이치로 비유하자면
태산이 터럭처럼 작은 건 말할 것도 없고
예부터 천지도 돌피의 쌀처럼 작았다.
아! 크기를 상대적으로 보고
참새와 붕새가 각자 즐거워한다면
매미와 참새는 붕새의 즐거움을 알 수 없을 것이다.
도척은 자신이 어질지만 공자는 그렇지 않다고 여기고
또 상자殤子는 장수를 즐거워하고 팽조는 요절을 슬퍼했음을 기억하게.
화서火鼠가 추위를 논하고
빙잠冰蠶이 더위를 말한다면
누가 같고 다름을 결정할 수 있겠는가.

아아!
귀하고 천함은 때에 달려 있으니

여러 성城에 값하는 백리해도 어떤 때는 한 장의 양가죽으로 바꿔
졌다.

누구와 더불어 만물의 가치가 같음을 논할까 했는데
내 꿈속에서 장자를 만났다네.
마침 「추수」를 토론하며
서로 바라보며 환하게 웃었는데
꿈에서 깨어나니 빈 대청에서 '추수'를 짓는구나.
어떤 객이 거대한 강이 무엇인가 봤더니
모든 시내에 비가 쏟아지고
물길이 흘러들어 강안이 어딘지 알 수 없었다.
이에 하백이 기뻐하며
천하의 아름다움은 모두 자기에게 있다고 여겼다.
그러다가 동으로 아득히 펼쳐진 망망대해를 바라보고
바다의 신 해약海若을 향해 찬탄하며 말했다
내가 만약 그대를 만나지 않았다면
달관한 사람들로부터 오래도록
비웃음을 사는 걸 면하지 못했으리라.
이 집의 물은 얼마나 되는가?
다만 맑은 시내 한 굽이일 뿐이다.

蝸角鬪爭,[2] 左觸右蠻, 一戰連千里. 君試思, 方寸此心微. 總虛
空並包無際. 喩此理, 何言泰山毫末,[3] 從來天地一稊米. 嗟小大相
形,[4] 鳩鵬自樂, 之二蟲又何知? 記跖行仁義孔丘非;[5] 更殤樂長年
老彭悲. 火鼠論寒,[6] 冰蠶語熱,[7] 定誰同異.[8]

噫. 貴賤隨時, 連城才換一羊皮.[9] 誰與齊萬物? 莊周吾夢見之.

正商略遺遍,¹⁰ 翩然顧笑, 空堂夢覺題秋水. 有客問洪河, 百川灌
雨,¹¹ 涇流不辨涯涘.¹² 於是焉河伯欣然喜,¹³ 以天下之美盡在己.
渺滄溟望洋東視, 逡巡向若驚歎,¹⁴ 謂我非逢子, 大方達觀之家未
免, 長見猶然笑耳. 此堂之水幾何其? 但淸溪一曲而已.

注

1 秋水觀(추수관): 추수당秋水堂. 신기질의 표천에 있는 당호 이름.

2 蝸角(와각) 3구: 와각지쟁蝸角之爭을 가리킨다. 『장자』「칙양」則陽
에 나오는 우화. 달팽이 왼쪽 촉각에 사는 촉씨觸氏라는 나라와
오른쪽 촉각에 사는 만씨蠻氏라는 나라가 서로 싸워, 시체가 수만
에 이르고 도망가는 적을 추격하고 보름 후에 돌아왔다.

3 何言(하언) 2구: 태산은 터럭처럼 작고, 천지는 돌피 쌀처럼 작다.
『장자』「제물론」에 "천하에 가을 터럭 끝보다 큰 것이 없다면 태산
도 작다고 할 수 있다."天下莫大於秋毫之末. 而泰山爲小.는 말이 있고,
또 『장자』「추수」秋水에 "나라가 바다 안에 있다고 가정한다면, 돌피
쌀도 태창에 있는 것과 비슷하지 않는가? …천지가 돌피 쌀이 됨을
알고, 털끝이 산과 언덕이 됨을 안다면 차별의 이치를 보게 될 것이
다."計中國之在海內, 似稊米之在大倉乎? …知天地之爲稊米也, 知毫末之爲丘
山也, 則差數覩矣.는 말이 있다.

4 嗟小大(차소대) 3구: 『장자』「소요유」에 나오는 대붕에 대한 매미와
참새의 말을 환기한다. 대붕이 남해로 갈 때 물결을 삼천 리 일으키
고 구만 리 하늘을 날았다. 매미와 참새가 대붕을 비웃으며 말했다.
우리는 나무와 지면 사이만 날아도 되는데 어찌하여 구만 리 높은
하늘에서 남으로 날아가는가? 우리는 교외의 들을 향해 날아도 하
루면 돌아오고 배가 항상 부른데, 멀리 백 리와 천 리 밖을 날아가
려면 반드시 식량이 충분해야 할 것이다.

5 記跖行(기척행) 2구: 행위의 옳고 그름과 수명의 장단은 모두 사람의 인식에 달린 문제이다. 『장자』「도척」盜跖에 공자와 도척이 논변한 일이 실려 있다. 또 『장자』「제물론」에 상자殤子(요절한 사람)와 팽조에 대한 언급이 있다. "상자보다 장수한 사람이 없다고 하면, 팽조도 요절한 것이다."莫壽於殤子, 而彭祖爲夭.

6 火鼠(화서): 전설 속의 남방의 화산에서 사는 동물. 무게가 천 근이 나가며 털은 실처럼 가늘지만 길이는 두 자나 된다. 동방삭의 『신이경』神異經 참조. 소식의 「서대정 한헌」徐大正閑軒에 "빙잠은 추위를 모르고, 화서는 더위를 모른다."冰蠶不知寒, 火鼠不知暑.는 말이 있다.

7 冰蠶(빙잠): 전설 속에 나오는 동물. 원교산圓嶠山에 있으며 길이 일곱 치, 흑색, 뿔과 비늘이 있고 서리가 덮여 있으며 한 자 크기의 오색 고치를 친다. 이 고치로 비단을 만들면 물에 젖지 않고 불에 타지 않는다. 『습유기』拾遺記 참조.

8 定誰同異(정수동이): 누가 같고 다름을 정할 수 있겠는가.

9 連城(연성): 이웃하는 여러 성. 전국시대 조 혜문왕趙惠文王이 초나라의 화씨의 벽璧을 얻자 진 소왕秦昭王이 이를 듣고 15좌의 성과 바꾸자고 청하였다. 이에 화씨의 벽은 연성連城의 값이 있다고 말해졌다. 『사기』「염파인상여열전」 참조. ○ 羊皮(양피): 춘추시대 백리해百里奚가 우虞나라가 망하면서 진晉나라에 사로잡히자, 진 목공秦穆公이 그가 현명하다는 말을 듣고 다섯 장의 암양 가죽五羖羊皮를 주고 구해냈다. 나중에 재상이 되었기에 사람들이 '오고대부'五羖大夫라고 불렀다. 『사기』「진본기」 참조.

10 遺遍(유편): 남겨놓은 서적. 『장자』를 가리킨다.

11 百川(백천) 9구: 『장자』「추수」의 내용을 개괄하였다. 가을에 비가 내릴 때가 되면 모든 시냇물이 황하로 몰려든다. 물줄기가 거대하여 양안의 물가와 모래톱 사이에서 소와 말을 분간할 수 없게 된다.

황하의 신 하백은 즐거워하면서 천하의 아름다움이 모두 자신에게 있다고 생각하였다. 이에 물을 따라 동으로 가 북해에 이르자 강안도 없는 망망한 대해를 바라보게 되었다. 이에 바다의 신 약若을 우러러보면서 탄식하며 말했다. "제가 당신의 문하에 오지 않았다면 위태로울 뻔했소! 내가 대가들로부터 오래도록 웃음거리가 되었을 것이오."吾非至於子之門, 則殆矣! 吾長見笑於大方之家.

12 涯涘(애사): 물가. 강안. 해안.

13 河伯(하백): 황하의 신. 이름은 풍이馮夷.

14 逡巡(준순): 머뭇거리다. ○ 若(약): 바다 신의 이름.

당호堂號를 '추수관'이라 짓게 된 연유를 『장자』의 우언 등을 빌려 설파하였다. 크고 작음, 옳고 그름, 요절과 장수, 차고 뜨거움, 귀하고 천함 등 모든 상대적인 것은 다만 한 치의 심장方寸此心이 생각하기에 달린 것일 뿐, 사실은 각자 개별적인 절대성을 가지고 있다. 때문에 바다가 아무리 거대하여 하백이 찬탄한다고 하더라도 사실은 '맑은 시내 한 굽이'淸溪一曲와 다름없을 뿐이다. 작은 시내에서 거대한 바다를 생각하고, 한 치의 마음에서 우주를 생각한다. 장자의 우언에 덧붙여 백리해의 귀천이 때에 따라 다르다고 본 점이 특이하다. 장자의 논리에 따르면 귀천이란 때에 따르기보다는, 더 귀한 것에 비해 지금 귀한 것은 천하며, 더 천한 것에 비해 지금 천한 것은 귀하다고 보아야 하기 때문이다. 비록 이처럼 토론할 만한 점이 있다고 하여도, 설리성이 강한 주제를 생동감 있는 비유와 분방한 논리로 전개하여, 굴곡 많은 현실을 초탈하려고 하였다. 1199년(60세)에 지었다.

초편哨遍

— 앞의 운을 사용하여用前韻

골짜기 하나를 홀로 차지하고 있으니
오류선생은 내가
자기처럼 만년에 전원으로 돌아왔다고 웃으리라.
어떻게 알았느냐고 묻는가.
작은 기미에서 길흉의 징조를 알아
홍곡이 높은 하늘로 날아가는 걸 보았기 때문이지.
술은 오묘한 이치가 있어
탁주는 마침 오래 취할 수 있으니
지금부터 몸소 농사지은 벼로 술을 빚으리라.
아름다움과 추함은 같다고 보기 어렵지만
차고 기움은 번갈아 돌아와
하늘이 하는 일 사람이 알지 못하네.
머리 돌려보면 쉰아홉 살이 모두 잘못인데
마치 꿈속에서 즐거워하다가 깨어나니 슬픈 것과 같구나.
한 발 달린 기夔는 지네를 부러워하지만 역시 걸을 수 있고
곡穀도 양을 잃어버렸지만 장臧도 마찬가지로 양을 잃었으니
따져보면 다른 것이 무엇이 있는가.

아아!
만물은 곤궁한 때를 꺼리지만

큰 여우와 무늬 표범은 가죽 때문에 화를 당하지.

부귀는 내가 바라는 바 아니니

바쁘게 어디로 가려고 하는가?

마침 자연의 모든 소리가 잠들고

달 밝은 한밤에

마음은 만 리 가득 강물처럼 맑아라.

오히려 정신의 여행을 하다가

돌아와 깨어나 보니

마치 회수나 장강의 강가를 마주하고 있는 듯해라.

물고기와 새가 잠시 마음을 잊고 기뻐하는 걸 보니

일찍이 나도 기심機心을 잊고 또 자신도 잊었지.

그러니 어찌 일찍이 물아일체가 아니었겠는가.

물고기가 아닌 호수濠水에서 말하는 장자의 뜻을 알아서가 아니라

내가 바로 남이 아니기 때문이지.

다만 하백이 해약 앞에 부끄러워하지 말게 하여야 하니

강과 바다는 크고 작은 문제가 아니라 모두 물일 따름이라네.

세상의 기뻐하고 화냄이 이러할진대 어찌

세 번 벼슬하고 세 번 그만둔 선생을 비웃겠는가.

一壑自專,[1] 五柳笑人,[2] 晚乃歸田里. 問誰知: 幾者動之微.[3] 望飛鴻冥冥天際.[4] 論妙理,[5] 濁醪正堪長醉, 從今自釀躬耕米. 嗟美惡難齊, 盈虛如代,[6] 天耶何必人知. 試回頭五十九年非.[7] 似夢裏歡娛覺來悲. 夔乃憐蚿,[8] 穀亦亡羊,[9] 算來何異.

嘻. 物諱窮時,[10] 豐狐文豹罪因皮.[11] 富貴非吾願,[12] 皇皇乎欲何之? 正萬籟都沉, 月明中夜, 心彌萬里清如水. 却自覺神遊, 歸來

坐對, 依稀淮岸江涘. 看一時魚鳥忘情喜, 曾我已忘機更忘己.[13]
又何曾物我相視. 非魚濠上遺意,[14] 要是吾非子. 但敎河伯休慚海
若,[15] 小大均爲水耳. 世間喜慍更何其,[16] 笑先生三仕三已.

注

1 一壑自專(일학자전): 골짜기 하나를 차지하다. 『장자』「추수」에 "게
   다가 골짜기 하나의 물을 마음대로 하여, 우물의 즐거움을 누리니
   이 또한 지극한 즐거움이라."且夫擅一壑之水, 而跨跱埳井之樂, 此亦至
   矣.라는 말이 있다. 왕안석의 「우연히 쓰다」偶書에 "나 또한 만년에
   골짜기 하나를 차지하여, 거마를 만날 때마다 놀라고 의심하네."我
   亦暮年專一壑, 每逢車馬便驚猜.라는 시구가 있다.

2 五柳(오류): 오류선생. 도연명을 가리킨다. 도연명은 자전적인 글
   「오류선생전」五柳先生傳에서 "집 옆에는 버들 다섯 그루가 있기에
   이를 호로 삼았다."고 하였다.

3 幾者(기자) 구: 『주역』「계사」繫辭에 나오는 말. "기미는 움직임의
   작은 징조이고, 길흉을 미리 드러내는 것이다."幾者動之微, 吉凶之先
   見者也.

4 飛鴻冥冥(비홍명명): 양웅揚雄의 『법언』「문명」問明에 나오는 "태평
   하면 나타나고 혼란하면 숨는다. 홍곡이 높은 하늘에 날아가니 주
   살을 쏘는 사람이 어찌 잡을 수 있나?"治則見, 亂則隱. 鴻飛冥冥, 弋人
   何簒焉?는 말을 이용하였다.

5 論妙理(론묘리) 2구: 두보의 「그믐날 최집과 이봉을 찾아」晦日尋崔
   戢李封에서 "탁주에는 오묘한 이치가 있어, 이로써 세간에 부침하는
   나를 위로하네."濁醪有妙理, 庶用慰沈浮.는 말이 있다.

6 盈虛(영허): 차고 빔. 『장자』「추수」에 "차고 기움을 살펴서 물건을
   얻어도 기뻐하지 않고 잃어도 걱정하지 않는 것은 분수가 일정하지

않음을 알기 때문이다."察乎盈虛, 故得而不喜, 失而不憂, 知分之無常也.
는 말이 있다.

7 五十九年非(오십구년비):『회남자』「원도훈」原道訓에 "거백옥은 나
이 오십에 사십구 년이 잘못임을 알았다."蘧伯玉年五十而知四十九年非
는 말을 이용하였다.『장자』「우언」에도 "공자는 나이 예순이 되어
예순 번 변했는데, 시작에선 옳다고 여겼지만 끝에서는 틀렸다고
여겼다. 지금 말하는 옳음이 쉰아홉 번 틀린 것을 부정한 것임을
모른다."孔子行年六十而六十化, 始時所是, 卒而非之. 未知今之所謂是之非
五十九非也.는 말이 있다.

8 夔乃憐蚿(기내련현): 기가 지네를 부러워하다.『장자』「추수」의 우
언을 가리킨다. "기가 지네를 부러워하며 …기가 지네에게 말했다.
'나는 한 발로 껑충껑충 뛰어서 다니지만, 내 뜻대로 다니지 못하오.
그대는 수많은 발을 쓰니 어찌 좋지 않겠소?' 지네가 말했다. "그렇
지 않소. …지금 나는 나의 천기를 움직이고 있지만 왜 그렇게 움직
이는지 그 이유는 알지 못합니다."夔憐蚿, …夔謂蚿曰: "吾以一足趻踔而
行, 予無如矣. 今子之使萬足, 獨奈何?" 蚿曰: "不然. …今予動吾天機, 而不知
其所以然.

9 穀亦亡羊(곡역망양):『장자』「병무」駢拇에 나오는 '장곡망양'臧穀亡
羊 우언을 가리킨다. "장臧과 곡穀 두 사람이 함께 양을 방목했는데,
둘 다 양을 잃어버렸다. 장에게 무슨 일을 했느냐고 물으니 죽간을
읽었다는 것이다. 곡에게 무슨 일을 했느냐고 물으니 다른 사람과
주사위를 던지며 놀았다는 것이다. 두 사람이 한 일은 다르지만 양
을 잃은 점은 같다."臧與穀二人相與牧羊, 而俱亡其羊. 問臧奚事, 則挾策讀
書. 問穀奚事, 則博塞以遊. 二人者, 事業不同, 其於亡洋均也.

10 諱窮(휘궁): 곤궁을 꺼리다.『장자』「추수」에 "공자가 말했다. '내가
곤궁을 꺼려한지 오래되었지만 그것을 면하지 못했으니 이는 운명

이다. 나의 뜻이 통하기를 구한지 오래되었지만 할 수 없는 것은
때이다.'"孔子曰: 我諱窮久矣, 而不免, 命也. 求通久矣, 而不得, 時也.

11 豐狐(풍호) 구: 큰 여우와 무늬 표범의 죄는 가죽에 있다. 『장자』「달
생」達生의 말을 이용하였다. "큰 여우와 무늬 표범이 숲 속에 살면
서 바위굴에 엎드려 있는 것은 고요함을 유지하기 위해서이다. 밤
에 다니고 낮에 머무는 것은 조심하기 위해서이다. 비록 굶주리고
목마르고 괴롭고 힘들더라도 오히려 강호를 벗어나 먹이를 구하는
것은 자기를 다스리기 위해서이다. 그러나 그물과 덫의 환난을 면
하지 못하는 것은 무슨 죄가 있어 그러겠는가? 그 가죽이 재난을
만들기 때문이다."夫豐狐文豹, 棲於森林, 伏於巖穴, 靜也. 夜行晝居, 戒也.
雖飢渴隱約, 猶且胥疎於江湖之上而求食焉, 定也. 然且不免於罔羅機辟之患,
是何罪之有哉, 其皮爲之災也.

12 富貴(부귀) 2구: 도연명의 「귀거래사」의 글귀를 이용하였다. "끝났
구나! 내 몸을 이 세상에 맡기고 살 날도 얼마 안 되는데, 어찌 나의
마음을 자연에 맡기지 않겠는가? 어찌하여 바쁘게 어디로 가려고
하려는가? 부귀는 내가 바라는 바 아니요, 신선이 되기는 기약할
수 없어라."已矣乎, 寓形宇內復幾時, 曷不委心任去留. 胡爲乎遑遑欲何之?
富貴非吾願, 帝鄕不可期.

13 忘機更忘己(망기경망기): 기심機心을 잊고 또 자신을 잊다. '해객압
구'海客狎鷗 우언을 가리킨다. 『열자』「황제」黃帝 참조.

14 非魚(비어) 2구: 『장자』「추수」秋水에 나오는 장자와 혜자의 대화를
가리킨다. "장자와 혜자가 호수濠水의 다리 위에서 노닐고 있었다.
장자가 말했다. '백어白魚가 나와 한가히 노닐고 있구나, 이것이 곧
물고기의 즐거움이라.' 혜자가 말했다. '그대는 물고기가 아닌데 어
찌 물고기의 즐거움을 아는가?' 장자가 말했다. '그대는 내가 아닌
데 어찌 내가 물고기의 즐거움을 모른다고 생각하는가? …나는 호

수濠水의 다리 위에서 물고기의 즐거움을 알았네."莊子與惠子遊於濠

梁之上. 莊子曰: "儵魚出遊從容, 是魚之樂也." 惠子曰: "子非魚, 安知魚之樂?"

莊子曰: "子非我, 安知我不知魚之樂? …我知之濠上也."

15 但敎(단교) 2구: 바로 앞의 작품에서 나오는 하백河伯과 해약海若의
이야기를 가리킨다.

16 世間(세간) 2구: 춘추시대 초나라 자문子文이 영윤令尹의 자리를 세
번 하면서도 기뻐하는 기색이 없고, 세 번 물러나면서도 화내는 기
색이 없었다. 『논어』「공야장」公冶長 참조. ○ 先生(선생): 작자 자신
을 가리킨다.

해설

　장자의 철학과 도연명의 실천을 결합시켜 자신이 은거할 수밖에 없
는 이유를 제시하였다. 상편은 도연명과 같이 은거하게 된 이유를 (1)
화를 피하여 몸을 보전하기 위해서, (2) 술 마시는 즐거움을 위해서,
(3) 옳고 그름을 동일시하고 슬픔과 기쁨을 같은 가치로 보았기 때문
이라고 정리하였다. 이어서 상대론의 관점에서 모든 처지는 각각의
가치가 있다고 보았다. 하편은 한적한 생활의 즐거움을 묘사하였다.
자신이 바라는 바는 부귀가 아니라고 천명한 후, 한적한 생활의 이상
을 제시하고, 하백에게 부끄러워하지 말라며 세간의 희노애락에 대해
초연한 태도를 보였다. 1199년(60세)에 지었다.

보살만菩薩蠻

— 추수관에서 낮잠을 자며晝眠秋水

갈건葛巾은 본디 창랑의 물에 씻어야 하는데
아침에 술을 걸렀으니 어찌 다시 쓸 수 있으랴.
높은 나무의 매미야 울지 마라
서늘한 저녁 추수관에서 잠잘 수 있도록.

대나무 평상이 몇 자나 되랴만
그 위에는 화서국華胥國이 있다네.
산 위에서 샘물이 쏟아져 날아 내리는 물소리가 흐느껴 우는 듯
알고 보니 꿈속에선 거문고줄 끊어지는 소리로 들렸네.

葛巾自向滄浪濯,¹ 朝來漉酒那堪着. 高樹莫鳴蟬, 晚涼秋水眠.
竹床能幾尺, 上有華胥國.² 山上咽飛泉, 夢中琴斷絃.

注

1 葛巾(갈건) 2구: 도연명이 갈건으로 술을 거른 전고를 이용하였다.
  "술이 익으면 머리에 쓴 갈건을 벗어 술을 걸렀다. 술을 다 거르면
  그것을 다시 머리에 썼다."値其酒熟, 取頭上葛巾漉酒, 畢, 還復著之. 『송
  서』「도잠전」 참조.

2 華胥國(화서국): 황제黃帝가 꿈속에서 갔다는 화서씨의 나라華胥氏
  之國. "그 나라는 군주나 지도자가 없어 모두 자연스러울 뿐이고,

그 백성은 욕망과 욕심이 없어 모두 자연스러울 뿐이었다."其國無師
長, 自然而已; 其民無嗜慾, 自然而已. 『열자』「황제」黃帝 참조. 여기서는
꿈을 꾸었다는 뜻이다.

한적한 생활의 정취를 노래했다. 여름 저녁 서늘한 추수관에서 누
워 꿈속과 현실을 넘나드는 청각의 착각을 섬세하게 그렸다. 상편에서
는 도연명과 마찬가지로 갈건으로 술을 걸러 마시는 정취와 함께 매미
의 울음에 잠을 못 이루는 심경을 썼다. '갈건'과 '창랑'도 정치적 비유
가 있지만 '매미'도 벼슬을 찾는 뭇사람들의 소란을 비유했다고 볼 수
도 있다. 하편은 꿈속에서 듣는 거문고 소리와 현실의 폭포 소리를
연결시켜 자신이 마치 화서국에 있는 것으로 여겼다. 사실 '화서국'도
정치적 비유가 없지 않아, 이 작품은 전체적으로 한여름 저녁의 풍경
이면서 동시에 작자의 이상이 고스란히 반영된 정치서정사政治抒情詞
이기도 하다.

난릉왕蘭陵王

─을미년 팔월 이십일 밤, 꿈에 어떤 사람이 석연병石硯屏을 선사하였
는데 그 색이 옥과 같고 윤기가 사랑스러웠다. 가운데에는 소 한 필이
뿔을 갈면서 싸우는 모습이 있었다. 그 사람이 말하였다. "상담湘潭에
장씨 성을 가진 자가 있었는데 힘세고 잘 싸워 '장난적'張難敵이라
하였소. 하루는 남과 싸우다 우연히 패하였기에 분하여 강으로 달려
가 죽었소. 삼일 후 그 집 사람들이 와서 보니 물위에 떠있는 게 바로
이 소였다오. 이후 물 옆에 있는 산에서 종종 이런 돌이 나온다오.
어쩌다가 사람이 이런 돌을 주우면 마을에 곧 불길한 일이 생긴다
오." 꿈속에서 이상하다고 여겨 수백 자의 시를 지었는데, 대략 모두
옛날의 원한과 분함으로 인해 기이한 사물이 된 일을 취하였다. 깨어
나서는 그 시문을 잊어버렸다. 사흘이 지나 사를 지어 그 기이한 일을
기록한다己未八月二十日夜, 夢有人以石硯屏見饞者, 其色如玉, 光潤可愛.
中有一牛, 磨角作鬪狀. 云: "湘潭里中有張其姓者, 多力善鬪, 號張難敵. 一
日, 與人搏, 偶敗, 忿赴河而死, 居三日, 其家人來視之, 浮水上, 則牛耳. 自後
並水之山往往有此石, 或得之, 里中輒不利." 夢中異之, 爲作詩數百言, 大抵
皆取古之怨憤變化異物等事, 覺而忘其言, 後三日, 賦詞以識其異[1]

사무치는 원한이여!
사무치는 원한은 지워버릴 수 없구나.
장홍萇弘이 한을 품고 죽자 사람들이 말하길
"그의 피가 삼 년이 지나 벽옥이 되었다" 했다.
정나라 사람 완緩도 울면서 말하길
"내 아버지가

유가를 공격하고 묵자를 편들었다"
십 년이 지나 아버지의 꿈에 나타나 말하길 "침통함이 나를 변화시켜
측백나무 사이에 이미 열매가 되었습니다."

그리워하고 또 그리워하여
원한이 애간장에 맺히고
모르는 사이에 정신과 혼백이 움직여
강가에 망부석望夫石으로 우두커니 섰다.
안타깝게도 한순간의 생각으로 변고가 일어나
후일의 기약은 영원히 끊어졌다.
그대 보게나, 하계夏啓의 어머니가 분함에 격동되어
삽시간에 돌로 변한 것을.

장난적張難敵은
가장 힘이 세었지.
싸움에 져 분해서 깊은 못에 뛰어들자
정기精氣는 물질이 되어
여전히 결사적으로 싸울 기세로 뿔을 갈고
그 원한은 돌 속으로 들어가
지금도 조각이 되어있다.
사람이 사는 세상 자세히 생각해보면
다만 서로 융합하고 변화하는 것이고
꿈속의 나빌레라.

恨之極, 恨極銷磨不得. 萇弘事人道後來,[2] 其血三年化爲碧. 鄭人緩也泣:³ "吾父, 攻儒助墨. 十年夢沈痛化余, 秋柏之間旣爲實."

相思重相憶, 被怨結中腸,⁴ 潛動精魄, 望夫江上巖巖立. 嗟一念中變, 後期長絶. 君看啓母憤所激,⁵ 又俄頃爲石.

難敵.⁶ 最多力. 甚一念沉淵, 精氣爲物, 依然困鬪磨角. 便影入山骨, 至今雕琢. 尋思人世,⁷ 只合化, 夢中蝶.

注

1 石硏屛(석연병): 돌을 평평하게 갈아 만든 병풍. 석마병石磨屛. ○
   饟(양): 주다.

2 萇弘(장홍) 2구: 장홍의 피가 벽옥이 되었다는 전설을 말한다. "장
   홍은 모함을 받아 촉나라에서 자결했는데, 땅에 묻힌 피가 삼 년이
   지나 벽옥이 되었다."萇弘死於蜀, 藏其血, 三年化而爲碧. 장홍은 주나라
   의 대부. 지극한 분노와 충정을 나타내는 전설이다. 『장자』「외물」外
   物 참조.

3 鄭人(정인) 5구: 정나라 사람 완緩이 송백의 씨앗이 된 전설을 말한
   다. 정나라의 완이란 사람은 구씨裘氏에게 가서 공부한지 삼 년만에
   유가 학자가 되었다. 그는 또 동생을 가르쳐 묵가 학자로 만들었다.
   그러나 유가와 묵가가 변론할 때 그 부친은 유가를 공격하고 묵가
   를 편들었다. 십 년 후 완은 자살하였다. 부친이 꿈을 꾸었는데
   완이 나타나 말하였다. "동생을 묵가 학자로 만든 것은 나였는데,
   지금은 내 무덤도 돌보지 않아 그때 심은 측백나무가 열매를 맺게
   되었습니다." 『장자』「열어구」列禦寇 참조.

4 被怨(피원) 3구: 망부석 전설을 가리킨다. 망부석 전설은 여러 지역
   에 많지만 위진 시대에 쓰여진 『유명록』幽明錄의 기록은 다음과 같
   다. 무창武昌의 북산에 망부석이 있는데, 그 모습이 사람이 서 있는
   것과 같았다. 전해오는 말에 의하면 예전에 남편이 나라를 지키기

위해 멀리 떠나자 아내가 어린 아이를 데리고 북산에서 전송하였는데, 남편을 바라보는 모습이 돌로 변했다.

5 君看(군간) 2구: 하계夏啓의 모친이 돌로 변한 전설을 말한다. 우 임금은 도산씨塗山氏의 딸을 아내로 맞이하였는데, 아들 하계를 낳자 돌로 변하였다.

6 難敵(난적) 7구: 서문에서 말한 장난적張難敵이 돌로 변한 일을 가리킨다.

7 尋思(심사) 3구: 『장자』의 호접몽蝴蝶夢 우언을 말한다.

해설

이상한 꿈을 꾸고 나서 그 내용과 감회를 썼다. 부제에 쓴 그 꿈의 내용은 요약하면 싸움 잘하는 장난적張難敵이란 사람이 분함으로 죽고 나서 싸우는 소의 형상으로 돌에 새겨졌다는 것이다. 이로부터 지극한 분노로 사람이 물질로 변한 사례를 끌어들였다. 상편에서 장홍萇弘과 완緩, 중편에서 망부석望夫石과 하계의 모친, 하편에서 장난적 등 다섯 사례로, 비록 사람과 사건은 다르지만 모두 원한과 분노의 극에서 물질로 변화하였다는 점에서 동일하다. 말미에서 호접몽의 '꿈'으로 마무리 지어 작자의 가슴 속에 있는 통한을 의탁하였다. 양계초梁啓超는 "사문詞文은 황탄하고 괴이하면서 원한과 분함을 나타냈는데, 대개 이를 빌려 여러 해 동안 쌓인 가슴 속의 덩어리와 불평한 기운을 펼친 것이다."詞文恢詭怨憤,　蓋借以攄其積年胸中塊壘不平之氣.고　평하였다. 1199년(60세)에 지었다.

육주가두 六州歌頭

— 마침 병에 걸려 심해졌는데도 의원이 그 연유를 알지 못했다. 약간 나아지고 나서 고단하여 누워있다가 무료해져 장난삼아 지어 스스로 걱정을 풀다 屬得疾, 暴甚, 醫者莫曉其狀. 小愈, 困臥無聊, 戲作以自釋[1]

새벽에 병 문진을 하러
학이 날아와 뜰 구석에 앉는다.
나는 학에게 말한다.
"다만 세 가지 일이
나를 아주 걱정스럽게 만든다.
병으로 몸을 가누기도 힘든데
손수 심은 어린 소나무가
매화 언덕으로 가는
꽃길을 방해하여
겨우 몇 자 크기로
사람처럼 서 있으니
괭이로 제거해야 한다.
추수당 앞에
굽이진 연못이 거울처럼 맑아
얼굴을 비출 수 있는데
산머리에 쏟아진 소나기로
논밭의 찌꺼기가 흘러들었으니
누가 내 집

더러워진 연못을 다시 맑게 만드나?

청산이 좋지만
처마 밖의 대숲에
거의 모두 가려지는 걸 탄식하니
해야 할지 말아야 할지
대숲을 베어내는 일
나는 차라리
물고기를 안 먹더라도
우거진 대숲을 더 좋아하지만
또 청산을 보기 위한
백 가지 천 가지 생각으로
내 몸을 지치게 만들었다.
이들 세 가지 때문에 병이 든 것은
내가 잘못한 것이니
네 생각에 어떻게 해야 하나?"
입으로 말을 할 수 없어 마음으로 대답했다.
"비록 편작이 약을 써도 낫기 어렵지만
중요하고 오묘한 도리가 있으니
북산의 우공愚公을 찾아가 물어보면
아마도 나을 것이오."

晨來問疾, 有鶴止庭隅. 吾語汝: "只三事, 太愁余: 病難扶,[2] 手
種靑松樹, 礙梅塢, 妨花逕, 才數尺, 如人立, 却須鋤.[3] 秋水堂前,[4]
曲沼明於鏡, 可燭眉鬚. 被山頭急雨, 耕壟灌泥塗. 誰使吾廬, 映

汚渠?⁵

　歎靑山好,⁶ 簷外竹, 遮欲盡, 有還無. 刪竹去? 吾乍可, 食無魚. 愛扶疎, 又欲爲山計, 千百慮, 累吾軀.⁷ 凡病此, 吾過矣, 子奚如?" 口不能言臆對:⁸ "雖盧扁藥石難除,⁹ 有要言妙道,¹⁰,¹¹ 往問北山愚,¹² 庶有瘳乎."

![注]

1 屬(속): 마침. 때마침. ○ 自釋(자석): 스스로 근심을 해소하다.

2 病難扶(병난부) 7구: 첫 번째 걱정으로, 소나무가 매화 언덕 가는 꽃길을 막은 일이다.

3 [원주]: "첫 번째 일이다."其一.

4 秋水(추수) 7구: 두 번째 걱정으로, 소낙비 때문에 밭의 토사가 추수당 앞의 연못을 흐리게 한 일이다. ○ 燭(촉): 비추다. ○ 耕壟(경롱): 밭. ○ 泥塗(니도): 오물과 찌꺼기. ○ 汚渠(오거): 더러워진 연못.

5 [원주]: "두 번째 일이다."其二.

6 歎靑山(탄청산) 11구: 세 번째 걱정으로, 대숲이 청산을 가려 보이지 않기에 대숲을 쳐내려 하지만 차마 베어내지 못하는 일이다. ○ 乍可(사가): 차라리 ~하다. ○ 食無魚(식무어): 먹을 물고기가 없다. 원래 전국시대 제나라 맹상군孟嘗君의 식객인 풍원馮諼이 대우를 받지 못하자 검을 두드리며 "긴 칼이여, 돌아가자꾸나. 먹는데 물고기가 없구나!"長鋏歸來乎, 食無魚!라 노래 불렀다. 『전국책』「제책」齊策 참조. 여기서는 이 말을 자신의 문맥 속에 넣어 사용하였다. ○ 扶疎(부소): 가지와 잎이 무성이 늘어진 모양.

7 [원주]: "세 번째 일이다."其三.

8 臆對(억대): 意對(의대)와 같다. 말을 할 수 없기에 마음으로 한 말을 추측하다.

9 盧扁(노편): 전국시대 명의 편작扁鵲. 노盧 지방에 살았기에 노편이 라 했다.

10 [원주]: "이 일은 「칠발」에 보인다."事見七發.

11 要言妙道(요언묘도): 중요한 말과 오묘한 도리. 매승枚乘의 「칠발」 七發에서 객이 태자에게 병을 낫게 하기 위해선 요언묘도를 들어보는 게 어떠냐고 권한다.

12 北山愚(북산우): 북산에 사는 우공. 우공이산愚公移山의 주인공인 우공은 북산에 살았다. 『열자』「탕문」湯問 참조.

해설

학鶴과의 문답을 통해 표천에서의 전원생활을 정취 있게 그렸다. 병이 심해졌다가 나은 기회에 의원도 찾지 못한 병의 원인을 생각해보는 과정에서 '장난삼아' 구상하였다. 작자는 병의 원인을 애기소나무가 길을 막고, 연못이 오물로 더럽혀지고, 대숲이 청산을 가리는 등 세 가지로 파악하였지만, 이를 들은 학은 정신적으로 근원적인 고민이 있기 때문이라고 진단하였다. 형식에 있어 진단, 증상, 처방 등 세 단락으로 나누어지며, 학과의 문답을 설정하고 내용을 병렬적으로 나열하는 등에서 한부漢賦의 특징을 반영하였다.

첨자완계사添字浣溪沙
— 병에서 일어나, 홀로 정운당에 앉아病起, 獨坐停雲

억지로 식사를 많이 하려 해도 결국 입맛이 없어
다만 늘 병든 승려와 동무 삼아 밥을 먹는다.
마음은 바람에 불려간 향 연기 같아
재도 없구나

구름은 아침 산 동굴에서 나와
바람 따라 떠났다가 아직 돌아오지 않았구나.
앞마을에 비를 뿌리고 나면
응당 돌아오리라.

彊欲加餐竟未佳, 只宜長伴病僧齋. 心似風吹香篆過,¹ 也無灰.
山上朝來雲出岫,² 隨風一去未曾回. 次第前村行雨了,³ 合歸來.⁴

注

1 香篆(향전): 향. 피어오르는 연기가 구불구불한 전서篆書 글자 모양
   이어서 만들어진 어휘이다.
2 雲出岫(운출수): 도연명의 「귀거래사」歸去來辭에 "구름은 무심히 산
   의 동굴에서 나오고, 새는 날아가기 지치면 돌아갈 줄 안다."雲無心
   而出岫, 鳥倦飛而知還.란 구절이 있다.
3 次第(차제): 기다리다.

4 슴(합): 응당 ~할 것이다.

해설

　노년의 적막하고 청고한 심경을 노래했다. 상편은 병에서 일어난 후의 상황을 묘사했다. 생활에선 담백한 음식으로 겨우 몸을 유지하고 있고, 마음은 비어있으면서 세속을 벗어나 있다. 하편은 정운당의 당호인 구름과 거기에서 바라본 구름으로부터 자신의 출처出處(벼슬과 은거)를 비유하였다. 자신의 삶도 마치 구름처럼 일찍 집을 떠나 사방을 다니다가, 얼마간 남을 위해 일하고 다시 산으로 돌아온 것과 같다. 담담한 의경 속에 자아 긍정이 자리 잡고 있다.

심원춘沁園春

— 조무가 낭중의 생일을 축하하며, 당시 겸제창을 설치하여 마을 사람들을 구제한 공로로 직비각에 제수되었다壽趙茂嘉郎中, 時以置兼濟倉 振濟里中, 除直秘閣[1]

조낭중趙郎中은 나이가 많으니
'해'亥 자로 궁금했던 나이를 알 수 있었던
강현絳縣의 노인과 같구나.
보아하니 큰 키는 옥처럼 우뚝 섰고
풍도는 학鶴과 같고
넓은 얼굴에 고슴도치 수염
호랑이와 같이 원기가 가득하구나.
문장은 사마상여와 양웅보다 뛰어나고
시는 포조와 사조를 능가하며
필세는 말이 달리듯 힘차서 왕희지를 대체하는구나.
이런 건 모두 그다지 중요하지 않고
부러운 건 신선의 세계에서 꿈을 깨어나
금궐에 이름을 남긴 것이네.

문 앞에선 어르신들이 기뻐하고
빛나는 규각奎閣에선 새로 포상하는 조서의 말이 온후해라.
후일에는 휘장 안에서 계책을 세우며
해와 달에 의지한 일을 기억하리라.

지금은 검을 차고 신을 신고 대전에 올라
별 위로 올라가리라.
사람들이 말하길 음덕을 쌓으면
하늘이 수명을 길게 준다고 하니
초선관을 쓴 자손을 일곱 세대에 걸쳐 보리라.
그대 집안에
단계나무 꽃가지는 몇 개나 피었으며
영춘나무는 몇 그루나 있는가?

甲子相高,² 亥首曾疑, 絳縣老人. 看長身玉立, 鶴般風度; 方頤
鬚磔,³ 虎樣精神. 文爛卿雲,⁴ 詩凌鮑謝,⁵ 筆勢駸駸更右軍.⁶ 渾餘
事, 羨仙都夢覺, 金闕名存.

門前父老忻忻. 煥奎閣新褒詔語溫.⁷ 記他年帷幄, 須依日月; 只
今劍履,⁸ 快上星辰. 人道陰功, 天敎多壽, 看到貂蟬七葉孫.⁹ 君家
裏, 是幾枝丹桂,¹⁰ 幾樹靈椿?¹¹

注

1 趙茂嘉(조무가): 앞의 「만강홍 ─내 그대를 대하니」 참조.
2 甲子(갑자) 3구: 조무가의 나이가 강현絳縣 노인처럼 많다. 『좌전』
'양공 30년' 조의 내용을 이용하였다. 진晉 도부인悼夫人이 성을 쌓
는 사람들에게 음식을 대접할 때, 사람들이 강현의 노인에게 나이
를 묻자 노인은 "소신은 미천한 사람으로 해를 기억하지 못합니다.
다만 소신이 태어난 날은 정월 갑자일 초하루이고, 지금까지 사백
사십오 갑자일이 지났는데, 그 끝의 갑자일은 오늘까지 삼분의 일
이 지났습니다."臣小人也, 不知紀年. 臣生之歲, 正月甲子朔, 四百有四十五
甲子矣, 其季於今, 三之一也.라고 대답하였다. 관리가 조정에 가서 여

러 신하들에게 묻자 사광師曠은 73세라 했다. 사조史趙는 "'해'亥,
亥 자는 머리가 둘이고 몸이 여섯인 형상으로, 머리 두 개를 내려
다 몸에 두면 날짜가 된다."亥有二首六身, 下二如身, 足其日數.고 했
다. 즉, 머리의 '二'는 2만이고, 아래 있는 세 개의 '人' 자는 '六'
자와 비슷하므로 6660이다. 이로부터 사문백士文伯은 26,660일이
라 판정했다. ○ 甲子(갑자): 나이. ○ 相(상): 함께. ○ 亥首(해수):
해亥 자. ○ 曾(증): 일찍이. 어찌.

3 方頤(방이): 넓은 턱. ○ 鬚磔(수책): 고슴도치 가시처럼 펼쳐진 수
염.

4 卿雲(경운): 사마상여司馬相如와 양웅揚雄. 사마상여는 자가 장경長
卿이고, 양웅은 자가 자운子雲이므로 두 사람의 자에서 한 자씩 떼
어 두 사람을 병칭하였다.

5 鮑謝(포사): 포조鮑照와 사조謝朓. 두 사람 모두 남조를 대표하는
뛰어난 시인이다.

6 駸駸(침침): 점차 나아가는 모양. ○ 右軍(우군): 동진의 서예가 왕
희지王羲之. 관직이 우군 장군右軍將軍까지 올랐다.

7 奎閣(규각): 진귀한 도서전적을 수장하고 있는 누각. 여기서는 궁
중의 비각秘閣을 가리킨다.

8 劍履(검리): 검리상전劍履上殿. 대신이 조회 때 검을 차고 신발을
신고 대전에 오를 수 있는 자격.

9 貂蟬(초선): 초선관. ○ 七葉(칠엽): 칠세七世. 좌사의 「영사」詠史 제
2수에 "김일제와 장탕 가문은 조상 덕에, 일곱 세대에 걸쳐 높은
벼슬을 지냈다."金張籍舊業, 七葉珥漢貂.는 구절이 있다.

10 丹桂(단계): 계수나무 가운데 꽃이 붉은 일종. 과거에 급제했다는
비유로 쓰인다.

11 靈椿(영춘): 전설 속의 오래 사는 나무. 『장자』「소요유」에선 팔천

년을 봄으로 삼고, 다시 팔천 년을 가을로 삼아 사는 나무라 하였다. 『송사』「두의전」竇儀傳에 두의 형제 다섯 명이 차례로 과거에 급제했는데, 그 부친 두우균竇禹鈞의 친구 풍도馮道가 지은 「두우균에게 주는 시」贈禹鈞詩에 다음 구절이 있다. "영춘나무 한 그루 늙었는데, 단계나무 다섯 가지에 꽃 피어 향기로워라."靈椿一株老, 丹桂五枝芳.

해설

조무가의 생일을 축하하는 축수사이다. 상편은 조무가의 나이, 인품, 외모, 재능 등을 서술하였다. 하편은 향리에 겸제창을 설치하여 민심을 얻고 조정의 포상을 받은 일을 설명하고, 나아가 장차 장수와 부귀를 누리기를 기원하였다.

심원춘沁園春

— 오자사 현위에 화답하며 和吳子似縣尉[1]

그대가 오는 걸 보니
갑자기 나의 초막과
계곡이 환해지는구나!
평소의 친밀했던 사람들이
모두 초나라와 월나라 사이처럼 멀어졌음을 슬퍼하니
오로지 지금 아교와 칠처럼 가까운 사람으로
누가 진중陳重과 뇌의雷義 사이 같을 수 있는가?
머리를 긁적이며 서성이는데
가려져 보이지 않으니
마치 목이 말라 매실을 바라듯 답시答詩를 기다리네.
그리고 또 아는가?
맑은 바람 같은 시를 손에 넣으면
하루에 천 번을 읽는 것을.

모름지기 먼지를 떨어내어야 하니
사람들은 사립문을 지금 처음 연다고 괴이하게 여기네.
차라리 소나무 사이에서
갈도喝道하게 할지언정
마당 가운데의
파란 이끼를 밟지 마시오.

내게 무슨 뛰어난 문장이 있으리오
헛되이 그대의 수레와 말을 수고롭게 하는구려
그대와 말을 위해 파란 풀과 흰 밥을 준비해 대접하리다.
그대는 내가 아니니
공명에 뜻을 세우기 바라며
나처럼 배회하지 말기 바라오.

我見君來, 頓覺吾廬, 溪山美哉. 悵平生肝膽,[2] 都成楚越; 只今
膠漆, 誰是陳雷?[3] 搔首踟躕,[4] 愛而不見, 要得詩來渴望梅. 還知
否: 快淸風入手,[5] 日看千回.
　　直須抖擻塵埃.[6] 人怪我柴門乍始開.[7] 向松間乍可,[8] 從他喝道?
庭中且莫, 踏破蒼苔. 豈有文章,[9] 謾勞車馬, 待喚靑蒭白飯來.[10]
君非我, 任功名意氣, 莫恁徘徊.

注

1 吳子似(오자사): 오소고吳紹古. 자가 자사子似이다. 강서 파양鄱陽
　사람. 당시 연산현위鉛山縣尉로 신기질과 교왕이 깊었으며 자주 창
　화하였다.

2 悵平生(창평생) 2구: 『장자』「덕충부」德充符에 나오는 "다른 관점에
　서 보게 되면, 간과 쓸개도 초나라와 월나라의 사이처럼 멀다."自其
　異者視之, 肝膽楚越也.는 말을 이용하였다.

3 陳雷(진뢰): 동한의 진중陳重과 뇌의雷義. 두 사람은 교분이 절친하
　였다. 군에서 진중을 효렴으로 천거하자 진중이 뇌의에게 양보하였
　다. 군에서 뇌의를 무재茂才로 천거하자 뇌의가 진중에게 양보하였
　는데, 자사가 이를 듣지 않자 뇌의는 머리를 풀고 미친 척 하며 달
　아나 응하지 않았다. 향리에서는 "아교와 칠이 잘 붙는다고 하나

뇌의와 진중만 못하다."膠漆自謂堅, 不如雷與陳.는 말이 생겼다. 결국 삼부三府에서는 두 사람을 동시에 발탁하였다. 『후한서』「독행전」 참조.

4 搔首(소수) 3구: 『시경』「정녀」靜女에 나오는 "조용한 여자 아리따우니, 나를 성 모퉁이에서 기다린다네. 가려져 보이지 않으니, 머리를 긁적이며 서성인다네."靜女其姝, 俟我於城隅. 愛而不見, 搔首踟躕.라는 구절을 이용하였다. ○ 愛(애): 薆(애)와 같다. 숨은 모양. ○ 渴望梅 (갈망매): 망매지갈望梅止渴 전고를 가리킨다. 조조가 행군 중에 갈증이 나는 병사들에게 들판 끝 산모퉁이를 돌아가면 매실 숲이 있다고 하자, 병사들이 신 맛을 연상하고 침을 삼킴으로써 갈증을 참을 수 있었다. 『세설신어』「가휼」假譎 참조. 여기서는 답시를 기다리는 절실한 마음을 비유하였다.

5 淸風(청풍): 시를 비유한다. 『시경』「증민」烝民에 "길보께서 노래 지어 음송하시니, 청풍과 같이 맑고 깊어라."吉甫作誦, 穆如淸風.라는 구절이 있다.

6 抖擻塵埃(두수진애): 옷에 묻은 먼지를 떨어내다. 여기서는 청소하다.

7 柴門今始開(시문금시개): 사립문을 지금 비로소 열다. 두보의 「손님이 오다」客至에 나오는 "꽃길은 지금껏 손님 온다고 쓸어보지 않았는데, 쑥대 문을 오늘에야 그대 위해 처음 열어둔다네."花徑不曾緣客掃, 蓬門今始爲君開.라는 구절을 이용하였다.

8 向松間(향송간) 2구: 송간갈도松間喝道를 가리킨다. 관원이 드나들 때 동발을 울리며 벽제辟除하는 것을 갈도喝道라 하는데, 소나무 사이에 갈도喝道하는 것은 살풍경殺風景의 하나이다. 당 이상은李商隱의 『의산잡찬』義山雜纂 참조.

9 豈有(기유) 2구: 두보의 「빈객이 오다」賓至에 나오는 "내 무슨 세상

사람 놀래줄 시문이 있으리오? 부질없이 수레와 말을 강가에 머물게 하였구료."豈有文章驚海內? 漫勞車馬駐江干.란 구절을 이용하였다.

10 靑蒭白飯(청추백반): 말에게 푸른 꼴을 먹이고 손님에게 흰밥을 준다. 손님을 잘 대접한다는 뜻이다. 두보의 시「입주행 —서산검찰사 두 시어에게 주다」入奏行贈西山檢察使竇侍御에 나오는 "그대 위해 술을 사서 자리 가득 준비하고, 종에겐 흰밥 주고 말에겐 풀을 먹이리."爲君酤酒滿眼酤, 與奴白飯馬靑蒭.란 뜻을 사용하였다.

해설

현위縣尉 오자사와의 우정을 그렸다. 상편은 오자사와의 만남이 지닌 의의와 그의 작품을 기다리는 심정을 나타내었다. 하편에선 그의 방문을 맞이하며 차리는 준비를 묘사하고 말미에서 공업을 이루기를 축원하였다. 노년이 된 필자와 젊은 현위 사이의 격의 없는 사귐이 눈에 두드러진다.

자고천鷓鴣天

― 국화를 찾아도 없기에 장난삼아 지음尋菊花無有, 戲作

인간 세상의 썩은 냄새 때문에 코를 막건만
예부터 오직 술 냄새만은 향기로웠지.
구름과 안개 가로 와 살기 시작한 후로
지금까지 줄곧 노래와 춤으로 바빴네.

친한 친구들 불러
함께 가을 풍광 보려 했더니
노란 국화는 중양절을 피해 어디에 있나?
활짝 피는 때를 알려면
서풍에 하룻밤 사이 서리 내리기를 기다려야 하리.

掩鼻人間臭腐場, 古來惟有酒偏香. 自從來住雲煙畔, 直到而今
歌舞忙.
呼老伴, 共秋光. 黃花何處避重陽? 要知爛熳開時節, 直待西風
一夜霜.

해설

　중양절에 국화를 노래했다. 상편에선 세상을 떠나 술에 은거하며
지내는 자신을 그렸다. 하편은 중양절에 국화가 피지 않았기 때문에
국화를 기다리는 마음을 나타냈다. 국화가 피기 위해서는 서풍과 서리

가 있어야 한다고 말하여, 곧 상편에서 말하는 추악한 관장의 썩은 냄새를 물리치는 사람을 비유한다. 이로써 사람과 국화는 하나의 감성으로 통합되었다.

자고천鷓鴣天

— 연석에서 오자사 등 여러 친구의 화답시를 받고, 같은 운을 다시
  사용하여 답하다席上吳子似諸友見和, 再用韻答之

제군들은 오래도록 시단詩壇을 압도해왔으니
가슴 속에 책 향기가 가득 전하는구나.
모두 가무와 음주의 즐거움을 탐하지 않았기에
붓을 대어 쓰면 용과 뱀이 뛰노는 걸 볼 수 있구나.

뜻이 한아閑雅하고
풍광이 예와 같구나
지금 고양高陽의 술꾼은 몇이나 있는가?
노란 국화는 차가운 서풍을 겁내지 않으나
다만 시인들의 양 살쩍에 서리 내릴까 두려워한다네.

翰墨諸君久擅場,[1] 胸中書傳許多香. 都無絲竹銜杯樂, 却看龍
蛇落筆忙.

閑意思, 老風光. 酒徒今有幾高陽?[2] 黃花不怯西風冷, 只怕詩人
兩鬢霜.

注

1 翰墨(한묵): 필묵. 즉 시문을 가리킨다. ○ 擅場(천장): 무대를 독차
  지하다. 무대를 압도하다.

2 酒徒(주도) 구: 고양주도高陽酒徒 고사를 이용하였다. 서한 초기 유
방이 군사를 이끌고 진류陳留에 가서 머물게 되었을 때, 진류의 고
양(하남성 杞縣) 사람 역이기酈食其가 알현하기를 청하였다. 유방은
자신이 천하를 쟁탈하는 때라서 유생儒生을 만날 시간이 없다고 알
렸다. 이에 역이기가 눈알을 부라리며 검을 잡고 "나는 고양의 술꾼
이지 유생이 아니외다!"吾高陽酒徒也, 非儒人也!라고 소리쳤다. 『사기』
「역생육가열전」酈生陸賈列傳 참조.

해설

오자사 등 여러 사람들의 시문을 칭찬하였다. 상편은 오자사 등의
시문과 지식, 뛰어난 서예를 칭송하였다. 하편은 국화가 시인들이 늙
어 더 이상 시를 짓지 못할까 걱정한다는 말로, 작자가 오자사 등이
분발할 것을 당부하였다.

자고천鷓鴣天

— 오자사 '산행'에 화운하며和吳子似山行韻

누가 봄 풍경과 햇빛을 돌보아주나?
바로 여기저기 붉고 하얗게 핀 들꽃들이로다.
늙어가면서 공연한 시름도 많지 않은데
술병도 지금은 어느 정도 줄어들었다.

멀고 가까이 산이 놓여있고
비스듬히 길은 비껴있어
마침 무료할 때 음악소리 떠들썩하구나.
작년에 취했던 곳 아직도 기억할 수 있는데
시냇가 몇 번째 집이었는지 헤아려본다.

誰共春光管日華?[1] 朱朱粉粉野蒿花.[2] 閑愁投老無多子,[3] 酒病
而今較減些.

山遠近, 路橫斜, 正無聊處管絃譁. 去年醉處猶能記, 細數溪邊
第幾家.

注

1 日華(일화): 햇빛. 사조謝朓의 「서 도조에 화답하며」和徐都曹에 "햇
  빛은 강물 위에 움직이고"日華川上動이라는 구절이 있다.

2 朱朱粉粉(주주분분): 붉은 꽃과 하얀 꽃. ○ 蒿(호): 쑥. 여기서는

들꽃.

3 投老(투로): 늙게 되다. 늙어지다. ○ 無多子(무다자): 많지 않다.
子(자)는 어미.

봄날 산행 나가 둘러본 풍광과 노년의 심경을 그렸다. 상편은 산행
중에 본 자연 풍광과 자신의 상황을 서술하였다. 하편은 산행 중에
들러 취했던 곳을 찾는 행위를 통해 즐거운 심경을 나타냈다.

신하엽 新荷葉

— 상사일, 오자사가 고금에 상사일에 대한 사가 없다며 지어달라고
하다上巳日, 吳子似謂古今無此詞, 索賦[1]

굽이도는 물결에 술잔을 띄워 보내는
기쁜 마음과 즐거운 일이 있는 좋은 날.
난초꽃과 혜초꽃이 비 갠 맑은 바람 속에 빛나고
머리 돌려보면 날씨는 여전히 새로워라.
밝은 눈동자에 하얀 이를 가진 미인들이
강가에 구름처럼 많구나.
꽃을 꺾어 들고 돌아가는
비단옷 입은 사람들로 길 위엔 향기로운 먼지가 가득해라.

봄은 얼마나 남아있는가?
은근하게 우짖는 새 소리를 들어보라.
경치를 마주하고 일어나는 감회는
예부터 사람마다 슬픔과 즐거움이 분분했지.
잠시 취하여 붓을 들어 쓰니
마치 그 당시 난정蘭亭에 모인 사람들을 차례로 쓴 것과 같구나.
후세에 이를 읽는 사람
또한 장차 이 글에 대해 감회가 있으리라.

曲水流觴,[2] 賞心樂事良辰. 蘭蕙光風,[3] 轉頭天氣還新. 明眸皓齒,⁴ 看江頭有女如雲.⁵ 折花歸去, 綺羅陌上芳塵.

能幾多春? 試聽啼鳥殷勤. 對景興懷,⁶ 向來哀樂紛紛. 且題醉墨, 似蘭亭列敍時人.⁷ 後之覽者, 又將有感斯文.

注

1 上巳日(상사일): 상사절上巳節. 삼짇날. 삼월의 첫 번째 사일巳日로 고대부터 길일로 여겼다. 위魏나라 이후로 삼월 삼일로 고정하였다. 냇가에 나가 제사를 지내고 목욕을 하는 불계祓禊가 주요 활동이었으나, 나중에는 곡수유상 등이 추가되었다.

2 曲水流觴(곡수유상): 굽이도는 물결에 술잔을 띄워 보냄. 술을 마시는 놀이의 하나. 사람들이 굽이진 도랑의 여기저기 앉아서 술잔을 띄우면, 술잔이 흐르다가 멈추는 곳의 앞에 있는 사람이 마신다. 원래 삼월 삼일에 불계祓禊의 일부로 진행되었으나, 나중에는 문인들의 놀이가 되었다.

3 蘭蕙光風(난혜광풍): 난초꽃과 혜초꽃이 비 갠 맑은 바람 속에 빛나다. 『초사』「초혼」招魂에 "비 갠 맑은 바람은 혜초꽃을 돌리고, 무리진 난초꽃을 흔드네."光風轉蕙, 氾崇蘭些.란 구절이 있다.

4 明眸皓齒(명모호치): 맑은 눈동자와 하얀 이. 미인을 비유한다. 두보의 「강가를 슬퍼함」哀江頭에 "명모호치 미인들 지금은 어디 있나?"明眸皓齒今何在?란 구절이 있다.

5 有女如雲(유녀여운): 미인들이 구름처럼 많다. 『시경』「출기동문」出其東門에 "저 동문을 나가니, 미녀들이 구름처럼 많아라."出其東門, 有女如雲.라는 구절이 있다.

6 對景(대경) 2구: 풍경을 바라보고 느끼는 감회는 예부터 슬픔과 즐거움이 같지 않다.

7 似蘭亭(사난정) 3구: 왕희지의 「난정집 서문」蘭亭集序의 말을 이용

하였다. "그러므로 이때 모인 사람들을 차례로 적고 그들이 지은 시를 기록해두니, 비록 세대가 바뀌고 사정이 달라져도 감회가 일어나는 이치는 같을 것이다. 후세에 이를 읽는 사람 또한 장차 이 문장에 대해 감회가 있을 것이다." 故列敍時人, 錄其所述. 雖世殊事異, 所以興懷, 其致一也. 後之覽者亦將有感於斯文.

해설

'상사일'에 대해 쓴 절서사節序詞이다. 음력 삼월 삼일에 냇가에 나가 삿됨을 씻어내는 수계修禊는 초기의 주술적인 의식에서 위진 이래 점점 민속으로 자리 잡아 나갔다. 동진 왕희지의 「난정집 서문」과 당대 두보의 「여인행」麗人行은 이를 기록한 대표적인 작품이다. 이 작품은 상사일의 구체적인 행사가 아니라 상사일의 총제적인 인상과 면모를 연상하여 작품으로 구성하였다. 상편은 명절의 성황을 묘사하고, 하편은 인생과 자연과 시간에 대한 감개를 서술하였다.

신하엽 新荷葉

—천천히 생각해보니 상사일이 오자사의 생일이기에 고쳐 지음徐思
上巳乃子似生日, 因改定

굽이도는 물에 술잔을 띄워 보내는
기쁜 마음과 즐거운 일이 있는 좋은 날.
지금부터 거의 천 년이 지났지만
불계祓禊의 풍류는 여전히 새로워라.
밝은 눈동자에 하얀 이를 가진
미인들이 강가에 구름처럼 많구나.
꽃을 꺾어 들고 돌아가는
비단옷 입은 사람들로 길 위엔 향기로운 먼지가 가득해라.

관현악 소리 분분한데
버들개지 날리고 새는 깁을 물고 날아간다.
그러나 어찌 여러 현명한 명사들이 모인
무성한 숲과 긴 대나무가 있는 난정蘭亭의 모임과 같으랴
술 한 잔에 시 한 수를 읊어도
마음속의 깊은 정을 실컷 드러내기 족하구나.
즐거움이 아직 끝나지 않았으니
차라리 봄을 붙잡아 머물게 하리라.

曲水流觴, 賞心樂事良辰. 今幾千年,[1] 風流禊事如新.[2] 明眸皓齒, 看江頭有女如雲. 折花歸去, 綺羅陌上芳塵.

絲竹紛紛, 楊花飛鳥銜巾.³ 爭似群賢,⁴ 茂林修竹蘭亭. 一觴一詠, 亦足以暢敍幽情. 淸歡未了, 不如留住靑春.

注

1 今幾千年(금기천년): 지금 거의 천 년이 되었다. 왕희지가 「난정집 서문」에서 말한 때가 373년이므로 신기질이 이 사를 짓는 1200년은 847년이 지났으므로 이렇게 말했다.

2 禊事(계사): 불계祓禊. 불제祓除. 봄에 물가에서 몸을 씻어 불상不祥을 제거하고 제사를 지낸 일. 특히 문인들이 곡수유상 등 오락을 즐기면서 하나의 풍속이 되었다.

3 楊花(양화) 구: 두보의 「여인행」麗人行에 나오는 "버들개지 눈처럼 내려 흰 네가래 덮고, 파랑새는 붉은 깁을 물고 날아가네."楊花雪落覆白蘋, 青鳥飛去銜紅巾.를 이용하였다. 두보의 이 시구에 대해 역대의 학자들은 양국충의 등장으로 버들개지가 날고 새들이 우는 모습에서, 양화楊花의 양楊 자가 양국충과 양귀비의 양楊을 비유하며, 북위 호태후胡太后와 양백화楊白花가 사통한 일을 들어, 양국충과 괵국부인 사이에 음란한 뜻을 전달하는 걸 비유한다고 풀이하였다.

4 爭似(쟁사) 4구: 왕희지의 「난정집 서문」에 나오는 내용을 환기한다. "영화 9년(373년), 계축년 음력 삼월 초 회계 산음의 난정에 모였으니, 곧 계제를 지내기 위해서이라. 명사들이 모두 오고 노소老少가 함께 모였다. 이곳은 높은 산과 솟은 봉우리, 무성한 숲과 높은 대나무가 있고, 또 맑은 물과 빠른 여울이 있어, 자연이 서로 어우러진 곳이다. 물을 끌어 잔을 띄우는 곡수曲水를 만들고 사람들이 그 물가에 늘어앉았으니, 비록 성대한 음악은 없어도 술 한 잔에 시 한 수를 읊으니, 마음속의 깊은 정을 실컷 드러내기 족했다."永和

九年, 歲在癸丑, 暮春之初, 會於會稽山陰之蘭亭, 修禊事也. 群賢畢至, 少長咸集. 此地有崇山峻嶺, 茂林脩竹, 又有淸流激湍, 映帶左右. 引以爲流觴曲水, 列坐其次, 雖無絲竹管絃之盛, 一觴一詠, 亦足以暢敍幽情.

해설

바로 앞의 사가 오자사의 제안으로 지은 것이라면, 이 사는 삼짇날이 마침 오자사의 생일이므로 그의 생일을 축하하는 뜻을 가미하여 수정한 것이다. 이로 인해 「신하엽」은 두 수가 되었다. 상편은 명절의 성황을 묘사하고, 하편은 오자사의 생일을 축하하였다. 특히 하편에서는 권세가들의 행락에 비해 명사들은 난정의 모임과 같이 "술 한 잔에 시 한 수를 읊고"一觴一詠, "마음속의 깊은 정을 실컷 드러내는데"暢敍幽情 중점을 두었다. 말미에서 수계修禊를 즐기고 또 생일에 오래 살기를 바라는 뜻을 나타내었다.

수조가두水調歌頭

— 오자사 현위의 진산 경덕당에 쓰다. 이 당은 육상산이 이름 지었
다題吳子似縣尉塡山經德堂. 堂, 陸象山所名也[1]

육상산陸象山 선생을 불러 일으켜
'경덕'經德의 뜻이 무엇이냐고 묻는다.
예의가 없다면 만 종의 곡식이 나에게 무슨 소용이 있는가?
때문에 고인의 가르침을 저버리지 않는다.
듣자하니 천 그루 큰 소나무와 계수나무
사시사철 가지와 잎이 많고
연말이면 서리와 눈이 가득하다.
이는 진산塡山의 경지이니
육상산 선생과 비슷하지 않은가?

밭을 갈면 굶주릴 수도 있지만
도道를 배우면 천록天祿을 얻을 수 있으니
이들이 공자의 제자들이다.
청삼을 입는 낮은 관직은 박봉을 받을 뿐이니
이 뜻이 바로 '경덕'의 중요한 뜻이다.
하늘과 땅이 위아래에서 맑고 평안하며
해와 달이 동서를 오가며 추위와 더위를 가져오는데
무슨 힘을 들일 필요가 있는가.
'경덕'이란 두 글자를 아까워 말고
내 집에 붙이게 빌려주게나.

喚起子陸子,² 經德問何如. 萬鍾於我何有,³ 不負古人書. 聞道千章松桂,⁴ 剩有四時柯葉, 霜雪歲寒餘. 此是瑱山境, 還似象山無?⁵

耕也餒,⁶ 學也祿, 孔之徒. 靑衫畢竟升斗,⁷ 此意政關渠. 天地淸寧高下,⁸ 日月東西寒暑, 何用着工夫. 兩字君勿惜,⁹ 借我榜吾廬.

1 瑱山(진산): 옥진산玉眞山. 강서성 응담시鷹潭市 안인현安仁縣 소재.
  ○ 經德堂(경덕당): 오자사의 서재 이름. 오자사가 육상산에게 청하
  여 붙인 이름이다. 『맹자』에 나오는 "도덕을 지켜 변하지 않는 것은
  녹을 얻기 위함이 아니다."經德不回, 非以干祿也.는 말에서 가져왔다.
  ○ 陸象山(육상산): 육구연陸九淵. 무주撫州 금계金溪 사람. 남송의
  철학자로 심학을 창시하였다. 상산서원象山書院에서 강학했기 때문
  에 사람들이 '상산 선생'이라 불렀으며, 이름도 '육상산'이라 많이
  불렀다.

2 子陸子(자륙자): 육상산에 대한 존칭. 성씨 앞에 붙은 子(자)는 스
  승임을 나타낸다. 오자사는 일찍이 육상산에게서 배웠다. 육상산은
  1192년 12월에 죽었다.

3 萬鍾(만종) 구: 『장자』「고자」告子에 나오는 "만 종의 곡식을 예의를
  따지지 않고 받는다면, 그 만 종이 나에게 있어 무슨 보탬이 되겠는
  가."萬鍾則不辯禮義而受之, 萬鍾於我何加焉. ○ 萬鍾(만종): 많은 양식을
  비유한다. 鍾(종)은 도량형 용기의 이름.

4 千章(천장): 천 그루의 큰 나무.

5 象山(상산): 강서 귀계현貴溪縣 소재. 원래 이름은 응천산應天山이었
  으나 육구연이 이곳에서 강학을 하면서 상산이라 이름을 바꾸었다.

6 耕也餒(경야뇌) 2구: 『논어』「위령공」의 공자 말을 이용하였다. "군

자는 도를 도모하지 밥을 도모하지 않는다. 밭을 갈면 굶주릴 수도 있지만 배우면 봉록을 얻을 수 있다. 때문에 군자는 도를 근심하지 가난을 근심하지 않는다."君子謀道不謀食. 耕也, 餒在其中矣. 學也, 祿在其中矣. 君子憂道不憂貧.

7 靑衫(청삼) 2구: 육상산이 「경덕당기」經德堂記에서 『맹자』에 있는 말을 인용하며 "과거 급제와 벼슬 승진으로 천작天爵을 버리지 마라"는 뜻을 개괄하였다. "옛 사람은 천작을 닦으면 인작이 따라왔지만, 지금 사람은 천작을 닦아서 인작을 요구하고, 인작을 얻으면 천작을 버리니 무척 미혹된 것이다."古之人修其天爵而人爵從之, 今之人修其天爵以要人爵, 旣得人爵而棄其天爵, 則惑之甚者也. ○ 靑衫(청삼): 당대 문관 8품과 9품의 복식 색깔. ○ 升斗(승두): 되와 말. 용량 단위로 적은 곡식이나 박봉을 비유한다.

8 天地(천지) 구: 『노자』 제39장의 "하늘은 '하나'를 얻어서 맑고, 땅은 '하나'를 얻어서 평안하다."天得一以淸, 地得一以寧.는 말을 이용하였다. 이로부터 청녕淸寧이란 말은 정치가 청명하고 태평함을 가리킨다.

9 兩字(양자): '경덕'이란 두 글자를 가리킨다.

해설

오자사의 경덕당에 대해 쓴 제사題詞이다. 오자사는 옥진산 위에 독서당을 짓고 그 당호를 스승인 육상산에게 청하였다. 육상산은 '경덕'經德이란 두 글자로 오자사에게 절조를 지켜나갈 것을 면려하였다. 이 작품을 쓰던 당시는 이미 육상산이 칠팔 년 전에 죽고 난 뒤였지만, 오자사를 위해 그 뜻을 살려 이 작품을 지었다. 상편은 경덕당의 의미, 위치, 진산, 육상산 등에 대해 서술하였고, 하편은 경덕을 추구하는 정신을 논하였다. 쉬운 언어로 정신의 추구와 사람의 삶을 철학적 의미로 엮어낸 설리사說理詞이다.

수조가두水調歌頭

—조창보가 칠월 십오일 소식 작품의 운을 사용하여 이백과 소식의 일을 읊은 걸 받았는데, 나를 크게 칭찬하므로 추수당에서 만나기로 약속하였다. 팔월 십사일 내가 박산사에 병으로 누워있으면서 같은 운을 사용하여 감사의 뜻을 전하며, 겸하여 오자사에게 부치다趙昌父七月望日用東坡韻敍太白、東坡事見寄, 過相褒借, 且有秋水之約; 八月十四日余臥病博山寺中, 因用韻爲謝, 兼寄吳子似[1]

내 뜻은 드넓은 허공에 있어
어젯밤 하늘을 오르는 꿈을 꾸었다.
하얀 달을 어루만지는 사이에
인간 세상은 삽시간에 천 년이 지났다.
어떤 객이 난새와 봉황을 타고
말하기를 이백과 소식을 만나
높고 차가운 월궁에서 노닐기로 약속했다고 한다.
북두를 끌어당겨 술을 따라 마시는데
나 또한 그 사이에 끼어있었다.

나지막한 소리로 노래하기를
"정신은 자유로운데
몸은 잠들어있어라.
큰 기러기 한 번 높이 올라
하늘 둥글고 땅 네모난 걸 바라보네."

다시 노래 부르려다 꿈이 깨어

베개를 밀쳐내고 일어나 망연히 홀로 생각에 잠긴다.

인간사는 어찌하여 이처럼 완전하지 않는가?

이야기 나누고 싶은 미인美人은

아리따운 모습으로 가을 강 건너에 있구나.

我志在寥闊,² 疇昔夢登天.³ 摩挲素月,⁴ 人世俛仰已千年.⁵ 有客
驂鸞並鳳,⁶ 云遇靑山、赤壁,⁷ 相約上高寒.⁸ 酌酒援北斗,⁹ 我亦虱
其間.¹⁰

少歌曰:¹¹ "神甚放, 形則眠. 鴻鵠一再高擧,¹² 天地睹方圓." 欲重
歌兮夢覺,¹³ 推枕惘然獨念: 人事底虧全?¹⁴ 有美人可語,¹⁵ 秋水隔
嬋娟.

注

1 望日(망일): 음력 보름날. ○ 東坡韻(동파운): 소식의 「수조가두」의
   압운. ○ 過相襃借(과상포차): 나에게 대해 지나치게 칭찬하다. ○
   秋水之約(추수지약): 추수당에서 만날 약속. ○ 博山寺(박산사):
   신주信州 영풍永豐의 박산博山에 소재한 사찰.

2 寥闊(요활): 넓고 멀다. 광활하다.

3 疇昔(주석): 어제 저녁. 昔(석)은 夕(석)과 통한다. 疇(주)는 조사로
   쓰였다. 『구장』「석송」惜頌에 "어제 내 꿈에서 하늘에 올랐는데"昔余
   夢登天兮란 구가 있다.

4 摩挲(마사): 손으로 어루만지다.

5 俛仰(면앙): 부앙俯仰. 머리를 들고 숙이는 동안의 짧은 시간.

6 客(객): 조창보를 가리킨다.

7 靑山(청산): 이백을 가리킨다. 무덤이 안휘성 당도현當塗縣 청산靑

山에 있다. ○ 赤壁(적벽): 소식을 가리킨다. 황주로 유배되었을 때 「염노교 —적벽 회고」와 전후 「적벽부」를 썼다.

8 高寒(고한): 하늘의 높고 추운 곳. 달을 가리킨다. 소식의 「수조가두」에 "난 바람을 타고 돌아가고 싶지만, 다만 경옥으로 만든 누각과 집이, 높은 곳에 있어 추위를 이기지 못할까 두려워라."我欲乘風歸去, 惟恐瓊樓玉宇, 高處不勝寒.란 구절이 있다.

9 酌酒援北斗(작주원북두): 북두를 끌어당겨 술을 따라 마시다. 『구가』「동군」東君에 "북두를 끌어당겨 계주를 따라 마신다."援北斗兮酌桂漿는 말이 있다.

10 虱(슬): 이. 여기서는 동사로 쓰였다. 끼어들다. 재주도 없고 보잘 것없어 그들과 함께 나란히 있지 못하다. 한유의 「급류의 뱃사공」瀧吏에 "그 사이이 이처럼 기생하지 않았는지요? 문무 어느 쪽에도 능력이 없었는지요?"得無虱其間, 不武亦不文?란 구가 있다.

11 少歌(소가): 작은 소리로 노래하다.

12 鴻鵠(홍곡) 2구: 서한 가의賈誼의 「석송」惜誦에 나오는 "황곡이 한 번 날아오르니, 산천이 굽이 드는 걸 알겠고, 다시 날아오르니, 하늘과 땅이 둥글고 네모난지 본다."黃鵠之一擧兮, 知山川之紆曲. 再擧兮, 睹天地之圜方.란 구절을 이용하였다.

13 欲重歌(욕중가) 3구: 소식이 황주에 유배되어 꿈에서 배를 타고 강을 건너다가 깨어나 「수룡음」을 지었다. "베개를 밀쳐내니 망연히 아무것도 보이지 않는데, 다만 빈 강에 밝은 달이 천 리 멀리 비친다."推枕惘然不見, 但空江月明千里.는 구절을 이용하였다.

14 底(저): 왜. ○ 虧全(휴전): 이지러짐과 온전함.

15 有美人(유미인) 2구: 두보의 「한 간의에게 부침」寄韓諫議에 나오는 "미인은 아리따운 모습으로 가을 강 건너에 있고"美人娟娟隔秋水란 뜻을 이용하였다. 여기서 미인은 친구, 즉 조창보와 오자사를 가리킨다.

　정신의 자유로운 비행을 꿈꾸며 친구를 그리워하였다. 작품은 상하편에 걸쳐 서술되는 꿈을 중심으로 이루어져 있으며, 이는 꿈속에서 하늘에 올라 난새를 탄 객(즉 조창보)을 만나고, 그와 함께 이백과 소식을 만나 술을 마시고 노래하는 것으로 되어 있다. 말미에서는 꿈에서 깨어난 후의 탄식에서 조창보와 오자사를 그리워하는 것으로 마무리 지었다. 『초사』, 가의, 이백, 두보, 소식의 작품에서 빌려온 어휘와 이미지가 시인의 흉중에서 융합되어 경계가 광활하고 필세가 분방한 작품으로 응결되었다. 현대학자 상국무常國武는 큰 소리로 부르짖고 진실된 감정을 터뜨리는 어조로 인해 이백의 「몽유천모음 ─ 두고 떠나며」夢遊天姥吟留別에 비견할 만하다고 하였다.

파진자破陣子
— 협석 가는 길에 오자사 현위를 그리며硤石道中有懷吳子似縣尉[1]

보리 밭두둑에 까투리 울고
길가의 부드러운 뽕잎에 누에가 자란다.
등불 들고 말 타고 가며 꽃과 달 있는 길 비추고
뛰어난 시구를 쓰기 위해 채필 들고 길을 간다.
담장 너머 들리는 사람들 웃음소리.

전장에서 무공을 세우는 이야기하지 말고
여전히 술 잘 마시며 시 잘 짓는 것으로 공명을 높이리.
천 년 동안 전해질 『도경』圖經을 지어 고금의 일을 기록하였고
만석계萬石溪 가에 장정長亭과 단정短亭을 축조하였으니
작은 연못에 풍랑은 잔잔하기만 하네.

宿麥畦中雉鷕,[2] 柔桑陌上蠶生. 騎火須防花月暗,[3] 玉唾長携綵
筆行.[4] 隔牆人笑聲.

莫說弓刀事業,[5] 依然詩酒功名. 千載圖中今古事,[6] 萬石溪頭長
短亭. 小塘風浪平.[7]

注

1 硤石(협석): 신주信州 연산현鉛山縣 서쪽 이십 리에 소재한 계곡.
   양쪽 언덕이 대치하고, 푸른 나무들이 벽처럼 서 있고, 그 사이로

시내가 흐른다.

2 宿麥(숙맥): 겨울을 넘긴 보리. ○ 雉鷕(치요): 꿩의 울음소리. 鷕(요)는 까투리가 우는 소리를 형용한 의성어.

3 騎火(기화): 밤에 말을 타고 갈 때 들고 가는 등불.

4 玉唾(옥타): 옥과 같은 침. 타액의 미칭. 출구성장出口成章의 시구를 가리킨다.

5 弓刀事業(궁도사업): 출정하여 활과 칼로 적을 죽이는 일.

6 千載(천재) 2구: 오자사가 「영평현지」永平縣志를 편찬하고 역참을 세운 일을 가리킨다.

7 [원주]: "당시 도경을 편찬하고 역참을 축조하였다."時修圖經, 築亭堠.

해설

협석 가는 길에 오자사를 생각하였다. 상편은 협석 가는 길을 지나가며 본 경관을 그렸고, 하편은 오자사를 그리워하였다. 특히 오자사가 『도경』을 편찬하고 역참을 지어 공적을 남긴 일에 대해 높이 칭찬하였다.

자고천鷓鴣天

석벽 위 허공엔 쌓인 구름 점점 높아지고
계곡의 물소리는 몇 겹이나 집을 둘러가는지.
한바탕 비 내린 뒤 꽃은 하나둘 떨어지는데
오히려 미풍에 흔들리는 풀이 사랑스러워.

백주를 차리고
들나물을 뜯어
시골 어르신 살갑게 나를 부르셨네.
지팡이 짚은 어르신 홀연 행인이 지나도록 피해 가다가
이 늙은이 알아보곤 되돌아 다리를 건너오시네.

石壁虛雲積漸高, 溪聲繞屋幾週遭.[1] 自從一雨花零落, 却愛微
風草動搖.
呼玉友,[2] 薦溪毛,[3] 殷勤野老苦相邀. 杖藜忽避行人去,[4] 認是翁
來却過橋.

注

1 週遭(주조): 주위.
2 玉友(옥우): 찹쌀로 만든 백주.
3 溪毛(계모): 석간이나 계곡에 자라는 들풀. 『좌전』 '은공 3년'조에
　"진실로 밝은 믿음이 있다면 석간이나 계곡, 늪이나 물가의 풀이라

도, 마름과 쑥 따의 나물이라도, …귀신에게 바칠 수 있고 왕공에게
드릴 수 있습니다."苟有明信, 澗溪沼沚之毛, 蘋蘩蘊藻之菜, …可薦於鬼神,
可羞於王公.는 말이 있다.

4 杖藜(장려): 명아주 지팡이를 짚는 노인.

해설

　향촌의 풍광과 생활을 노래하였다. 상편은 야외의 봄을 그렸고, 하
편은 시골 어르신의 초청을 받아 술 마시러 가는 모습을 그렸다. 작자
가 오기를 기다리던 어르신이 지팡이를 짚고 다리를 건너가다가, 다리
가 좁아 몸을 피한 행인이 바로 작자 자신인 줄 나중에 알아보고 되돌
아오는 장면이 인상적이다.

자고천鷓鴣天

— 오자사 현위의 생일을 축하하며, 당시 오자사는 성안에 일이 있었다
壽吳子似縣尉, 時攝事城中

상사절上巳節 풍광이라 감회를 펼치기 좋은데
친구는 아직 꽃 보러 돌아오지 않았네.
무성한 숲에 어우러진 건 뉘 집의 대나무이고
휘도는 물에 띄워 보낸 건 몇 번째 술잔인가?

수 놓은 비단을 펼치듯
경옥瓊玉과 괴옥瑰玉 같은 시문을 쓰고
오랫동안 부귀를 누리며 재능도 많구나.
이 날에 태어난 남아는 운이 좋다는 걸 알아야 하니
일찍이 주공周公도 불계祓禊를 하였다네.

上巳風光好放懷,¹ 故人猶未看花回.² 茂林映帶誰家竹,³ 曲水流
傳第幾杯?

擿錦繡, 寫瓊瑰, 長年富貴屬多才. 要知此日生男好, 曾有周公
祓禊來.⁴

注

1 上巳(상사): 상사절上巳節. 삼짇날. 앞의 「신하엽 —굽이도는 물결
  에 술잔을 띄워보내는」 참조.

2 看花回(간화회) 구: 친구는 아직 꽃을 보러 돌아오지 않다. 당대 시인 유우석劉禹錫이 영정永貞 개혁(805년)에 실패하여 낭주朗州로 폄적되었다가 돌아와 현도관玄都觀의 복사꽃을 감상한 일을 가리킨다.

3 茂林(무림) 2구: 왕희지의 「난정집 서문」과 관련된 전고를 가리킨다.

4 周公祓禊(주공불계): 주공이 지은 불계와 관련된 시. 『속제해』續齊諧에 관련 구절이 있다. "예전에 주공이 낙읍의 성을 지을 때, 흐르는 물에 술잔을 띄웠다. 그러므로 일시逸詩에 '술잔을 흐르는 물결에 실어보낸다'는 구가 있다."昔周公城洛邑, 因流水以泛酒, 故逸詩曰: "羽觴隨流波."

오자사의 생일을 축하하였다. 그의 생일이 상사일이므로 길상의 의미를 덧붙여 전개하였다. 상편에선 상사절을 맞이하여 곡수유상을 하며 즐기는 모습을 서술하였다. 하편에선 오자사의 뛰어난 재능과 함께 축수의 뜻을 나타내었다.

자고천鷓鴣天

─ 협석을 지나며, 운을 사용하여 오자사에 답하다過硤石, 用韻答吳
子似[1]

해마다 내 창고 곡식 적은 걸 탄식하는데
그대는 사詞를 지어 내 처지를 헛되이 축하하는구나.
멀리서도 아나니 그대는 취하여 모자를 때때로 떨어뜨리고
듣자 하니 시를 읊조리며 채찍을 걸음마다 흔든다지.

옥 같은 시구는 짓지 못하고
붓도 털이 다 빠진 몽당붓이 되었으니
지금 명월만이 애써 사람을 불러내네.
조조의 '까마귀는 남으로 날아가네' 구를 가장 좋아해도
대교와 소교를 만나는 풍류는 얻지 못하였다네.

歎息頻年廩未高,[2] 新詞空賀此丘遭.[3] 遙知醉帽時時落, 見說吟
鞭步步搖.
　乾玉唾,[4] 禿錐毛,[5] 只今明月費招邀. 最憐烏鵲南飛句,[6] 不解風
流見二喬.[7]

注

1 硤石(협석):「파진자 ─보리 밭두둑에 까투리 울고」 참조.
2 廩未高(름미고): 창고 안에 식량이 적음을 뜻한다.
3 賀此丘遭(하차구조): 이 언덕의 처지를 축하한다. 유종원이 영주永

州에 유배되었을 때 1무畝가 안 되는 밭이 버려져 있어 4백 냥으로 사들여서 정리하여 유람하는 명소로 만들었다. 이를 기록한 「고무담서소구기」鈷鉧潭西小丘記에서 "이 글을 돌에 적어, 이 언덕의 처지를 축하한다."書於石, 所以賀玆丘之遭也.고 하여, 자신의 불우함을 반대로 비유하였다. 여기서는 '언덕'이 창고의 식량 더미를 가리키는 것으로 보인다.

4 玉唾(옥타): 입을 열면 쏟아지는 뛰어난 시문의 문자.

5 禿錐毛(독추모): 머리가 벗겨진 붓.

6 烏鵲南飛句(오작남비구): 조조曹操의 「단가행」短歌行에 "달 밝으니 별 드문데, 까마귀가 남으로 날아가네. 나무를 세 번 돌아도, 깃들 가지가 없구나."月明星稀, 烏鵲南飛. 遶樹三匝, 無枝可依.란 구절이 있다. 또 소식의 「적벽부」에도 "'달 밝으니 별 드문데, 까마귀가 남으로 날아가네.'는 조조의 시가 아니오?"(月明星稀, 烏鵲南飛, 此非曹孟德之詩乎?)라는 구절이 있다.

7 二喬(이교): 대교와 소교. 삼국시대 동오의 최고 미녀 자매로, 대교는 손책에게 시집가고, 소교는 주유에게 시집갔다. 『삼국지』 중의 『오서』吳書「주유전」周瑜傳 참조.

해설

오자사가 사를 준데 대해 답으로 쓴 증답사이다. 상편은 해마다 곡식이 적은 자신의 처지는 오자사가 축하한 바와 달리 생활상 어려움이 있다고 말하면서, 오히려 오자사야말로 각지를 다니며 생활이 비교적 부유함을 대비하여 강조하였다. 하편은 답사答詞를 쓰기 어려움을 나타내면서, 조조가 비록 시문을 잘 써도 정치적 포부는 이루지 못했음을 강조하였다. 이는 곧 자신이 답사를 잘 쓰지 못함을 변명하면서, 정치적 포부도 이루지 못했음을 탄식하는 것으로 볼 수 있다.

자고천鷓鴣天

― 오자사가 찾아온 추수당吳子似過秋水

추수당 긴 회랑이 물과 바위 사이에 있는데
그 누가 와서 흐르는 물소리 듣고 있나?
그대는 동진과 서진의 인물 같아 부럽고
나와는 대산大山과 소산小山으로 시명詩名을 나누어 가졌네.

곤궁해지니 절로 즐거워지고
게으르니 비로소 한가해져
인간 세상살이에 길은 좁아도 술잔은 넓어라.
보아하니 그대는 관청 일이 끝이 없지만
또 풍류는 신선이 된 정장관靖長官과 같구나.

秋水長廊水石間, 有誰來共聽潺潺. 羨君人物東西晉, 分我詩名
大小山.[1]

窮自樂, 懶方閑, 人間路窄酒杯寬. 看君不了癡兒事,[2] 又似風流
靖長官.[3]

注

1 大小山(대소산): 회남왕淮南王 유안劉安의 문인 그룹인 소산小山과
   대산大山. 유안은 한 고조漢高祖의 손자로, 회남왕이었으며, 문학과
   예술을 좋아하여 널리 문사들을 불러 모았다. 당시 그의 문객 중에
   는 '팔공'八公, '대산'大山, '소산'小山 등이 있었다. 잘 알려진 「은사를

부르다」招隱士는 회남소산의 작품이다.

2 癡兒事(치아사): 어리석은 사람이 하는 일. 관청의 일을 가리킨다. 서진西晉 양제楊濟의 말에서 유래했다. 양준楊駿의 동생 양제楊濟는 평소 부함傅咸과 친했기에 부함에게 편지를 보내 말하였다. "강과 바다는 파도가 출렁이기에 깊고 넓을 수 있소. 천하도 거대한 그릇과 같아서 작은 일 하나도 알기 어렵소. 그러나 내가 보기에 그대는 일마다 분명하게 처리하려고 하오. 그대는 본디 어리석은 사람이라 관청의 일을 완결 지으려 하오. 그러나 관청의 일은 쉽게 완결되기 어려운 것이오. 관청의 일을 완결시키는 것은 어리석은 것으로 그저 통쾌한 일일 뿐이오."江海之流混混, 故能成其深廣也. 天下大器, 非可稍了, 而相觀每事欲了. 生子癡, 了官事, 官事未易了也. 了事正作癡, 復爲快耳!『진서』「부함전」참조. 송대 황정견黃庭堅은 「등쾌각」登快閣에서 치아癡兒를 자신을 가리키는 말로 사용하였다. "어리석은 사람은 관청 일 다 마무리하고, 쾌각의 난간에 기대 동서로 저녁노을 바라본다."癡兒了却公家事, 快閣東西倚晚晴.

3 靖長官(정장관): 전설에 당대에 신선술을 배워 신선이 된 사람. 정정靖은 희종僖宗 때 등봉령登封令이 되었으나 곧 관직을 버리고 선도를 배웠다. 마침내 신선이 되어 떠났으며 그 성씨를 숨기고 이름만 알려졌으므로 세상에서는 정장관靖長官이라 불렸다. 증조曾慥의 『집선전』集仙傳 참조.

해설

오자사의 인물됨을 칭송하였다. 상편은 추수당을 찾아온 오자사의 고상한 풍도와 뛰어난 시문을 기렸다. 하편은 험난한 세상사를 겪어가며 살아가는 자신의 감회를 말하면서 이에 대비하여 관아의 일과 탈속의 풍류에 모두 뛰어난 오자사를 칭찬하였다.

수조가두 水調歌頭

― 취해 읊으며 醉吟

사방에 앉은 사람들 잠시 그만 말하고
내가 취중에 부르는 노래 들어보소.
연못의 봄풀이 아직 시들지 않았는데
높은 나무에 우짖는 새 벌써 바뀌고,
기러기 강 위로 날아가기 시작하면
귀뚜라미 벌써 침상 아래 들어와 울더라.
사시사철 백 년을 지나온 마음.
누가 그대더러 공무에 묶여 있으라 했나
산수는 절로 맑은 소리 내는데.

즐거움은 얼마나 되며
노래는 얼마나 오래 부르며
술은 얼마나 취할 수 있나.
지금이 이미 예전보다 못하니
후일은 분명 지금보다 못하리.
한가한 때가 오면 모름지기 즐겨야 하고
더욱이 좋은 날 밤이면 촛불을 들고
의기 높은 친구들과 모이면 촌음도 아껴 즐겨야 하리.
백발이 이처럼 짧으니
누굴 불러 노란 국화를 머리에 꽂나.

四座且勿語, 聽我醉中吟. 池塘春草未歇,¹ 高樹變鳴禽. 鴻雁初飛江上,² 蟋蟀還來床下,³ 時序百年心.⁴ 誰要卿料理,⁵ 山水有淸音.⁶

歡多少, 歌長短, 酒淺深. 而今已不如昔,⁷ 後定不如今. 閑處直須行樂, 良夜更敎秉燭,⁸ 高會惜分陰.⁹ 白髮短如許, 黃菊倩誰簪.

注

1 池塘(지당) 2구: 사령운의 「연못가 누대에 올라」登池上樓에서 노래한 "연못에는 봄풀이 자라고, 정원의 버드나무에는 우짖는 새가 바뀌어졌네."池塘生春草, 園柳變鳴禽.란 구절을 이용하였다.

2 鴻雁(홍안) 구: 두목의 「중양절 제산에 등고하며」九日齊山登高에 "강물에 가을 풍광 어리고 기러기 날아가기 시작하는데"江涵秋影雁初飛를 이용하였다.

3 蟋蟀(실솔) 구: 『시경』「칠월」에 "시월에 귀뚜라미, 내 침상 아래에 들어오네."十月蟋蟀, 入我床下.란 구절이 있다.

4 時序(시서) 구: 두보의 「봄날 강촌에서」春日江村에 "건곤 사이 만리를 보는 눈, 사시사철 백 년을 지나온 마음."乾坤萬里眼, 時序百年心.이란 구절이 있다.

5 誰要(수요) 구: 『세설신어』「간오」簡傲에 "왕휘지王徽之가 차기장군 환충桓沖의 참군이 되었다. 환충이 말했다. '그대는 장군부에 온 지 오래되었으니, 며칠 사이 응당 업무를 처리할 수 있을 것이오.'"王子猷作桓車騎參軍, 桓謂王曰: "卿在府久, 比當相料理."

6 좌사左思의 「은사를 부름」招隱에 "산수에는 맑은 소리가 있다"山水有淸音는 구절이 있다.

7 而今(이금) 2구: 백거이의 「동성에서 봄을 찾으며」東城尋春에 "지금이 이미 예전보다 못하니, 후일은 응당 지금보다 못하리."今旣不如

昔, 後當不如今.란 구절이 있다.

8 良夜(양야) 구: '고시십구수' 제16수에 "낮은 짧고 밤이 긴 것이 괴로우니, 어찌 촛불을 켜들고 밤새 놀지 않으리오!"晝短苦夜長, 何不秉燭遊.란 구절이 있다.

9 惜分陰(석분음): 촌음보다 더 짧은 시간도 아끼다. 지극히 짧은 시간도 귀중히 여기다. 『진서』「도간전」陶侃傳에 "도간이 자주 사람들에게 말했다. '우 임금은 성인이면서 촌음을 아꼈으니, 일반 사람이라면 응당 촌음보다 더 짧은 시간도 아껴야 하리.'"大禹聖者, 乃惜寸陰, 至於衆人, 當惜分阴.

해설

때를 놓치지 말고 즐기며 살라는 '급시행락'及時行樂의 생각을 표현하였다. 상편은 사시사철의 빠른 운행에 세월이 쉽게 흘러감을 강조하며, 정무를 돌보고 사회적 분쟁에 빠져있기보다는 산수의 아름다움을 누릴 것을 권하였다. 하편 역시 다른 각도에서 더 심도 있게 '급시행락' 사상을 나타내었다. 즐거움을 누리는 시간의 짧음을 환기하며 노래하고, 술 마시고, 친구와 환담하고, 자연을 누릴 것을 제안하였다. 이처럼 그가 제안하는 '급시행락'이란 쾌락을 찾는 일이 아니라 일상에서 소소한 즐거움을 많이 누리라는 것이다.

수조가두 水調歌頭

— 송국당을 읊다 賦松菊堂

도연명은 국화를 가장 사랑하고
세 갈래 오솔길에 소나무도 심었다.
어느 누가
이 산중에 있는 천 년 전 풍류를 거둘 것인가.
「이소」를 손에 들고 읽고
떨어진 꽃잎을 쓸어 먹고 나서
지팡이에 짚신 끌며 새벽 된서리를 밟으리라.
교교한 달빛 속 송국당이 홀로 서있는 모습은
만 송이 연꽃 사이에 꽂혀 있는 듯해라.

물은 졸졸 흐르고
구름은 광막하고
바위는 우뚝하구나.
장식 없는 거문고에 탁주로 손님을 부르니
진실로 고인의 풍모가 있어라.
청산의 면모는 오히려 기이하여
마침 가로로 보면 산등성이가 되지만
세로로 보면 봉우리가 되는구나.
시구 詩句가 활법 活法을 얻어
날마다 달마다 새롭고 공교하리라.

淵明最愛菊,[1] 三徑也栽松. 何人收拾, 千載風味此山中. 手把離騷讀遍, 自掃落英餐罷, 杖屨曉霜濃. 皎皎太獨立, 更揷萬芙蓉.

水潺湲, 雲溶洞,[2] 石巃嵸. 素琴濁酒喚客,[3] 端有古人風. 却怪靑山能巧, 政爾橫看成嶺,[4] 轉面已成峰. 詩句得活法,[5] 日月有新工.

注

1 淵明(연명) 2구: 도연명의 「귀거래사」에 나오는 "집안의 세 갈래 작은 길에는 잡초가 무성하지만, 소나무와 국화는 아직도 남아있다."三徑就荒, 松菊猶存.는 말을 이용하였다. 원래 三徑(삼경)은 서한 말기 장후蔣詡가 은거하면서 집안에 오솔길을 세 개 만든 데서 유래한 어휘이다.

2 溶洞(홍동): 끝없이 광막하여 몽롱한 모양. 『회남자』「정신훈」精神訓에 "옛날 아직 천지가 없을 때 …아득하고 광막하여 그 문을 알지 못하였다."古未有天地之時, …溶蒙鴻洞, 莫知其門.는 말이 있다.

3 素琴(소금) 구: 장식 없는 거문고와 탁주로 객을 부르다. 혜강의 「산도山濤에게 주는 절교 편지」與山巨源絶交書의 뜻을 표현하였다. "지금 다만 바라는 것은 누추한 골목에 살며 자손을 가르치고 기르며, 때로 친구들과 오랜만에 만나 마음을 나누고 평소 생활을 이야기하며, 탁주 한 잔에 거문고 한 곡을 뜯는다면 나의 바람이 다 이루어질 것이오."今但願守陋巷, 敎養子孫, 時與親舊敍闊, 陳說平生, 濁酒一杯, 彈琴一曲, 志願畢矣. 소식의 「채경번 관사의 작은 방」蔡景繁官舍小閣에도 "장식 없는 거문고와 탁주에 겨우 걸상 하나 들이지만"素琴濁酒容一榻란 구가 있다.

4 政爾(정이) 2구: 소식의 「서림사 벽에 쓰다」題西林壁에 나오는 "가로로 보면 산등성이요 세로로 보면 봉우리라, 원근과 고저에 따라 각각 모양이 다르네."橫看成嶺側成峰, 遠近高低各不同.란 구절을 이용

하였다. ○ 政爾(정이): 마침. 그때.

5 活法(활법): 시가 신선하며 정감이 충만하게 살아있는 방법. 여본 중呂本中의 「하균부집 서문」夏均父集序에 다음 설명이 있다. "시를 배우려면 마땅히 활법을 알아야 한다. 이른바 활법이란 규칙이 갖춰져 있으면서 규칙 밖으로 나가, 변화막측하면서도 또 규칙을 위배해서는 안 된다. 이 방법은 대개 정해진 법칙이 있으면서도 정해진 법칙이 없으며, 정해진 법칙이 없으면서도 정해진 법칙이 있다. 이를 아는 사람은 곧 함께 활법을 논할 수 있다."學詩當識活法. 所謂活法者: 規矩備具而能出於規矩之外, 變化不測而又不背於規矩也. 是道也, 蓋有定法而無定法, 無定法而有定法. 知是者則可以與語活法矣.

해설

송국당松菊堂에 대해 쓴 사이다. 자료의 미비로 송국당이 누구의 당실이고 어디에 있는지 알 수 없지만 사로부터 어느 정도 알 수 있다. 그것은 도연명처럼 은거하는 사람이 깊은 산속에 세운, 마치 만 송이 연꽃 속에 자리하고 있는 것처럼 선명하고 아름다운 당실이다. 주인은 충정을 다했으나 군주로부터 추방당한 굴원과 같이, 「이소」를 즐겨 읽으며 고결한 성품을 닦는다. 주위에는 국화와 소나무가 심겨져 있다. 물과 구름으로 둘러싸인 그곳에서 주인은 거문고와 술로 친구를 부르고, 자연은 천변만화의 아름다움을 전개한다. 시도 활법이 있어야 하듯이 주인도 날마다 신선한 정신을 추구하며 살아간다. 당실에 대해 썼지만 주인의 풍도와 정신을 함께 표현하였다.

청평악清平樂

청신한 사詞를 내놓고 웃음을 구하니
은 술잔이 작아도 싫어하지 마오.
분명 직녀가 솜씨 내려주었기에
한과 시름을 질 다듬은 내 시구詩句가 좋아졌을 것이오.

그리운 사람 있어도 꿈에서도 관문과 강을 넘지 못하고
작은 창 아래 날마다 술 마셔도 어찌할 도리 없구나.
생각하면 겹겹의 주렴 걷지도 않은 채
상비湘妃 같이 눈물 흘려 마른 흔적 남았으리.

淸詞索笑,¹ 莫厭銀杯小.² 應是天孫新與巧,³ 剪恨裁愁句好.
有人夢斷關河, 小窓日飮亡何.⁴ 想見重簾不捲, 淚痕滴盡湘娥.⁵

注

1 索笑(색소): 웃음을 사다. 남의 비웃음을 사다.
2 莫厭銀杯小(막염은배소): 은 술잔이 작다고 싫어하지 말라. 소식의
  시에 「은 술잔이 작다고 웃지 마소 —교 태학박사에게 답하며」莫笑
  銀杯小答喬太博라는 제목이 있다.
3 天孫(천손): 직녀성織女星. 전설에 직녀는 천제의 손녀이다. 중국에
  서는 칠석날 밤 직녀를 향해 바느질 솜씨를 정교하게 해달라고 비
  는 풍속이 있다. 여기서는 시문 쓰는 기교를 직녀로부터 새로 받았

기 때문에 시문이 더 나아졌을 것이라고 말하였다.

4 亡何(망하): 無何(무하)와 같다. 어찌 할 도리 없다.

5 湘娥(상아): 상비湘妃. 순 임금의 두 비 아황과 여영을 가리킨다. 순 임금이 죽자 그녀들이 흘린 눈물에 상비죽이 만들어졌다는 전설이 유명하다.

해설

고향의 아내를 그리워한 내용이다. 상편은 손님과 대작하는 형식으로, 비록 술은 적지만 대신 사를 내놓아 소료笑料로 삼겠다고 말하였다. 하편은 곧 그가 지은 사로 '한과 시름을 다듬은'剪恨裁愁 구체적인 내용이 된다. 하편의 처음 두 구는 자신의 처지를 그렸고, 말미두 구는 고향에 있는 아내가 자신을 그리워할 것을 상상하였다.

청평악 淸平樂
— 왕덕유 주부의 부채에 쓰다 書王德由主簿扇[1]

시내는 휘돌고 모래는 얕은데
붉은 살구꽃 모두 피어났어라.
비오리는 봄 강물이 따뜻한 줄 모르는지
여전히 봄 언덕의 수양버들 옆에 있구나.

천 리 멀리 떠가는 가벼운 돛배
떠나는 사람은 기대어 잠이 들었으리라.
선생의 높은 풍모 무엇과 같은가
푸른 하늘로 날아가는 한 줄기 백로.

溪回沙淺, 紅杏都開遍. 鸂鶒不知春水暖,[2] 猶傍垂楊春岸.
片帆千里輕船, 行人想見敧眠.[3] 誰似先生高擧, 一行白鷺靑天.[4]

注

1 王德由(왕덕유): 미상. ○ 主簿(주부): 문서를 관장하는 관원.

2 鸂鶒(계칙): 비오리. 자원앙紫鴛鴦.

3 敧眠(기면): 모로 누워 자다. 기대어 자다.

4 一行(일항) 구: 두보의 「절구」絶句 제3수에 "두 마리 꾀꼬리가 파란
버들에서 울고, 한 줄 백로가 푸른 하늘에 오른다."兩箇黃鸝鳴翠柳,
一行白鷺上靑天.는 구절이 있다.

　부채의 그림 옆에 쓴 제화시題畵詩이다. 상편에서는 부채에 그려진 그림을 묘사하였다. 봄날의 시냇가에 살구꽃 붉게 피고, 수양버들 아래엔 비오리들이 몰려 있다. 하편의 첫 두 구 역시 물 위에 배가 지나가고, 배 위에는 모로 누워 자는 사람이 있는 듯이 상상하였다. 말미두 구에선 하늘로 날아가는 백로에 시선을 옮기면서, 그것이 곧 왕덕유의 인품과 같다고 마무리 지었다.

서강월西江月

─ 봄은 저물고春晩

책을 많이 읽고 싶으나 이미 게을러진 것은
다만 병이 많고 오래도록 한가하기 때문이라.
작은 창문 아래 잠자며 바람소리 빗소리 들으니
봄도 이미 반은 지나갔구나.

지나간 일은 이미 날아간 새처럼 찾을 수 없고
맑은 시름은 얽힌 고리와 같아 풀기 어려워라.
꾀꼬리는 서쪽 정원에 들어가려 하지 않고
화려한 들보의 제비를 부르는구나.

滕欲讀書已懶,¹ 只因多病長閑. 聽風聽雨小窓眠, 過了春光
太半.

　往事如尋去鳥, 清愁難解連環.² 流鶯不肯入西園, 去喚畫梁
飛燕.

注

1 滕欲(잉욕): 頗欲(파욕)의 뜻과 같다. 아주 ~하고 싶다.
2 解連環(해련환): 구련환九連環과 같이 잘 풀려지지 않는 고리를 풀
　다. 여기서는 시름을 풀다.

늦봄의 애상감을 나타내었다. 상편은 병과 은거로 인해 일어나는
게으른 심정을 읊었고, 하편은 '맑은 시름'淸愁을 노래했다. 그 시름은
말미의 두 구에서 볼 수 있듯 꾀꼬리 다음에 제비가 날아오는 늦봄의
도래에서도 기인한다. 결국 '맑은 시름'은 병이 많고, 한가한 날이 많
고(파직된 기간이 길고), 봄이 가기 때문임을 알 수 있다.

서강월西江月

— 목서꽃木樨

금속여래金粟如來가 세상에 나타난 듯하고
예주궁蕊珠宮의 선녀가 바람 타고 온 듯해라.
맑은 향기 소매 가득 탈속의 뜻 무궁해
홍진 세상 천 가지 모든 인연 씻어내네.

언제나 가을바람 속에 주인 노릇하고
더구나 밝은 달 속에 피어있기도 하지.
가을빛 짙을 때 영롱한 모습
기꺼이 오늘밤 꿈이 없어도 좋아라.

金粟如來出世,¹ 蕊宮仙子乘風.² 淸香一袖意無窮, 洗盡塵緣千種.
長爲西風作主, 更居明月光中. 十分秋意與玲瓏. 挦却今宵無夢.³

注

1 金粟如來(금속여래): 부처 이름. 곧 유마힐維摩詰 대사이다. 金粟
(금속)은 노란 좁쌀이란 뜻으로, 계화꽃이 노란 좁쌀처럼 보이므로
이런 어휘를 사용하였고, 또 이로부터 금속여래를 연상하였다. 이
백의 「호주 사마의 물음에 답하며」答湖州司馬問란 시에서 "호주 사
마는 어찌하여 묻는가, 금속여래의 후신이 바로 이 몸이라오."湖州
司馬何須問, 金粟如來是後身.란 구절이 있다.

2 藥宮(예궁): 예주궁藥珠宮. 도교에서 말하는 상청上淸 궁궐에 있는
  궁전 이름.
3 抃却(변각): 기꺼이 바라다. 원하다.

　목서꽃(노란 계수화)을 노래한 영물사이다. 상편은 목서화의 비범한
내력과 향기를 주로 묘사하였다. 하편은 목서화를 아끼고 즐기는 마음
을 그렸다.

서강월西江月
―마음을 달래며遣興

취중에 잠시 기쁨과 웃음을 탐하니
시름에 잠기려 해도 어찌 틈이 있으랴.
요즈음 비로소 깨닫나니 옛사람 책
믿으려 해도 모두 틀렸다는 것을.

어젯밤 소나무 옆에 취해 넘어져
소나무에게 "내 취한 꼴 어때?"라고 물었지.
마치 소나무가 움직여 부축하러 오는 듯해서
손으로 소나무를 밀치며 "저리 가!"라고 말했지.

醉裏且貪歡笑, 要愁那得工夫. 近來始覺古人書,[1] 信着全無是處.
昨夜松邊醉倒, 問松"我醉何如". 只疑松動要來扶,[2] 以手推松
曰"去".

注

1 近來(근래) 2구: 『맹자』「진심」盡心에 나오는 "책을 모두 믿는 것은
 차라리 책이 없는 것보다 못하다."盡信書, 則不如無書.는 뜻을 사용하
 였다. 맹자는 『상서』의 「무성」武成에 대해 의문을 제기하였다.

2 只疑(지의) 2구: 서한 말기 공승龔勝의 고사를 이용하였다. 애제哀
 帝 때 승상 왕가王嘉가 '나라를 어지럽히고 주상을 미혹시켰다'迷國

罔上는 죄목으로 무고를 당했다. 공승은 그의 죄가 가볍다고 보았다. 하후상夏侯常이 공승에게 상주하기를 권하려고 하자, 공승이 손으로 하후상을 밀치며 '저리 가!'"去!"라고 말했다. 『한서』「공승전」 참조.

해설

취중에 일어난 소나무와의 대화를 통해 강하고 고집스러운 성격을 드러내었다. 처음 두 구에서 '시름'에 잠길 틈이 없이 '기쁨과 웃음'歡笑을 탐한다고 하지만, 사실은 그렇게라도 하지 않으면 금방 '시름'에 잠기게 되는 자신을 반어적으로 드러내었다. 이어지는 두 구에서 옛사람의 책을 어느 하나 믿을 수 없다는 말은 모든 원칙이 부정되는 현실에 대해 울분을 터뜨리는 것이기도 하다. 하편에서 소나무라는 자신의 분신을 데려와 그 도움을 받는 것도 물리치는 설정을 통해 오만하고 강직한 정신을 드러내었다. 은연중에 설정된 참신한 전개 속에 신기질의 정신적 자화상이 잘 그려졌다.

옥루춘 玉樓春

— 악광이 위개에게 말했다. "사람은 쇠 절굿공이 자체를 가루로 빻아서 먹거나 수레를 타고 쥐구멍에 들어가는 꿈은 꾸지 않는다." 그것은 세상에는 그러한 일이 없기 때문이라고 말했다. 나는 세상에는 그러한 일은 없지만 그러한 논리는 있다고 말한다. 악광이 없다고 하는 것은 있다고 말하는 것과 같다. 장난삼아 몇 마디 말로 이를 밝힌다 樂令謂衛玠: "人未嘗夢搗虀餐鐵杵, 乘車入鼠穴." 以謂世無是事故也. 余謂世無是事而有是理, 樂所謂無, 猶云有也. 戲作數語以明之[1]

세상에 어떤 일이 있었다 없었다는 누가 판별하는가
악광은 자신 있게 말하지만 아직 사리에 통달하지 못했다.
없다고 한 일이 일찍이 없었던 건 아니므로
없다고 한 일에 대해 이치에 따라 말해보자.

백이가 굶어서 서산에서 고사리를 캔 것은
쇠 절굿공이 자체를 가루로 빻아서 먹는 것과 다르지 않으며,
공자가 위나라를 떠나 다시 진나라로 갔는데
이것은 바로 수레를 타고 쥐구멍에 들어가는 것과 같다네.

有無一理誰差別, 樂令區區猶未達.[2] 事言無處未嘗無, 試把所無憑理說.

伯夷飢采西山蕨,[3] 何異搗虀餐杵鐵. 仲尼去衛又之陳,[4] 此是乘車穿鼠穴.

1 樂令(악령) 4구:『세설신어』「문학」에 나오는 위개衛玠와 악광樂廣
사이의 꿈에 대한 대화를 가리킨다. 위개가 총각 때 악광에게 꿈에
대해 물었다. 악광은 "꿈은 생각想이다."고 말했다. 위개가 "내 몸과
정신이 사물을 접하지 않았는데도 꿈꾸는데, 어찌하여 이것이 생각
인가요?"라고 물었다. 악광이 말했다. "원인因이 있기 때문이다. 일
찍이 꿈에서 수레를 타고 쥐구멍에 들어간다든지, 쇠 절굿공이 자
체를 가루로 빻아서 먹는 꿈을 꾸지 않는 것은 모두 '생각'도 없고
'원인'도 없기 때문이다." ○ 齏(제): 잘게 부순 채소. ○ 鐵杵(철저):
물건을 빻을 때 쓰는 쇠 절굿공이.

2 區區(구구): 자신만만한 모양. ○ 達(달): 사리에 통달하다.

3 伯夷(백이) 구: 상나라 말기 백이伯夷와 숙제叔齊가 주나라의 곡
식을 먹지 않겠다며 수양산에 들어가, 고사리를 캐어 먹다 굶어
죽은 일을 가리킨다.『사기』「백이열전」伯夷列傳 참조. ○ 蕨(궐): 고
사리.

4 仲尼(중니) 구: 공자가 위衛나라를 떠나 진陳나라로 가다. 공자가
위나라에 머문 지 한 달여 지났을 때, 위령공과 부인 남자는 함께
수레를 타고 행차하였는데, 환관 옹거를 함께 태우고 나가면서 공
자에게는 뒷수레를 타고 따라오게 하면서 요란스레 저잣거리를 지
나갔다.居衛月餘, 靈公與夫人同車, 宦者雍渠參乘出, 使孔子爲次乘, 招搖市
過之. 공자가 말했다. "나는 덕을 좋아하기를 색을 좋아하는 것과
같이 하는 자를 보지 못하였다." 이에 위나라를 떠났다.『사기』「공
자세가」 참조.

해설

꿈을 꾸는 이유에 대해 생각을 펼쳐낸 설리사說理詞이다. 그 기본적

인 출발점은 서진西晉의 악광과 위개의 꿈에 대한 토론이다. 악광은 꿈을 꾸는 두 가지 이유를 생각想과 원인因으로 보았다. 다시 말해 상상하지 않고 현실적 근거가 없는 것은 꿈으로 나타나지 않는다는 것이다. 그 예로 '쇠 절굿공이 자체를 가루로 빻아서 먹는' 꿈과 '수레를 타고 쥐구멍에 들어가는' 꿈은 꾸지 않는다는 것이다. 그가 보기에 두 가지 예는 사람이 그것을 생각하지도 않고 현실에서도 일어나지 않는다. 그러나 논리적으로 본다면 가정하여 말하는 그것이 바로 생각想하는 것이며, 또 쇠 절굿공이, 수레, 쥐구멍 등이 현실적 원인因이라고 할 수 있다. 신기질은 이런 방식으로 생각하지 않고 현실 속에 무한히 많은 일이 알 수 없다고 해서 일이 일어나지 않았다고 말할 수 있느냐고 반론을 제기한다. 그리고 유사성의 논리理로 백이와 공자의 사례는 각각 예시한 꿈으로 나타날 수도 있다고 말한다. 산문성과 논리성이 강한 독특한 작품으로 세상사의 불합리성을 풍자하는 뜻도 있다.

서강월西江月

— 신우지 동생의 생일을 축하하며, 당시 새 집이 완공되었다壽祐之
弟, 時新居落成[1]

그림 그려진 들보에 발이 새로 드리워지고
화려한 등롱에 생황과 노래 아직 멈추지 않았구나.
한 잔 가득 금빛 물결 가득 차 흔들리니
먼저 태부인께 경하의 잔 올리노라.

부귀는 그대 응당 가지고 있으니
공명도 그리 많을 필요 없으리.
다만 검은 머리 해와 달 아래 빛나고
황금 관인官印 모름지기 됫박만큼 크기 바라네.

畫棟新垂簾幕, 華燈未放笙歌. 一杯瀲灩泛金波,[2] 先向太夫人賀.
富貴吾應自有, 功名不用渠多. 只將綠鬢抵羲娥,[3] 金印須敎斗大.

注

1 祐之弟(우지제): 신조辛助. 신기질의 족제. 부량현浮梁縣 현령, 전당
　錢塘 현령 등을 역임했다.

2 瀲灩(렴염): 수면이 반짝이는 모습. 여기서는 술이 술잔에 가득 찬
　모습.

3 羲娥(희아): 희화羲和와 항아嫦娥. 각각 해와 달의 신으로, 여기서는

해와 달을 가리킨다.

해설

족제族弟 신우지의 생일을 축하한 축수사이다. 상편은 생일연을 여는 새로 지은 건물에서 태부인께 먼저 경하의 술잔을 올리는 모습을 그렸다. 하편은 부귀와 공명과 장수를 기원하였다.

하신랑 賀新郎
— 부암수의 유연각에 쓰다題傳巖叟悠然閣[1]

길은 문 앞의 버드나무로 이어져
그대 집 유연각에 들어가
도연명의 중양절을 세세히 이야기한다.
만년에 슬프게도 제갈량이 없으니
다만 노란 국화만 손에 들었지.
더구나 비바람 치는 데도 동쪽 울타리는 그대로인데
갑자기 남산이 고결해졌던 것은
선생이 지팡이 짚고 돌아온 후였지.
그 전에는 알지 못했지
산이 언제부터 있었는지를.

여기에서 보아도 여산의 빼어남은 줄어들지 않으니
그대 위해 서풍에게 청하여
도연명이 올 수 있는지 불러보게 하련다.
새는 날아가다 지치면 숲을 향해 돌아가고
구름은 절로 무심히 산의 동굴에서 나오니
새로 시 몇 수를 지어야하리.
'뜻을 따지려 하나 말을 잊은' 당시의 의미
지금은 신농씨 시대로부터 아득히 멀어졌음을 탄식하노라.
천하의 일
어찌 술이 없을 수 있겠는가!

路入門前柳.² 到君家悠然細說, 淵明重九.³ 歲晚淒其無諸葛,⁴ 惟有黃花入手. 更風雨東籬依舊. 陡頓南山高如許,⁵ 是先生拄杖歸來後. 山不記,⁶ 何年有.

是中不減康盧秀.⁷ 倩西風爲君喚起, 翁能來否?⁸ 鳥倦飛還平林去,⁹ 雲自無心出岫. 賸準備新詩幾首. 欲辨忘言當年意,¹⁰ 慨遙遙我去羲農久.¹¹ 天下事, 可無酒!

注

1 傅巖叟(부암수): 본명은 부동傅楝. 연산鉛山 사람. 일찍이 악주鄂州 주학강서州學講書를 역임하였다. 신기질과 친하여 자주 시문을 주고받았다. ○ 悠然閣(유연각): 부암수의 저택에 있는 건물 이름. '유연'悠然이란 말은 도연명의 「음주」飮酒에 나오는 "동쪽 울타리 아래에서 국화를 따니, 느긋하니 남산이 보인다."采菊東籬下, 悠然見南山. 에서 가져왔다.

2 門前柳(문전류): 문 앞의 버드나무. 도연명의 「오류선생전」에 "문 앞에는 버드나무 다섯 그루가 있었으므로 이를 호로 삼았다."門前有五柳樹, 因以爲號焉.는 말이 있다. 여기서는 부암수의 집을 가리킨다.

3 淵明重九(연명중구): 도연명의 중양절. 도연명이 일찍이 구월 구일 중양절에 술이 없었는데, 집 주위의 국화 밭에서 손에 가득 국화를 땄다. 그 옆에 앉아 오래도록 멀리 바라보고 있었는데, 흰옷 입은 사람이 왔다. 알고 보니 왕홍이 술을 보내왔다. 곧 술을 따라 마시고 취해서 돌아갔다.陶潛嘗九月九日無酒, 宅邊菊叢中摘菊盈把, 坐其側, 久望, 見白衣至, 乃王弘送酒也. 即便就酌, 醉而後歸. 『속진양추』續晉陽秋 참조.

4 歲晚(세만): 만년에는 스스로 제갈량諸葛亮을 자처하여 호를 원량元亮이라 했지만 제갈량과 같이 촉한의 재상이 되는 기회는 갖지 못했다.

5 陟頓(두돈) 2구: 도연명이 벼슬을 버리고 돌아오자 갑자기 남산이 고결하게 변하다. ○ 陟頓(두돈): 갑자기 달라지다. 송대 방언. ○ 南山(남산): 여산廬山을 가리킨다.

6 山不記(산불기) 2구: 산이 언제부터 있었는지 알지 못하다. 왜냐하면 도연명이 있고나서 산이 비로소 유명해졌고 그 존재감이 생겼기 때문이다.

7 是中(시중): 이 가운데에서. 여기에서. 유연각을 가리킨다. ○ 康廬(강려): 여산廬山. 여산은 광산匡山 또는 광려匡廬라고도 하는데, 송 태조 조광윤趙匡胤의 이름에 피휘하기 위하여 광려匡廬를 강려康廬로 바꾸었다.

8 翁(옹): 노옹. 도연명을 가리킨다.

9 鳥倦(조권) 2구: 도연명의 「귀거래사」歸去來辭에 나오는 "구름은 무심히 산의 동굴에서 나오고, 새는 날아가다 지치면 돌아갈 줄 안다."雲無心而出岫, 鳥倦飛而知還.를 이용하였다.

10 欲辨(욕변) 구: 도연명의 「술을 마시며」飮酒 제5수에 "여기에 참된 도리가 있으니, 그 뜻을 따지려 하나 이미 말을 잊는다."此中有眞意, 欲辨已忘言.는 말이 있다.

11 慨遙遙(개요요) 구: 도연명의 「술을 마시며」飮酒 제20수에 "신농씨는 지금부터 오래되었으니, 온 세상이 다시 순박해지지 않는구나." 羲農去我久, 擧世少復眞.란 말이 있다.

해설

친구의 당호에 대해 쓴 제사題詞이다. 부암수 역시 도연명을 경모한 것은 당호를 '유연각'悠然閣이라 지은 것에서 금방 알 수 있다. 때문에 도연명의 일화와 작품을 대거 인용하여 친구의 생활과 정취가 도연명과 다르지 않음을 묘사하였다. 1200년(61세) 경에 지었다.

하신랑賀新郎
— 앞의 운을 사용하여 다시 읊다用前韻再賦

팔꿈치 뒤로 갑자기 혹이 생기듯
인생사에 뜻대로 되지 않는 일
열에 여덟아홉임을 탄식하네.
오른손은 술잔 들고 마음껏 취하는데 쓸모가 있지만
왼손은 잡을 게가 없어 한가해져버렸네.
시시로 지금을 슬퍼하고 지난날을 생각하니
천록각天祿閣에서 떨어진 양웅揚雄이 적막하여
생전과 사후에도 시비를 가릴 수 없음을 웃노라.
시비에 대한 말을
물어볼 사람이 없어라.

청산은 다행히 절로 겹겹이 빼어나
묻노니 요즘 나뭇잎 우수수 떨어지는데
가을을 견딜 수 있는가?
비록 서풍에 온통 수척해졌다고 해도
수천수만의 바위 봉우리는 예전과 같은 모습이로다.
세상만사에 대해 말없이 머리를 긁적이니
이 노옹은 남들과 비교해 누가 더 나은가?
나는 언제나 나 자신을 잘 대우해온 지 오래되었으므로
차라리 내 자신이 되어
한 잔 술을 마시리라.

肘後俄生柳.¹ 歎人生不如意事,² 十常八九. 右手淋浪才有用,³ 閑却持螯左手. 謾嬴得傷今感舊. 投閣先生惟寂寞,⁴ 笑是非不了身前後. 持此語, 問烏有.

青山幸自重重秀. 問新來蕭蕭木落, 頗堪秋否? 總被西風都瘦損, 依舊千巖萬岫. 把萬事無言搔首. 翁比渠儂人誰好,⁵ 是我常與我周旋久. 寧作我, 一杯酒.

注

1 肘後(주후) 구: 팔꿈치 뒤로 갑자기 혹이 자라다. 『장자』「지락」至樂에 실린 우언이다. 지리숙이 활개숙과 함께 명백의 언덕에서 구경하는데, 갑자기 왼쪽 팔꿈치에 혹이 생겼다. 지리숙이 활개숙에게 혐오스럽냐고 물었다. 활개숙이 대답하기를, 몸은 지체에 의지해 존재하고 지체도 자연계의 먼지가 응집되어 이루어져, 살고 죽는 변화가 마치 밤과 낮의 변화와 같은데, 몸에 일어난 변화를 어찌 혐오하겠느냐고 했다. 柳(류)는 瘤(류)의 통가자로 혹을 의미한다.

2 歎人生(탄인생) 2구: 황정견黃庭堅의 시 가운데 "인생에 뜻대로 되지 않는 건, 열 가지 일에 여덟아홉 가지라네."人生不如意, 十事常八九.란 구절이 있다.

3 右手(우수) 2구: 동진 사람 필탁畢卓의 말을 가리킨다. "술을 얻어 수백 섬을 배에 가득 싣고 사시사철의 맛있는 음식을 양쪽에 실어, 오른손으로는 술잔을 들고 왼손으론 게 집게발을 들고 술을 실은 뱃전을 두드리며 산다면 한 평생이 족히 편안할 걸세."得酒滿數百斛船, 四時甘味置兩頭, 右手持酒杯, 左手持蟹螯, 拍浮酒船中, 便足了一生矣. 『진서』「필탁전」 참조. ○淋浪(임랑): 마음껏 마셔 취한 모양.

4 投閣先生(투각선생): 양웅揚雄을 가리킨다. 왕망王莽이 칭제하자 양웅은 자신이 참위에 연루되리라 잘못 알고 스스로 천록각에서 떨

어져 거의 죽을 뻔하였다. 나중에 왕망이 양웅에게 죄를 묻지 않자, 도성에는 "적막하기에(양웅은 『태현경』에서 적막을 강조했다.) 누각에서 떨어졌다."惟寂寞, 自投閣.는 비꼬는 말이 전해졌다. 이 전고는 일반적으로 문인이 무고하게 연루되어 죄를 얻었어도 달아날 길 없는 상황을 비유한다.

5 翁比(옹비) 4구: 차라리 아부하지 않는 내 자신이 되지 남에게 엎드리지 않겠다. 동진 때 은호殷浩가 환온桓溫에게 한 말이다. 환온은 젊어서부터 은호와 이름이 높았지만 항상 경쟁심을 갖고 있었다. 환온이 은호에게 "경은 나와 비교하여 어떻다고 생각하오?"卿何如我?라 물었다. 이에 은호가 다음과 같이 대답하였다. "나는 나 자신을 대우해온 지 오래되었으니, 차라리 나 자신이 되겠소."我與我周旋久, 寧作我.『세설신어』「품조」品藻 참조. ○ 渠儂(거농): 그들. 위정자를 가리킨다.

해설

인생에 대한 감개를 서술하였다. 상편은 인생이 자신의 뜻대로 되지 않음을 논했다. 하편은 비록 인생이 양웅의 예처럼 적막하고 시비조차 가릴 수 없다고 하더라도 자신의 길을 의연히 걷겠다는 뜻을 나타내었다. 신기질의 정신적 자화상을 가을 낙엽 속 우뚝 솟은 암봉으로 형상화한 것이 인상적이다.

수조가두 水調歌頭
― 부암수의 유연각을 읊다 賦傅巖叟悠然閣

해마다 노란 국화는 있었지만
천 년 동안 '동쪽 울타리'를 노래한 사람은 한 사람뿐이었지.
'유연' 悠然이란 두 글자가 한유의 「남산」 南山 시를 압도한다.
예부터 이 남산은 원래 있었건만
무슨 일로 당시에 비로소 보였으며
그 뜻을 그 누가 알아주었으랴.
그대 일어나 다시 술을 따르게
내 취했어도 사양하지 않으리.

고개 돌려 보면
구름이 마침 굴에서 흘러나오고
새는 날다가 지치면 돌아갈 줄 안다.
다시 누대 위에 오르니
시구 詩句가 진실로 그대의 마음과 일치하는구나.
모두 벽에 써놓고
더구나 아이들에게 낭송하게 하였지
「귀거래사」를.
만 권의 책도 유용할 때가 있지만
지금은 지팡이 세워놓고 김매고 북을 돋우네.

歲歲有黃菊, 千載一東籬. 悠然政須兩字長笑退之詩.[1] 自古此山元有,[2] 何事當時才見, 此意有誰知. 君起更斟酒, 我醉不須辭. 回首處, 雲正出, 鳥倦飛. 重來樓上, 一句端的與君期. 都把軒窓寫遍, 更使兒童誦得, 歸去來兮辭. 萬卷有時用, 植杖且耘耔.[3]

1 退之詩(퇴지시): 한유의 시. 한유의 「남산」南山을 가리킨다.

2 自古(자고) 구: 서진 양호羊祜의 말을 환기한다. "우주가 있고부터 이 산이 있었고, 예부터 현달한 선비들이 이곳에 올라 멀리 바라보면서, 나와 그대들과 같은 사람들이 많아졌다네."自有宇宙, 便有此山. 由來賢達士, 登此遠望, 如我與卿者多矣. 『진서』「양호전」 참조.

3 植杖(식장) 구: 도연명의 「귀거래사」에 "좋은 때를 아껴 홀로 나서서, 때로 지팡이를 세워 놓고 김을 매고 흙을 북돋우네."懷良辰以孤往, 或植杖而耘耔.란 말을 이용하였다.

해설

부암수의 '유연각'에 대해 쓴 제사이다. 앞에 실린 「하신랑 ―길은 문 앞의 버드나무로 이어지고」와 마찬가지로 도연명의 시구와 정취를 끌어와 작품을 구성하였다. 신기질이 도연명을 좋아할 뿐만 아니라 부암수도 도연명을 자신의 분신으로 여기니, 이로써 두 사람은 더욱 깊은 정신적 유대를 가지게 되었다. 때문에 작품에서도 곧잘 두 사람은 도연명과 더불어 혼연일체가 된다.

염노교念奴嬌

― 부암수의 향월당에 있는 두 그루 매화를 읊으며賦傳巖叟香月堂兩梅

거칠고 대강대강
매화를 읊어서는 안 되니
얼마나 많은 시인묵객이 있었던가.
그러나 결국 서호처사 임포 때문에
풍월을 나눠 갖지 못하였지.
'성긴 그림자 비스듬히 드리우고'
'그윽한 향기 떠도는' 라는 시구로
봄소식을 독차지하였지.
매화를 품평하려면
고금의 시인들 작품을 자세히 살펴보아야 하리.

바라보면 향월당 앞
세한歲寒의 추위에 마주 보고 있으니
고결한 초 땅의 공승龔勝과 공사龔舍 같구나.
절로 시인과 같은 종류이지만
남창南昌의 신선 명부에 오른 매복梅福은 아니로다.
아마도 당시에
향산香山의 늙은이
백씨白氏가 구강九江 지방에 왔거나
귀양내려온 신선으로 자字가
태백이거나 아니면 이름이 백白인 사람이리라.

未須草草, 賦梅花, 多少騷人詞客. 總被西湖林處士,[1] 不肯分留風月. 疎影橫斜, 暗香浮動, 把斷春消息.[2] 試將花品, 細參今古人物. 看取香月堂前, 歲寒相對, 楚兩龔之潔.[3] 自與詩家成一種, 不係南昌仙籍.[4] 怕是當年, 香山老子,[5] 姓白來江國. 謫仙人字,[6] 太白還又名白.

注

1 西湖林處士(서호림처사): 임포林逋를 가리킨다. 북송 항주 사람으로 호가 서호처사西湖處士였다. 서호의 고산孤山에서 살면서 이십 년을 넘도록 도시로 나가지 않았다.

2 把斷(파단): 모두 차지하다.

3 楚兩龔(초양공): 한대 초 지방의 공승龔勝과 공사龔舍. 두 사람은 친구로 모두 절조로 이름 높았으므로 세상 사람들이 '초양공'楚兩龔이라 불렀다. 『한서』「양공열전」참조.

4 南昌仙籍(남창선적): 남창의 신선 명부. 매복梅福을 가리킨다. 매복은 구강 수춘壽春 사람으로, 집에서 책을 읽고 본성을 기르며 살았다. 왕망이 권력을 차지하자 아내와 아이를 버리고 구강을 떠났다. 사람들은 그가 신선이 되어 떠났다고 여겼다. 『한서』「매복전」 참조. 여기서는 그의 성씨 '매'梅 자를 취하여 향월당의 두 그루 매화에 비유하였다.

5 香山(향산) 2구: 백거이白居易를 가리킨다. 일찍이 강주 사마江州司馬로 폄적되었으며, 만년에는 낙양 남쪽 교외의 향산에서 살았으므로 호를 향산거사香山居士라 하였다.

6 謫仙(적선) 2구: 이백李白을 가리킨다. 하지장賀知章이 장안에서 이백李白을 만났을 때 '하늘에서 귀양내려온 신선'이란 뜻으로 이백을 적선인謫仙人이라 불렀다.

매화를 노래한 영물사이다. 상편은 매화에 대한 시인묵객의 작품이 많으며 그중에서 임포의 작품이 압권이므로, 그보다 더 뛰어나게 쓰기 어려움을 말하였다. 작품을 말함으로써 매화의 뛰어남을 강조하는 것이 된다. 하편은 향월당 앞에 있는 두 그루를 사람으로 치면 서한 때의 절조 높은 공승과 공사와 같고, 시인으로 치면 '백'白 자가 들어간 백거이白居易와 이백李白과 같다고 비유하였다. 1200년(61세) 경에 지었다.

염노교念奴嬌

— 내가 부암수의 매화 두 그루에 대해 짓자, 부군용이 연석에서 내게 요청해 말했다. "집에 오래된 매화 네 그루가 있는데 지금 백 년이 되었지만 아직 품평을 하지 않았으니 향월당의 예에 따라 읊어 주시기 바랍니다." 기쁘게 허락하고, 앞에 지은 작품의 체제를 사용하여 장난삼아 읊다余旣爲傅巖叟兩梅賦詞, 傅君用席上有請云: "家有四古梅, 今百年矣, 未有以品題, 乞援香月堂例." 欣然許之, 且用前篇體製戲賦[1]

누가 보살피고 있나
세한歲寒의 가지를
온통 푸른 이끼로 둘러쌌구나.
강가 길 옆에 성긴 울타리 안의 띳집
맑은 밤, 달 높고 산이 작은 때.
더듬어 찾아보면 응당 알리라
조식, 유정, 심약, 사조와 같은 네 그루인 것을.
하물며 서리 내리는 하늘의 새벽.
일생 동안 향기를 뿜었으니
생각하노니 그대는 꽃향기 때문에 오래도록 마음이 산란했으리.

행인은 말을 세우고 슬퍼했으니
가장 사랑스러운 가지 하나가
대나무 울타리 밖으로 비스듬히 나와 피었구나.
나는 동쪽 이웃집에서 술에 취해서

시인 두 사람을 불렀었지.

지금 지팡이를 짚고

어지러이 내리는 눈 속에

다시 상산사호를 보는 듯하구나.

그대 술상을 차리게나

그들과 내가 술에 취해 쓰러지는 걸 보게나.

是誰調護, 歲寒枝,[2] 都把蒼苔封了. 茅舍疎籬江上路, 淸夜月高山小.[3] 摸索應知,[4] 曹劉沈謝; 何況霜天曉. 芬芳一世, 料君長被花惱.[5]

惆悵立馬行人, 一枝最愛, 竹外橫斜好. 我向東鄰曾醉裏, 喚起詩家二老.[6] 挂杖而今, 婆娑雪裏, 又識商山皓.[7] 請君置酒, 看渠與我傾倒.

注

1 傅君用(부군용): 미상. 작품으로 보아 부암수傅巖叟의 이웃이거나 친척으로 추측된다.

2 歲寒枝(세한지): 매화를 가리킨다. 매화는 소나무와 대나무와 함께 세한삼우歲寒三友로 친다.

3 月高山小(월고산소): 달은 높고 산은 작다. 소식의 「후적벽부」後赤壁賦에 "산은 높고 달은 작은데, 물이 빠지자 바위가 드러났다."山高月小, 水落石出.는 말이 있다.

4 摸索(모색) 2구: 네 사람을 네 그루의 오래된 매화나무에 비유했다. ○ 曹劉沈謝(조류심사): 조식曹植, 유정劉楨, 심약沈約, 사조謝朓. 원래 하류심사何劉沈謝이나 아마도 잘못 쓴 듯하다. 유속劉餗의 『수당가화』隋唐嘉話에 다음 기록이 있다. 허경종許敬宗은 성격이 오만하

거니와 많은 사람을 보면 누가 누군지 기억하지 못했다. 어떤 사람
은 그가 귀가 멀기 때문이라고 말했다. 이에 허경종이 말했다. "그
대 이름은 원래 외우기 어렵소. 만약 하류심사何劉沈謝를 만난다면
하류침사河流沈榭(강물 속에 잠긴 정자 기둥)로 여겨 더듬어 찾아보면
기억할 수 있을 것이오."卿自難記. 若遇何劉沈謝, 暗中摸索著, 亦可識.
허경종이 말한 네 사람은 하손何遜, 유효작劉孝綽, 심약沈約, 사조謝
朓이다.

5 被花惱(피화뇌): 두보의 「강가에서 홀로 거닐며 꽃을 찾다 칠언절
구」江畔獨步尋花七絶 제1수에 "강가에 꽃이 덮여 마음이 산란한데"江
上被花惱不徹라는 구가 있다.

6 詩家二老(시가이로): 백거이와 이백. 바로 앞의 「염노교 —거칠고
대강대강」에서 노래하였다.

7 商山皓(상산호): 상산사호商山四皓. 여기서는 네 그루의 오래된 매
화나무를 상산사호에 비유하였다.

해설

네 그루의 매화를 노래한 영물사이다. 상편에서 네 그루 매화의 모
습, 내력, 위치, 이미지를 서술하였다. 네 그루를 문아한 격조가 있다
는 점에서 조식, 유정, 심약, 사조 등 네 명의 시인으로 비유하였고,
또 오래되고 꽃이 희다는 점에서 상산사호로 비유하였다. 전편에 걸쳐
'매화'梅란 말은 나오지 않으면서 "더듬어 찾아보면 응당 알도록"摸索應
知 전개하였다. 결국 매화와 관련된 여러 가지 이미지를 사용하여 매
화를 부각시켰음을 알 수 있다. 1200년(61세) 경에 지었다.

만강홍満江紅

―부암수의 '향월당'에 화운하며和傅巖叟香月韻

왕안석의 가구佳句 가운데
가장 좋기로는 '집 건너 향기 불어오고'란 시구가 있지.
또 괴이한 것은 얼음과 서리가 있는 부근에
벌들이 떼를 지어 모여 있는 것이네.
게다가 매화 향기가 달에 스며들게 하는데
그림자는 비스듬히 대나무 울타리에 비쳐드는구나.
정신은 맑고 뼈는 차가워 서호에 있는 듯
속기가 끼어들 틈이 없네.

뿌리는 크고 오래되어
지축을 꿰뚫고
가지는 부드럽게 하늘거려
서리 튼 용과 같다.
호쾌하게 술을 마시며 시흥을 일으켜
좋은 시를 써서 시단詩壇을 높이네.
어쩌다 한두 번 온 사람에겐 풍미가 좋지 않지만
두세 잔 마시면 꽃과의 인연이 친숙하고 깊어지네.
오경까지 연구聯句를 짓느라 피곤해서 잠이 들고 헌원미명軒轅彌明
이 떠난 줄도 몰랐는데
어느새 해가 뜬 아침이 되었네.

半山佳句,¹ 最好是'吹香隔屋'.² 又還怪冰霜側畔, 蜂兒成簇. 更把香來薰了月,³ 却教影去斜侵竹. 似神清骨冷住西湖,⁴ 何由俗.

根老大, 穿坤軸.⁵ 枝夭嫋, 蟠龍斛. 快酒兵長俊, 詩壇高築. 一再人來風味惡, 兩三杯後花緣熟. 記五更聯句失彌明,⁶ 龍銜燭.⁷

注

1 半山(반산): 북송의 시인 왕안석王安石. 그의 호가 반산이다.

2 吹香隔屋(취향격옥): 집 건너에서 향기가 불어온다. 왕안석의 「금릉에서 보이는 대로」金陵卽事에 "사람을 등지고 물에 그림자 비춰보는 건 수많은 버드나무, 집 건너 향기를 불어오는 건 모두가 매화." 背人照影無窮柳, 隔屋吹香幷是梅.라는 구가 있다.

3 更把(경파) 2구: 임포林逋의 「동산의 작은 매화」山園小梅에 "성긴 그림자 비꼈고 물은 맑고 얕은데, 은은한 향기 풍겨오고 달빛은 황혼이네."疎影橫斜水淸淺, 暗香浮動月黃昏.의 이미지로부터 '성긴 그림자' 疎影를 묘사하였다.

4 似神淸(사신청) 2구: 소식의 「임포 시 뒤에 쓰다」書林逋詩後에 "선생은 바로 속세를 벗어난 사람, 정신은 맑고 뼈는 차가워 속기가 들어갈 길이 없네."先生可是絶俗人, 神淸骨冷無由俗.란 말이 있다.

5 坤軸(곤축): 지축地軸.

6 記五更(기오경) 2구: 한유의 「'석정' 연구 서문」石鼎聯句序에서 말한 일을 가리킨다. 도사 헌원미명軒轅彌明이 형주에서 도성에 갔을 때 예전에 알던 진사 유사복劉師服을 찾아갔다. 교서랑 후희侯喜가 시를 잘 짓는다고 이름이 났는데 마침 유사복의 집에서 시를 논하고 있었다. 미명이 추한 외모에다 초楚 지방 방언을 하였으므로 후희가 그를 무시하고 끼워 주지 않았다. 이를 못마땅하게 여긴 미명이 화로 위에 놓인 돌솥石鼎을 가리키며 말했다. "그대가 시에 능하다

하니, 이 돌솥을 소재로 해서 나와 시를 지을 수 있겠는가?" 유사복
은 미명에 대한 소문만 듣고 그 시문을 직접 보지 못했기 때문에
기뻐하여 붓을 가져다 자신이 두 구를 쓰고 후희에게 넘기자 후희
가 의기양양하게 이어서 두 구를 썼다. 이를 본 미명이 놀라며 웃더
니 말하였다. "그대의 시가 고작 이 정도인가?" 몇 번 시합을 하고
는 미명이 벽에 기대어 코를 골며 잤다. 두 사람은 망연자실하여
숨소리도 제대로 못 내었다. 얼마 후 새벽 북이 울리자 두 사람도
피곤하여 앉아서 잤다. 깨어나 보니 해는 이미 떠 있고 미명은 보이
지 않았다.

7 龍銜燭(용함촉): 용이 초를 물다. 굴원의 「천문」天問에 "해는 어찌
하여 비추지 않는 곳이 있고, 촉룡은 어찌하여 빛을 비추나?"日安不
到, 燭龍何照?라는 구절이 있다. 왕일王逸의 주석에 "하늘의 서북쪽에
어둡고 해가 없는 나라가 있는데 용이 초를 물고 비추고 있다."天西
北有幽冥無日之國, 有龍銜燭而照之.는 말이 있다.

해설

매화를 노래한 영매사詠梅詞이다. 역시 부암수의 '향월당' 앞에 있는
두 그루의 매화를 노래했다. 상편에선 왕안석과 임포의 시구로 매화의
탈속미를 강조하였다. 하편은 매화를 앞에 두고 술을 마시며 새벽까지
시를 짓는 모습을 그렸다.

수조가두 水調歌頭

— 자리에서 금화 두중고에 화운하며, 더불어 여러 친구에게 이 작품을 주며 술잔을 다 비우기를 권하다卽席和金華杜仲高韻, 並壽諸友, 惟醉乃佳耳[1]

세상만사를 한 잔 술에 부쳐버리고
길게 탄식하고 또 길게 노래하네.
두릉의 객 두보 같은 그대
금방 '구름 밖 우거진 나무를 심고'라 노래했지.
공명은 아이들 것임을 믿겠으니
누가 알아주랴, 근년 들어 내 심사는
물결이 일지 않는 우물 속 물과 같은 것을.
성긴 내 머리털을 보니
머리에 눈이 많이 쌓였구나.

그대 젊은 친구들이여
계수 나뭇가지를 꺾고
소아素娥를 만나게나.
평소 형설지공으로 공부해야 하니
남아로써 오거서를 읽지 않을 수 없다네.
그대들 장안에서 득의양양한 모습을 보게 될 것이니
한탄하지 말게, 봄바람 속
꽃과 버들 구경하느라 허송세월한 것을.

오늘 밤은 잠시 웃으며 즐기세

명월이 새로 닦은 거울처럼 밝으니.

萬事一杯酒, 長歎復長歌. 杜陵有客,[2] 剛賦雲外築婆娑.[3] 須信功名兒輩,[4] 誰識年來心事, 古井不生波.[5] 種種看余髮,[6] 積雪就中多.

二三子, 問丹桂,[7] 倩素娥.[8] 平生螢雪,[9] 男兒無奈五車何.[10] 看取長安得意,[11] 莫恨春風看盡, 花柳自蹉跎. 今夕且歡笑, 明月鏡新磨.[12]

注

1 杜仲高(두중고): 두전杜旃. 중고는 자. 형 두백고杜伯高, 동생 두숙고杜叔高 등 형제 다섯 명이 모두 시명이 있어 당시 '두씨오고'杜氏五高 또는 '금화오고'金華五高라 칭해졌다. 저서에 『벽재소집』癖齋小集이 있으며, 그의 시는 진량陳亮의 호평을 받았다. 일찍이 신기질이 그를 위해 산밭을 일구자 그가 「신전기」辛田記를 썼다. ○壽(수): 주다. 증정하다. ○釂(조): 다 마시다.

2 杜陵有客(두릉유객): 두릉의 객. 장안 남쪽 교외에 있는 두릉杜陵은 일찍이 당대에 두보가 살면서 스스로 두릉야로杜陵野老라 자칭하였다. 여기서는 두중고를 가리킨다.

3 雲外築婆娑(운외축파사): 구름 밖에 우거진 나무를 심다. 두중고가 지은 시구로 보인다.

4 功名兒輩(공명아배): 사안謝安이 비수지전淝水之戰 때 "아이들이 도적을 깼다는군요."小兒輩遂已破賊라고 한 일화를 가리킨다. 『진서』「사안전」 참조.

5 古井(고정) 구: 마음이 외적 환경에 의해 영향을 받지 않는다는 뜻.

당대 맹교孟郊의 시에 "소첩의 마음은 오래된 우물의 물이어서, 맹세코 물결이 일어나지 않을 거예요."妾心古井水, 波瀾誓不起.란 말이 있다.

6 種種(종종): 머리카락이 드문 모양.

7 問丹桂(문단계): 과거 시험 준비를 하다. 계수나무 꽃은 과거에 급제했다는 비유로 쓰인다.

8 素娥(소아): 달에 있다는 선녀. 「나공원전」羅公遠傳에 다음 문장이 있다. "현종이 월궁에서 노닐다가 소아 십여 명을 보았다. 하얀 옷에 흰 난새를 타고 계수나무 아래에서 놀고 있었다."明皇遊月宮, 見素娥十餘人, 皓衣, 乘白鸞, 遊於桂下.

9 螢雪(형설): 형설지공. 동진의 차윤車胤은 어려서 집안이 가난하자 여름밤에 반디를 모아 책을 읽었다. 『진서』「차윤전」참조. 동진의 손강孫康은 집안이 가난하여 기름이 없자 겨울밤에 눈의 빛에 비춰 책을 읽었다. 『상우록』尚友錄 참조.

10 五車(오거): 다섯 수레에 실을 정도로 많은 책. 『장자』「천하」天下에 "혜시의 학설은 다방면에 걸쳐 있고, 읽은 책도 다섯 수레에 실을 정도이다."惠施多方, 其書五車.는 말이 있다.

11 看取(간취) 2구: 맹교孟郊가 과거에 급제한 후 쓴 시를 가리킨다. "예전의 궁색함은 말할 필요 없으니, 오늘 아침 시원함에 마음이 끝없어라. 봄바람 속 득의하여 말발굽이 빠르니, 하루만에 장안의 꽃 이미 다 보았네."昔日齷齪不足誇, 今朝放蕩思無涯. 春風得意馬蹄疾, 一日看盡長安花.

12 明月(명월) 구: 명월이 새로 닦은 거울처럼 밝다. 달 속의 계수 나뭇가지를 꺾는다는 의미로, 과거에 합격하길 바라는 비유이다.

해설

연석에서 만년의 감회를 서술하고, 젊은 후배들에게 과거에

급제하기를 기원하였다. 상편은 두중고의 작품에 대한 화답으로
노년의 심경을 그렸다. 하편은 후학들의 형설의 공이 결실을 맺
기를 바랐다.

완계사浣溪沙
— 두숙고와 오자사의 '산사에 묵으며'에 창화하며 장난삼아 짓다偕
杜叔高吳子似宿山寺戲作

꽃은 오늘 아침 얼굴에 분칠을 고루 했는데
버들은 무슨 일로 비췻빛 눈썹을 찡그리고 있나?
동풍이 먼지보다 가늘게 비를 불어오기 때문이라.

산을 좋아하기를 여색 좋아하듯 함을 스스로 웃나니
지금도 나무를 생각함으로써 더욱 사람을 생각하네.
공연한 시름 공연한 한이 한차례 새롭구나.

花向今朝粉面勻, 柳因何事翠眉顰? 東風吹雨細於塵.
自笑好山如好色,¹ 只今懷樹更懷人.² 閑愁閑恨一番新.

注

1 好山如好色(호산여호색): 산을 좋아하기를 여색을 좋아하듯 하다.
공자가 말한 "나는 덕을 좋아하기를 여색을 좋아하듯 하는 사람을
아직 보지 못하였다."吾未見好德如好色者也.는 말투를 빌렸다. 『논어』
「자한」子罕 참조.

2 懷樹更懷人(회수경회인): 나무를 생각함으로써 사람을 생각하다.
『시경』「감당」甘棠에 나오는 "잎이 무성한 팥배나무, 자르지도 베지
도 마오. 소백이 이 아래에 쉬셨던 곳이니."蔽芾甘棠, 勿翦勿伐, 召伯所
茇.라는 구절이 나무를 생각함으로써 사람을 생각하였다.

봄날의 한가한 정취를 노래했다. 상편은 보슬비 내리는 봄날을 그렸다. 꽃의 색깔이 선명하고 버들이 찡그린 미인의 눈썹같이 보이는 것은 가랑비가 내리기 때문이라고 말하였다. 하편은 산수에 대한 도취를 말하지만 동시에 '사람을 생각한다'懷人. 이 사람 때문에 산수는 단순한 대상이 아니라 작자에게 '공연한 시름 공연한 한'閑愁閑恨을 새롭게 일으키는 매개물이다. 비록 그 사람이 누구인지 명확하지 않지만, 신기질의 산수 정취가 일반과 다름을 잘 말해준다.

완계사浣溪沙

이어지는 노랫소리 하나하나가 구슬같이 고른데
꽃들은 웃음을 불러일으키거나 눈썹을 찡그리게 하네.
조금 전 드높은 노랫소리에 들보의 먼지가 들썩이는구나.

생황 연주와 노래는 즐겁기만 한 것은 아니니
보게나, 붉고 노란 꽃들이 다시 사람을 버리고 떠나는 걸.
제비는 다시 또 예전의 둥지에 새 진흙으로 집을 짓는구나.

歌串如珠箇箇勻, 被花勾引笑和響. 向來驚動畵梁塵.¹
莫倚笙歌多樂事,² 相看紅紫又抛人. 舊巢還有燕泥新.

注

1 向來(향래): 방금. ○ 畵梁塵(화량진): 들보의 먼지. 드높고 구성진
   노랫소리를 비유한다. 서진 육기陸機의 「'동성일하고'를 모의하여」
   拟東城一何高에 "한 번 노래하면 만 명의 사람이 화답하고, 두 번
   노래하면 들보 위의 먼지가 날아간다."一唱萬夫歎, 再唱梁塵飛.는 구
   절이 있다. 이에 대해 이현李賢이 『칠략』七略을 인용하여 "한나라가
   건국 후, 노 땅 사람 우공이 아가雅歌를 잘 하였는데, 소리를 내면
   들보 위의 먼지가 모두 움직였다."漢興, 魯人虞公善雅歌, 發聲盡動梁上
   塵.고 주석하였다.
2 笙歌(생가): 생황에 맞춰 부르는 노래.

　노래와 꽃 속에서 늦봄의 아쉬움을 나타내었다. 상편은 주로 노래의 아름다움을 묘사한 것으로, '구슬같이 고르고' '들보의 먼지를 들썩이게 하는' 뛰어난 소리에 귀를 기울인다. 그러나 생황 연주와 노래는 꼭 즐거운 것만도 아니며, 꽃은 꼭 웃음만 부르는 것도 아니다. 왜냐하면 즐거움 끝에 슬픔이 오는 걸 보면 감정도 흥진비래興盡悲來의 심리가 있듯이, 꽃도 피고 나면 떨어져 사람을 버리고 떠나기 때문이다. 때문에 그 처연함과 상실감에 사람의 눈썹을 찡그리게 하기도 하는 것이다. 마침 옛집에 돌아와 새 집을 짓는 제비는 이를 아는지 모르는지 무심하기만 하다.

완계사浣溪沙

어르신들은 고르게 비 내렸다고 다투어 말하며
작년에 찡그리던 눈썹이 이제는 펴졌구나.
조용히 시루에 쌓인 먼지를 씻어내네.

새들도 지저귀며 객에게 술 권하고
어린 복사꽃도 버릇없이 벌써 사람을 집적거리네.
배꽃도 백발과 같이 하얀 꽃이 새롭구나.

父老爭言雨水勻, 眉頭不似去年響. 殷勤謝却甑中塵.¹
啼鳥有時能勸客, 小桃無賴已撩人.² 梨花也作白頭新.

注

1 甑中塵(증중진): 시루 속의 먼지. 원래 가난하여 오랫동안 솥을 쓰
   지 않은 탓에 먼지가 쌓였다는 뜻이다. 동한 때 내무萊蕪(산동 淄川)
   현령이었던 범염范冉은 청빈한 것으로 유명했는데, 마을 사람들이
   "시루에 먼지가 생기는 범사운, 솥에 물고기가 나오는 범내무."甑中
   生塵, 范史雲. 釜中生魚, 范萊蕪.라 노래하였다. 『후한서』「독행열전」獨
   行列傳 참조.
2 無賴(무뢰): 장난치기 좋아하다. ○ 撩(료): 돋우다. 도발하다.

　봄비를 즐거워하는 농민을 그린 농촌사農村詞이다. 상편은 봄비에
얼굴빛이 환해진 농민들의 모습을 서술하였다. 시루의 먼지를 떨어낸
다는 말에서, 그동안 밥을 짓지 않아 시루에 먼지가 쌓일 정도로 어려
웠음을 말해준다. 하편은 비 내린 후의 생기가 충만한 풍광을 묘사하
였다.

바라문인婆羅門引

一두숙고와 헤어지며. 숙고는 '초사'풍 시문에 뛰어났다別杜叔高. 叔
高長於楚詞

꽃 지는 시절

두견새 울음소리 속 돌아가는 그대를 보내네.

시문은 굴원의 풍격이 남아

다만 교룡이 비구름을 타고 올라

만날 기약 아득할까 걱정이로다.

또 누가 나를 생각해주랴

늙어지면 그저 슬픔만 있는 걸.

그만두어라, 그만두어라.

이러한 마음을

그대만은 알아주리라.

기억하나니 기정岐亭에서 술을 사 마시고

운동雲洞에서 시 짓던 일을.

차라리 만나지 않음만 못하니

만나자마자 곧 헤어지게 되었구나.

천 리 멀리 떨어진 양쪽에서 달을 보며 그리워하리.

落花時節, 杜鵑聲裏送君歸. 未消文字湘纍,¹ 只怕蛟龍雲雨,²
後會渺難期. 更何人念我, 老大傷悲?³

已而已而.⁴ 算此意, 只君知. 記取岐亭買酒,⁵ 雲洞題詩.⁶ 爭如
不見,⁷ 才相見便有別離時. 千里月兩地相思.⁸

注

1 湘纍(상루): 굴원이 상수에 몸을 던져 죽은 일을 가리킨다. 양웅揚
雄의 「반이소」反離騷에 "삼가 초 땅의 상수에 죽었음을 애도하니"欽
弔楚之湘纍라는 말이 있다. 죄가 없는데 죽는 것을 루纍라고 하는데,
굴원은 상수에서 죽었으므로 상루湘纍라고 하였다.

2 蛟龍雲雨(교룡운우): 비구름을 만난 용. 자신의 뜻을 펼칠 기회를
얻음을 비유한다. 삼국시대 동오의 주유周瑜가 손권에게 보낸 편지
에 쓰였다. "유비는 효웅의 자태로 범과 호랑이와 같은 관우와 장비
등의 장수가 있으니 분명 오랫동안 몸을 굽혀 다른 사람에 쓰이지
않을 것입니다. 교룡이 구름과 비를 만나면 결국 연못 속에 있지
않고 하늘로 오를까 걱정됩니다."劉備以梟雄之姿而有關羽張飛熊虎之
將, 必非久屈爲人用者. 恐蛟龍得雲雨, 終非池中物也. 『삼국지』『오서』「주
유전」 참조.

3 老大傷悲(로대상비): 한대 악부 「장가행」長歌行에 "젊어서 힘써 노
력하지 않으면, 늙어지면 부질없이 슬퍼하게 된다네."少壯不努力, 老
大徒傷悲!란 구절을 이용하였다.

4 已而(이이): 그만 두다. 끝나다. 『논어』「미자」微子에 나오는 공자의
말투를 이용하였다. "그만두자, 그만둬. 지금 정치에 뛰어든 사람은
위태롭구나."已而, 已而. 今之從政者殆而.

5 岐亭買酒(기정매주): 기정에서 술을 사다. 소식의 황주 생활을 가
리킨다. 그의 「기정 5수」岐亭五首에 "삼 년의 황주 성, 술을 마시면
그저 온몸이 젖도록 마셨지."三年黃州城, 飮酒但飮濕.라는 구절이 있다.

6 雲洞(운동): 지명. 『상요현지』上饒縣志에 따르면 현의 서쪽 삼십 리

개화향開化鄉에 소재한다.

7 爭如不見(쟁여불견): 사마광司馬光의 「서강월」에 "서로 만나도 만나지 않음만 못하다"相見爭如不見는 구가 있다.

8 千里(천리) 구: 유송 시대 사장謝莊의 「월부」月賦에 나오는 "미인은 멀리 떠나 소식이 끊겼으나, 천 리 멀리 떨어져 있어도 명월을 함께 하네"美人邁兮音塵闕, 隔千里兮共明月.란 구절을 환기한다.

두숙고와 헤어지며 쓴 송별사이다. 상편에서는 봄날에 헤어지며 다시 만날 기약이 아득함을 슬퍼하였다. 하편에서는 함께 지낸 날들을 회상하며 멀리서도 서로를 그리는 마음을 나타내었다. 소박한 언어 속에 깊은 정을 담았다.

바라문인 婆羅門引

― 앞의 운을 사용하여 곽봉도와 헤어지며 用韻別郭逢道[1]

녹음 속에 새가 우짖으며

「양관곡」이 끝나기도 전에 돌아가라 재촉하네.

구슬 같은 노래는 줄줄이 처절하여라.

머리를 돌려 바다와 산 어디쯤인가 바라보네.

천 리 멀리 떨어져 있어도 심회는 같으리라.

탄식하나니, 「고산」과 「유수」

현이 끊어지니 슬픔이 그지없구나.

마음속이 처절하니

마치 비바람에

꽃이 떨어지는 듯해라.

더구나 그대 떠나매 「높은 구름」을 흉내 내어

도연명의 시에 세세히 화답하노라.

그대 볼 날 언제인가?

경림연瓊林宴이 파하고 취하여 돌아올 때이니

사람들이 말 타고 오는 그대 모습을 다투어 보리라.

綠陰啼鳥, 陽關未徹早催歸.[2] 歌珠悽斷纍纍.[3] 回首海山何處,
千里共襟期.[4] 歎高山流水,[5] 絃斷堪悲.

中心悵而.⁶ 似風雨, 落花知. 更擬停雲君去,⁷ 細和陶詩.⁸ 見君
何日? 待瓊林宴罷醉歸時.⁹ 人爭看寶馬來思.

注

1 郭逢道(곽봉도): 미상.

2 陽關未徹(양관미철): 이별의 노래가 아직 끝나지 않다. 陽關(양관)
　은 이별의 노래인 「양관곡」을 말한다.

3 歌珠(가주) 구: 노래가 구슬과 같이 주렁주렁 이어지다. 『예기』「악
　기」樂記에 "주렁주렁 마치 꿰어진 구슬과 같다"纍纍乎端如貫珠는 말
　이 있다.

4 襟期(금기): 회포. 뜻.

5 高山流水(고산류수): 거문고 곡 「유수」와 「고산」. 여기서는 거문고
　를 잘 타는 백아伯牙와 음악을 잘 듣는 종자기鍾子期의 고사를 이용
　하였다. 『열자』「탕문」湯問 및 『여씨춘추』「본미」本味 참조.

6 中心悵而(중심창이): 마음속이 슬프다. 도연명의 「꽃 핀 나무」榮木
　에 "조용히 생각해보니, 마음속이 슬퍼진다."靜言孔念, 中心悵而.는
　구절이 있다.

7 停雲(정운): 도연명의 친구를 그리는 시 제목이 「높은 구름」이면서,
　동시에 표천에 있는 당실 이름이기도 하다.

8 細和陶詩(세화도시): 도연명의 시에 자세히 화답하다. 황정견의
　「소식의 화도시 발문」跋子瞻和陶詩에 "소식이 영남에 폄적되었을 때,
　당시 재상이 죽이려고 하였지. 혜주의 밥을 실컷 먹고, 도연명의
　시에 자세히 화답했지."子瞻謫嶺南, 時宰欲殺之. 飽喫惠州飯, 細和淵明
　詩.라는 구절이 있다.

9 瓊林宴(경림연): 송대 이후 진사과에 급제한 사람에게 베푸는 잔
　치. 송 태조가 규정한 것으로, 황제가 경림원瓊林苑에서 진사과에

급제한 사람에게 잔치를 베풀었다. 이후 장소는 달라도 이름은 그대로 사용하였다. 섭몽득葉夢得 『석림연어』石林燕語 참조.

해설

곽봉도와 헤어지면 쓴 송별사이다. 상편은 지음과 헤어지는 슬픔을 서술하였고, 하편은 과거에 급제하고 돌아오길 바라는 마음을 썼다. 젊은 후진에 대한 마음이 돈후하다.

바라문인婆羅門引

― 같은 운을 사용하여 부선지에 답하며, 당시 용천현 현령에서 돌아왔다 用韻答傅先之, 時傳宰龍泉歸¹

용천龍泉은 아름다운 곳
현縣 가득 꽃을 심고서 동으로 돌아왔네.
허리에는 옥과 황금 인장이 주렁주렁하니
믿을 수 있겠구나, 공명과 부귀는
청년 때 오래도록 함께 한다는 것을.
「고산」과 「유수」
옛 곡조가 지금은 슬퍼라.

와룡이 잠시 초야에 묻혔으나
헤아려보면 조정에는
그대를 알아주는 사람이 있으리라.
가장 좋기로는 나이 오십에 『주역』을 배우고
『시경』을 배우는 것이라네.
남아의 사업으로
생각건대 언젠가는 임금을 보좌할 때가 있으리라.
확실히 이렇게 알고 이리저리 생각하지 말게.

龍泉佳處, 種花滿縣却東歸.² 腰間玉若金纍.³ 須信功名富貴,
長與少年期. 恨高山流水,⁴ 古調今悲.

臥龍暫而.⁵ 算天上, 有人知. 最好五十學易,⁶ 三百篇詩. 男兒事業, 看一日須有致君時.⁷ 端的了休更尋思.⁸

注

1 傅先之(부선지): 부조傅兆. 선지는 그의 자字. 신주 연산鉛山 사람. 1181년 진사에 급제하고 호주 통판湖州通判을 역임했다. 권저창勸儲倉을 지어 기황이 들 때를 대비하였다. ○ 龍泉(용천): 송대에는 처주處州와 길주吉州에 각각 용천현이 있었다. 부선지가 현령으로 있던 곳은 어느 용천현인지 명확하지 않다.

2 種花滿縣(종화만현): 현 가득 꽃을 심다. 서진의 반악潘岳이 하양령河陽令이 되었을 때 현의 경내에 온통 오얏꽃과 복사꽃을 심어, 사람들이 '하양현은 온통 꽃河陽一縣花이라고 하였다. 이로부터 '화현'花縣 또는 '현에 꽃이 가득하다'는 말은 현령의 치적이 훌륭함을 가리키게 되었다.

3 玉若金纍(옥약금루): 옥과 황금의 인장이 주렁주렁 매달린 것을 가리킨다. 고관을 의미한다.

4 高山流水(고산류수): 「고산」과 「유수」. 앞의 사 참조.

5 臥龍(와룡): 재능이 뛰어나면서 은거하고 있는 사람.

6 五十學易(오십학역): 나이 오십에 『주역』을 배우다. 『논어』「술이」述而에 공자가 한 말로 "몇 년의 수명이 더해져 오십에 『주역』을 배우면 큰 허물이 없을 것이다."加我數年, 五十以學易, 可以無大過矣.란 말이 있다.

7 致君(치군): 두보가 지은 「위 좌승께 삼가 드리며 22운」奉贈韋左丞丈二十二韻에 "군주를 보좌하여 요순보다 더 낫게 만들고, 게다가 풍속을 순박하게 할 생각이었어라."致君堯舜上, 再使風俗淳.란 말이 있다.

8 端的了(단적료): 확실히 알다. 분명히 이해하다.

　용천현에서 현령으로 임기를 마치고 돌아온 부선지를 칭찬하였다.
상편에선 용천현에서의 치적을 찬미하였다. 상편 말미의 「고산」과
「유수」가 슬프다는 것은 지음이 적다는 뜻으로, 상대에게 자신이 지음
이 될 만한지 물어보는 것이라 할 수 있다. 하편에서는 『주역』과 『시
경』으로 인격을 수양하고 세상을 이해한다면 군주를 보좌할 수 있는
기회가 있을 것이라고 격려하였다.

바라문인婆羅門引

— 앞의 운을 사용하여 조진신 부문각 학사에 답하다用韻答趙晉臣敎文[1]

소쩍새 울음소리 차마 들을 수 없으니
일찍부터 온갖 풀 시들며 봄이 떠나가려 하네.
강가에서 방축되어 시름겨워하는데
그대의 고아한 시는
천 년에 걸쳐 같은 마음임을 알겠네.
봄이 머물러 준다면 즐겁겠지만
즐거움이 끝나면 반드시 슬퍼지리라.

그대는 흰 갓끈에 붉은 옥이 달려있는 옷차림.
꽃을 보고 산란해지는 내 마음을
오직 꾀꼬리만은 알고 있으리.
마침 술 천 잔을 다투어 마시며
오언시를 짓노라.
강동에는 해가 저무는데
수놓은 옷에 도끼 든 사람 떠난 지 얼마 지나지 않아
다시금 대궐에서 국사를 논하자고 부르리라.

不堪鵾鴂,[2] 早敎百草放春歸. 江頭愁殺吾儕.[3] 却覺君侯雅句,
千載共心期. 便留春甚樂, 樂了須悲.

瓊而素而.⁴ 被花惱,⁵ 只鶯知. 正要千鍾角酒,⁶ 五字裁詩. 江東
日暮,⁷ 道繡斧人去未多時,⁸ 還又要玉殿論思.

注

1 趙晉臣(조진신): 조불우趙不迂. 자가 진신晉臣이다. 1154년 진사과
  에 급제했으며, 중봉대부中奉大夫, 부문각 직학사敷文閣直學士 등을
  역임하였다. 상요현에 서루書樓를 세우고 노래하였다. 1200년 호남
  전운사 겸 남창부 지사로 임명되었다가 같은 해 그만두고 연산鉛山
  에 돌아왔다. 신기질과는 처지가 비슷하고 취미가 맞아 밀접하게
  지냈다. 신기질이 그에게 써 준 사가 24수에 이른다.

2 鶗鴂(제결): 鵜鴂(제결)이라 쓰기도 한다. 소쩍새. 소쩍새는 초여름
  에 울므로 이 새가 울면 꽃들이 시든다고 여겼다. 『초사』「이소」離騷
  에 "두려운 것은 시절이 지나 소쩍새가 먼저 울어, 온갖 꽃들이 시
  들어 떨어지는 것이라네."恐鵜鴂之先鳴兮, 使夫百草爲之不芳.라는 말이
  있다.

3 纍(루): 죄가 없는데 죽는 것을 루纍라고 한다. 여기서는 죄로 인해
  사람을 내친 일을 가리킨다.

4 瓊而素而(경이소이): 흰 갓끈에 붉은 옥이 매달리다. 『시경』「저」著
  에 "나를 영벽影壁 앞에서 기다리셨는데, 흰 갓끈이 귀까지 내려왔
  었지, 더구나 붉은 옥이 매달려 있었지."俟我於著乎而, 充耳以素乎而,
  尚之以瓊華乎而.란 구절이 있다.

5 被花惱(피화뇌): 두보의 「강가에서 홀로 거닐며 꽃을 찾다 칠언절
  구」江畔獨步尋花七絶 제1수에 "강가에 핀 꽃에 마음이 산란한데"江上
  被花惱不徹라는 구가 있다.

6 千鍾角酒(천종각주): 천 잔의 술을 다투어 마시다. 角(각)은 싸우
  다. 다투다. 『공총자』孔叢子「유복」儒服에 다음 말이 있다. "예전에

평원군이 자고와 술을 마시는데, 자고보다 더 마시며 말했다. '옛
속담이 있다네. 요순은 천 잔을 마시고, 공자는 백 고觚를 마시고,
자로는 떠들면서도 열 통을 마셨소. 고대의 성현들은 술을 마실 줄
모르는 사람이 없었다오.'"昔平原君與子高飲, 强子高酒, 曰: '昔有遺諺, 堯
舜千鍾, 孔子百觚, 子路嗑嗑, 尙飲十榼. 古之賢聖無不能飲也.'

7 江東日暮(강동일모): 강동에 해 저물다. 두보의 「봄날 이백을 그리
며」春日憶李白에 "위수 북쪽에서 나는 봄날의 나무를 바라보지만,
강동에서 그대는 해 저무는 구름을 바라보리."渭北春天樹, 江東日暮
雲.라고 하여, 친구와 헤어진 정을 나타냈다.

8 繡斧(수부): 황제가 파견한 법 집행관. 한 무제 때 민간에 사건을
일으키는 사람이 많아 지방관원의 힘이 부족하자, 집행관들에게 수
놓은 옷繡衣을 입히고 도끼와 절을 들고持斧仗節 진압하게 하였다.
이로부터 특파된 관원을 '수부'繡斧 또는 '수의사자'繡衣使者라고 하
였다. 또 이들은 시어사에서 충임되므로 '수의어사'繡衣御史라 부르
기도 하였다.

해설

떠나는 조진신을 보내며 쓴 송별사이다. 상편에서는 굴원처럼 추방
되어 있는 자신을 봄이 저무는 애상감에 기대어 표현하였다. 하편에서
는 떠나는 조진신을 보내는 석별의 정을 나타내었다.

염노교念奴嬌

― 중양절에 연석에서重九席上

용산龍山은 어디에 있는가?
당시 성대한 연회가 열렸던
중양절을 생각하네.
누가 노병老兵인 나를 웃게 할 것인가
모자를 떨어뜨린 반백의 참군參軍이 있을 뿐이네.
술에 취했어도 잊지 말아야 하니
서풍도 뭘 아는 듯
이 술자리에 참석한 사람이 몇몇인지 점검하네.
옛날과 지금을 생각해 보니 처량한 마음
죽은 사람은 볼 수 없고 눈에 보이는 건 두세 마리 나비.

동쪽 울타리 아래에서 국화를 꺾어들던
고아한 마음을 가진 사람은 천 년에 걸쳐
오직 팽택령 도연명만 있을 뿐.
거문고의 정취를 가지고 있다면
"어찌 수고로이 현을 튕겨 애절한 소리를 내랴"고 즐겨 말했지.
그러므로 내가 빈 술잔을 들고 있으면
노옹은 분명 나에게 말하리라
"어찌 꼭 술잔 속에 술이 있어야 하느냐"라고.

바람을 맞아 크게 웃나니
노옹을 청하여 오늘 밤 함께 취하리라.

龍山何處?¹ 記當年高會, 重陽佳節. 誰與老兵供一笑,² 落帽參
軍華髮. 莫倚忘懷, 西風也解, 點檢尊前客. 淒涼今古, 眼中三兩
飛蝶.

須信采菊東籬, 高情千載, 只有陶彭澤.³ 愛說"琴中如得趣,⁴ 絃
上何勞聲切." 試把空杯,⁵ 翁還肯道: 何必杯中物. 臨風一笑, 請翁
同醉今夕.

注

1 龍山(용산) 5구: 맹가孟嘉의 낙모落帽 고사를 가리킨다. 진晉의 환
   온桓溫이 중양절에 연룡산燕龍山에 모임을 가졌을 때 맹가만이 술
   속의 의취, 즉 자신과 세상을 잊은 경지에 이르렀다는 이야기이다.
   「심원춘 —소상 강가에 우두커니 서서」 참조.

2 老兵供一笑(로병공일소): 노병에게 웃음을 주다. 즉 술꾼인 나에게
   웃음을 주다. 사혁謝奕의 노병음주老兵飮酒 전고에서 유래했다. 동
   진 때 사혁은 "환온桓溫과 사이가 좋아, 환온이 그를 안서 사마로
   불렀다. 사혁은 포의 시절의 우호로 대하였다. …사혁은 일찍이 환
   온에게 술을 마시도록 다그치자, 환온은 남강공주 집안으로 들어가
   피했다. 이에 사혁은 술병을 들고 청사로 들어가 병사 하나를 데리
   고 나와 술을 마시며 말했다. '노병 하나를 잃었지만 노병 하나를
   얻었으니 괴이할 게 무엇이람?' 환온은 그를 질책하지 않았다."與桓
   溫善. 溫辟爲安西司馬, 猶推布衣好. …常逼溫飮, 溫走入南康主門避之, 奕遂
   攜酒就聽事, 引一兵帥共飮, 曰: '失一老兵, 得一老兵, 亦何所怪.' 溫不之責.
   『진서』「사혁전」謝奕傳 참조.

3 陶彭澤(도팽택): 팽택령을 지냈던 도연명.

4 愛說(애설) 2구: 거문고 음악의 정취를 알다. 『진서』「은일전」隱逸傳
에 나오는 도연명의 전고를 가리킨다. "도연명은 음악을 알지 못하
지만 장식 없는 거문고 하나를 가지고 있었는데 현이 없었다. 매번
술을 마실 때마다 어루만지며 자신의 뜻을 기탁하였다."潛不解音聲,
而畜素琴一張, 無絃. 每有酒適, 輒撫弄以寄其意.

5 試把(시파) 3구: 술 속의 정취를 알면 빈 술잔이라도 상관없다. 소
식의 「도연명의 '술을 마시며'에 화운하며」和陶飮酒 제1수에 "우연히
술 속의 정취를 얻으면, 빈 술잔이라도 항상 들고 있다."偶得酒中趣,
空杯亦常持.는 구절이 있다. ○ 翁(옹): 도연명을 가리킨다.

해설

중양절에 술을 마시며 일어나는 감회를 썼다. 상편은 중양절에 술
의 진정한 정취를 알았던 맹가孟嘉의 일화부터 회상하며, 세상사의
변천을 겪은 자신의 소슬한 마음을 나타냈다. 하편은 도연명을 불러
내 함께 술을 마시는 심정으로, 도연명의 심회와 정취를 높이 칭송하
고, 현실 세계에서 지음을 찾을 수 없는 적막을 스스로 위로하였다.

염노교念奴嬌

― 앞의 운을 사용하여 부선지에 답하며用韻答傅先之

그대 시의 좋은 점은
공자나 맹자 등 유가에서 말한 온유돈후함이 있고
또 뛰어난 절조가 있다는 점.
붓을 대면 신령이 돕는 듯하고 어려운 '강'운殭韻을 압운하며
표현 못해 아쉬운 점은 터럭만큼도 없지.
따뜻한 불에 손을 쪼이려고 권력자들에게 몰려들고
불이 꺼지면 머리를 돌려 떠나가니
장안에는 벼슬하려고 빌붙는 속물들이 무수하다네.
노란 국화에게 당부하노니
벌과 나비를 유혹할 필요가 없다네.

천상에 있는 붉은 대궐과 황궁으로
그대 돌아간다고 들었으니
나는 산림과 소택에 은거하리라.
사람들은 그대의 재주는 백 번 담금질한 강철이라
좋은 옥도 모두 진흙 자르듯 자른다지.
나는 풍류를 사랑하고
취하면 가슴속을 쏟아내어 시를 지으니
가슴 속엔 산과 계곡이 있다네.

한 잔 술을 서로 권하며

오늘 밤 풍월과 풍류를 저버리지 말자꾸나.

君詩好處, 似鄒魯儒家,¹ 還有奇節. 下筆如神彊押韻,² 遺恨都
無毫髮.³ 炙手炎來,⁴ 掉頭冷去,⁵ 無限長安客.⁶ 丁寧黃菊, 未消勾
引蜂蝶.

天上絳闕淸都,⁷ 聽君歸去; 我自癯山澤.⁸ 人道君才剛百鍊,⁹ 美
玉都成泥切.¹⁰ 我愛風流, 醉中傾倒, 丘壑胸中物. 一杯相屬,¹¹ 莫
孤風月今夕.¹²

注

1 鄒魯儒家(추로유가): 공자와 맹자를 가리킨다. 추鄒는 맹자의 고향
이고, 노魯는 공자의 고향이다. 여기서는 유가의 '온유돈후'溫柔敦厚
시교詩教 전통을 가리킨다.

2 下筆如神(하필여신): 붓을 대면 신령이 도와주는 듯하다. 두보의
「위 좌승께 삼가 드리며 22운」奉贈韋左丞丈二十二韻에 "책을 읽어 만
권을 독파하고, 글을 쓰면 신이 도와주는 듯했어라."讀書破萬卷, 下筆
如有神.라는 구절이 있다. ○彊押韻(강압운): '강'彊운으로 압운하
다. '강'운은 벽운僻韻으로, 글자가 적고 잘 쓰지 않아 압운하는데
어려운 운이다.

3 遺恨(유한) 구: 아쉬움이 전혀 없다. 두보의 「정 간의께 삼가 드림
10운」敬贈鄭諫議十韻에 "터럭만큼도 아쉬움이 없을 정도로, 변화 많
은 구성에 특히나 노련해라."毫髮無遺憾, 波瀾獨老成.란 구절이 있다.

4 炙手炎來(자수염래): 불을 데듯 뜨겁다. 권세가 드높음을 비유한다.

5 掉頭(도두): 고개를 돌리다. 돌아보지도 않고 떠남을 의미한다.

6 長安客(장안객): 장안의 나그네. 도성에서 벼슬을 구하거나 또는

벼슬하는 사람들.

7 絳闕(강궐): 붉은 대궐. 궁궐을 가리킨다. 자신紫宸, 단지丹墀 등의
말과 같다. ○ 淸都(청도): 천제가 사는 곳. 여기서는 황궁을 가리
킨다.

8 癯山澤(구산택): 산림과 소택에 사는 마른 신선들. 『사기』「사마상
여열전」에 다음 말이 있다. "사마상여가 생각하기를 전설에 나오는
신선들은 산림과 소택에 살며, 그 형체와 용모가 말라 있어서, 제왕
이 생각하는 신선이 아니라고 보고, 마침내 「대인부」를 지었다."相
如以爲列仙之傳居山澤間, 形容甚臞, 此非帝王之仙意也, 乃遂就大人賦.

9 剛百鍊(강백련): 백 번 단련한 강철. 서진의 유곤劉琨의 「다시 노심
에게」重贈盧諶에 "어찌하여 백 번 단련한 강철이, 손가락에 감길 만
큼 부드러워졌나?"何意百鍊剛, 化爲繞指柔.라는 말이 있다.

10 美玉(미옥) 구: 옥을 진흙처럼 자르다. 동방삭이 지었다고 전해지
는 『십주기』十洲記에 관련 내용이 있다. "유주는 서해 바다 가운데
에 있는데, 둘레 삼천 리이며, 그 동쪽 해안에서 십구만 리 떨어져
있다. 섬에는 산천에 바위가 많은데 이름을 곤오라 한다. 그 바위를
불리면 철이 되는데, 검으로 만들면 수정 같은 모양에 빛이 나며,
옥을 자르면 진흙을 자르는 것과 같다."流洲在西海中, 地方三千里, 去
東岸十九萬里. 上多山川積石, 名爲昆吾. 冶其石成鐵, 作劍光明洞照, 如水精
狀, 割玉物如割泥.

11 一杯相屬(일배상속): 술을 서로 권하다. 한유의 「팔월 십오일 밤
장 공조에게」八月十五夜贈張功曹에 "술을 서로 권하니 그대 응당 노
래해야 하리"一杯相屬君當歌란 구가 있다.

12 孤(고): 저버리다. ○ 風月今夕(풍월금석): 오늘 밤에는 바람과 달
을 화제로 이야기하다. 남조 양나라 때 서면徐勉은 중서령으로 양
무제의 서기로 중요 정책을 결정하였다. 한번은 문하 사람들과 밤

에 모였는데 우고虞暠가 공무를 부탁하였다. 서면은 정색을 하고 말했다. "오늘밤은 바람과 달에 대해 이야기하기 좋지 공무에 대해 이야기하기엔 적절히 않으오."今夕止可談風月, 不宜及公事. 『남사』南史 「서면전」徐勉傳 참조.

도성으로 떠나는 부선지를 보내며 쓴 송별사이다. 상편은 부선지의 작품이 뛰어남을 칭찬하면서 동시에 권세가들에게 아부하지 말 것을 당부하였다. 하편은 부선지와 자신을 비교하는 방식으로 출사와 은거의 차이를 밝혔다. 부선지를 비난하지도 않고 또 격려하지도 않으면서, 두 가지 태도의 차이를 담담히 제시하였다. 그러한 가운데 출사와 은거에 있어 절조節操와 신중한 행동거지를 강조하였다.

최고루最高樓

—손님 중에 바둑에 진 사람이 있어, 대신하여 매화를 읊다客有敗棋
者, 代賦梅

꽃아, 너는 알고 있느냐?
너 꽃은 하안何晏과 같고
또 심약沈約과 같은 것을.
앙상하게 여위고 분 바르지 않고 천연 그대로의 하얀 피부
그윽하고 적막한 속에 향기가 짙어라.
봄의 신을 비웃으며
다시 또
북쪽 가지에서 바쁘게 핀다네.

삽시간에 일진의 눈발이 불어오는데
이 좋은 풍경에 달만 하나 빠졌구나.
산 아래 길
물가의 담.
그 풍류를 속인들이 알까 두려워
꽃 그림자는 대숲 가에 움직이지 않고 있구나.
게다가 저들
복사꽃과 오얏꽃들이
젊은이들과 어울리게 내버려 두는구나.

花知否: 花一似何郎,¹ 又似沈東陽;² 瘦稜稜地天然白, 冷清清
地許多香. 笑東君,³ 還又向, 北枝忙.

着一陣霎時間底雪, 更一箇缺些兒底月. 山下路, 水邊牆. 風流
怕有人知處, 影兒守定竹旁廂. 且饒他,⁴ 桃李趁, 少年場.

1 何郎(하랑): 삼국시대 위나라의 하안何晏을 가리킨다. 그의 얼굴이
  하얗기로 유명하여 위 명제魏明帝는 분을 바른 것으로 의심하였다.
  『세설신어』「용지」容止 참조.

2 沈東陽(심동양): 남조 제량 시기의 심약沈約을 가리킨다. 일찍이 동
  양 태수東陽太守를 지냈다. 심약이 늙어서 병들어 말랐을 때 백여
  일 동안 혁띠의 구멍을 자주 옮겨갔다.

3 笑東君(소동군) 3구: 북쪽으로 뻗은 가지에 꽃이 피어난다. 『백씨
  육첩』白氏六帖「매부」梅部에 보면, 대유령大庾嶺에는 매화가 많고 또
  이곳을 경계로 기후가 크게 달라지는데, "능선에 피는 매화는 남쪽
  가지에 꽃이 이미 질 때 북쪽 가지에선 이제 피어난다."大庾嶺上梅,
  南枝落, 北枝開.고 할 정도라고 한다. ○ 東君(동군): 봄을 관장하는
  신. 봄의 신.

4 饒(요): 시키다. 내버려두다.

  매화를 노래한 영물사이다. 상편에서 매화의 색과 향에 대해 묘사
하였다. '매'梅라는 글자는 쓰지 않고 여러 이미지를 가져와 연상하게
하였다. 하편에서는 매화의 그림자와 운치를 표현하였다. 말미에서는
속염俗艶한 도리桃李가 한 시절 번성하는 것과 비교해 매화의 높은 격
조와 맑은 정운情韻을 강조하였다.

최고루最高樓

— 앞의 운을 사용하여 조진신 부문각 학사에 답하다用韻答趙晉臣敎文

꽃이 좋을 때는
초록색 옷 같은 잎이 쫓아오기 전
흰옷을 입은 미인이 석양에 서 있을 때라네.
얼굴은 누굴 위해 그처럼 하얗고
뼈 속에는 향기가 얼마나 많은가?
비록 그가 송경宋璟 같이
철석같은 심장의 사람이라 하더라도
시를 쓰기에 바쁘리라.

눈을 불러와도 눈보다 하얗고
다시 달을 불러와도 달의 계화 향기보다 향기롭네.
누가 말을 세우고
또 담장 너머 엿보나?
장군 조조曹操는 산 남쪽 기슭에서 매실로 갈증을 풀었고
재상 부열傳說은 전각의 동쪽에서 매실로 솥의 음식맛을 조리했네.
재질才質이 높다보니
나라를 다스리고 백성을 구하며
전쟁터에서도 쓰이는구나.

花好處, 不趁綠衣郎,[1] 縞袂立斜陽.[2] 面皮兒上因誰白, 骨頭兒
裏幾多香? 儘饒他, 心似鐵,[3] 也須忙.

甚喚得雪來白倒雪, 更喚得月來香殺月. 誰立馬, 更窺牆? 將軍
止渴山南畔,[4] 相公調鼎殿東廂.[5] 忒高才,[6] 經濟地,[7] 戰爭場.

注

1 不趁(불진): 쫓아가지 않다. ○ 綠衣郎(녹의랑): 초록색 옷을 입은
사람. 푸른 잎을 비유한다.

2 縞袂(호메): 흰 소매. 흰옷. 여기서는 흰옷 입은 미인으로 매화를
비유하였다.

3 心似鐵(심사철) 2구: 심장이 쇠와 같은 사람도 매화에 대해 글을
짓느라 바쁘다. 피일휴皮日休가 「매화부 서문」梅花賦序에서 말한 현
종 때 재상 송경宋璟을 가리킨다. 송경은 "군센 자질에 강직한 모습
으로 철석심장이라 온유하고 고운 말은 할 줄 모르리라 여겼는데,
그의 시문을 보니 「매화부」가 있어 읽어보니 언어가 순창하고 부염
하여 남조의 서유체(서릉과 유신의 문체)와 같았다."貞姿勁質, 剛態毅狀,
疑其鐵腸石心, 不解吐婉媚辭, 然睹其文而有梅花賦, 淸便富艶, 得南朝徐庾体.

4 將軍(장군) 구: 망매지갈望梅止渴 전고를 가리킨다. 조조가 행군 중
에 갈증이 나는 병사들에게 전방에 매실 숲이 있다고 하자, 병사들
이 신 맛을 연상하고 침을 삼킴으로써 갈증을 참을 수 있었다. 『세
설신어』「가휼」假譎 참조.

5 相公(상공) 구: 상나라 재상 부열傳說이 음식의 간을 맞춘 일을 가
리킨다. 상나라 무정武丁은 부열을 재상으로 임명하면서, 국을 만들
때 간을 맞추기 위해 쓰는 소금과 매실로 부열을 비유하였다. 『상
서』「열명」說命 참조.

6 忒(특): 아주. 너무.

7 經濟(경제): 경세제민經世濟民: 세상을 다스리고 백성을 구제하다.

해설

매화를 노래한 영매사이다. 상편은 주로 매화꽃의 흰빛과 향기에 대해 묘사하였다. 하편은 매화의 흰빛과 향기에 이어서 매실의 쓰임에 대해 서술하였다. 조조의 망매지갈望梅止渴과 부열의 염매화정식鹽梅和鼎食은 상편의 이미지와 이질적으로, 고대 부賦의 작법이 의식 속에 아직 잔존해 있음을 알 수 있다. 1200년(61세) 봄에 썼다.

귀조환歸朝歡

— 조진신 부문각 학사의 적취암에 쓰다題趙晋臣敷文積翠巖[1]

내 웃나니 공공共工이 무엇 때문에 화가 나서
하늘을 떠받치는 높고높은 경천주擎天柱를 부러뜨렸다네.
또 웃나니 여와女媧가 하늘을 보수하느라 바빴는데
오히려 이 바위를 한가한 곳에 내던져버렸다네.
안개 낀 들에 잡초 무성한 황량한 길
선생은 지팡이를 짚고 너 적취암을 보러 왔노라.
이끼로 뒤덮인 바위에 기대
어루만지며 묻노니
천 년 동안 비바람이 몇 번이나 몰아쳤는가?

오래도록 아이들이 부싯돌로 쓰는 고초를 당했고
때때로 소와 양이 뿔을 갈다 가곤 했지.
홀연히 적취암이 천 길 병풍처럼 펼쳐지고
샘물은 뚝뚝 물방울 떨어지는 소리를 내는구나.
너댓 개 정자를 짓고
따뜻한 날씨를 살펴 기녀를 데리고 와서 놀기도 했다네.
곰곰이 생각해보면
예로부터 한사寒士는
불우하다지만 때를 만나기도 한다네.

我笑共工緣底怒,[2] 觸斷峨峨天一柱.[3] 補天又笑女媧忙,[4] 却將此石投閑處. 野煙荒草路. 先生拄杖來看汝. 倚蒼苔, 摩挲試問: 千古幾風雨?

長被兒童敲火苦,[5] 時有牛羊磨角去. 霍然千丈翠巖屛,[6] 鏘然一滴甘泉乳.[7] 結亭三四五. 曾相暖熱携歌舞. 細思量: 古來寒士, 不遇有時遇.[8]

1 積翠巖(적취암): 관음석觀音石이라고도 한다. 연산현 서쪽 3리에 소재. 적취암은 오봉五峰과 마주보고 있으며, 오봉의 동쪽으로 단옥협斷玉峽에서 20여보 떨어진 곳에 서 있다. 경천주擎天柱라고도 한다.

2 共工(공공) 2구: 공공共工이 부주산을 들이받아 하늘이 기울었다는 신화를 이용하였다. 사마정司馬貞의 『삼황본기』三皇本紀에 "여와씨 말년에 제후 가운데 공공씨가 있었다. 공공씨가 축융과 싸우다가 이기지 못하자 화가 나 머리로 부주산을 들이받자 산이 무너지고 하늘을 받치는 기둥이 부러졌고 땅줄기가 끊어졌다. 이에 여와가 오색석을 구워 하늘을 메웠다."女媧氏末年, 諸侯有共工氏, 與祝融戰, 不勝而怒, 乃頭觸不周山崩, 天柱折, 地維絶. 女媧乃煉五色石以補天.는 기록이 있다. ○ 緣底(연저): 왜.

3 天一柱(천일주): 하늘을 받치고 있는 기둥. 경천주擎天柱를 가리킨다.

4 補天(보천) 2구: 여와가 하늘을 메웠다는 신화를 이용하였다. ○ 此石(차석): 적취암을 가리킨다.

5 長被(장피) 2구: 한유의 「석고가」石鼓歌에 나오는 "목동이 부싯돌로 쓰고 소가 뿔을 간다면, 누가 다시 손을 얹고 어루만질 수 있으랴?"牧童敲火牛礪角, 誰復著手爲摩挲?란 구절을 이용하였다.

6 霍然(곽연): 갑자기. 돌연히.

7 鏘然(쟁연): 쨍그랑. 금속이 서로 부딪히며 나는 소리를 형용한 의
성어. 여기서는 물이 떨어지는 소리.

8 不遇(불우): 회재불우懷才不遇를 가리킨다. 한대 동중서董仲舒의
「사불우부」士不遇賦, 사마천의 「비사불우부」悲士不遇賦, 도연명의
「감사불어부」感士不遇賦 등이 있다. 조진신趙晉臣의 이름이 불우不迂
이므로 음이 같은 불우不遇를 사용하여 언급하였다.

해설

적취암에 대해 노래하였다. 상편은 적취암의 형상과 자질에 대해
서술하였다. 적취암은 곧 조진신이 사는 곳에 있는 거석이므로, 적취
함을 통해 시종 조진신의 뛰어남을 환기시켰다. 하편은 적막한 적취암
이 따뜻한 봄날에 사람들이 모이는 좋은 장소가 되듯이 조진신도 곧
좋은 기회를 얻어 임용되리라 기대하였다.

작교선鵲橋仙

― 연석에서 조진신 부문각 학사에 화답하며席上和趙晉臣敷文

젊은 때의 바람과 달
젊은 때의 노래와 춤
늙어서야 비로소 부러워하네.
허리 굽혀 오두미 얻는 걸 탄식하여 돌아왔으니
묻노니 구불구불 양의 창자 같은 벼슬길 몇 번이나 걸어 다녔던가.

네 마리 말이 끄는 높은 수레
황금 인장과 자주색 인끈
그들 멋대로 하라고 전해주게나.
묻노니 동호東湖에서 봄빛을 얼마나 가져왔는가
또 보는구나, 구름까지 닿는 웅건한 필력을.

少年風月, 少年歌舞, 老去方知堪羨. 歎折腰五斗賦歸來,[1] 問走
了羊腸幾遍?[2]
高車駟馬, 金章紫綬, 傳語渠儂穩便.[3] 問東湖帶得幾多春,[4] 且
看凌雲筆健.[5]

注

1 折腰五斗(절요오두): 허리를 굽혀 오두미를 얻다. 『진서』「도잠전」
  陶潛傳에 "군에서 현으로 독우를 파견하면 관리는 허리띠를 묶고 응

대해야 하니 도연명이 탄식하여 말하였다. '나는 오두미를 위하여 허리 굽혀 향리의 소인을 공손히 섬길 수 없다.' 의희 2년(406년) 관인을 풀어두고 현을 떠났다.”郡遣督郵至縣, 吏白應束帶見之, 潛歎曰: '吾不能爲五斗米折腰, 拳拳事鄕里小人邪!' 義熙二年, 解印去縣.고 하였다.

2 羊腸(양장): 양의 창자처럼 좁고 굽이도는 길. 여기서는 벼슬길을 비유하였다.

3 渠儂(거농): 그들. 현달한 고관을 가리킨다. ○ 穩便(온편): 마음대로 행동하다.

4 東湖(동호): 지금의 강서성 남창시의 동남에 있는 호수. 조진신이 강서 조운사로 있다가 돌아왔으므로 이 말을 하였다.

5 凌雲筆健(능운필건): 구름을 오르내리는 듯한 웅건한 필력. 두보가 「장난삼아 지은 6절구」戲爲六絶句에서 유신庾信을 평가하며 한 말이다. “유신의 문장은 늙어서 더욱 성숙하여, 구름까지 닿는 웅건한 필력에 뜻은 종횡무진이어라.”庾信文章老便成, 凌雲健筆意縱橫.

해설

임기를 마치고 돌아온 친구를 위로하였다. 상편은 연석에서 보는 젊은 남녀들의 가무를 통해 행락을 잊고 살아온 날들과 어려운 관장官場을 지나온 지난날을 상기하였다. 하편은 고관들을 풍자하면서 친구를 위로하였다. 조진신의 처지는 곧 필자의 처지이므로, 위로는 결국 친구에게 하는 말이자 자신에게 하는 것이기도 하다.

상서평 上西平

─ 두숙고를 보내며 送杜叔高

헤어진 한이 새로운 듯한데
새로이 한이 생겼으니
또 다시 새롭구나.
바라보면 하늘엔 뜬구름이 얼마나 많은가?
강남의 좋은 풍경
꽃 지는 시절에 그대 다시 만났지.
간밤에 비바람 치었더니
봄은 돌아가며 마치 떠나지 못하게 사람을 붙드는 듯하네.

주량은 바다와 같고
사람은 옥과 같고
시는 비단과 같고
붓은 신령이 돕는 듯해라.
어찌 몇 글자로 내 마음을 다 나타낼 수 있으랴.
강가 하늘에 해 저무는데
어느 때 다시 함께 시문을 논하랴?
푸른 버들 그늘 속
「양관곡」을 들으며 황혼에 문을 닫네.

恨如新, 新恨了, 又重新. 看天上多少浮雲? 江南好景,[1] 落花時節又逢君. 夜來風雨, 春歸似欲留人.

尊如海, 人如玉,[2] 詩如錦, 筆如神. 更能幾字盡殷勤. 江天日暮,[3] 何時重與細論文? 綠楊陰裏, 聽陽關門掩黃昏.

1 江南(강남) 2구: 두보의 「강남에서 이구년을 만나」江南逢李龜年에 나오는 "마침 강남에 봄빛이 아름다운데, 꽃 지는 시절에 그댈 다시 만났구료."正是江南好風景, 落花時節又逢君.를 이용하였다.

2 人如玉(인여옥): 사람이 옥과 같다. 『시경』「야유사균」野有死麕에 "흰 띠풀로 묶나니, 여인이 옥과 같구나."白茅純束, 有女如玉.란 구절이 있다. 전箋에 "옥과 같다는 것은 단단하고 희다는 뜻을 취했다." 고 하였다.

3 江天日暮(강천일모): 강가의 하늘에 해가 저물다. 친구와 헤어지는 정을 비유한다.

해설

두숙고를 보내며 지은 송별사이다. 상편은 만남과 이별의 잦음 속에 이별의 아쉬움을 나타내었다. '하늘엔 뜬구름이 얼마나 많은가'天上多少浮雲라고 강조하는 것은 정처 없이 헤어지는 상황을 비유하였다. 하편은 두숙고의 인품과 재능을 칭찬하면서 이별의 슬픔을 나타내었다.

금장춘錦帳春
― 연석에서 두숙고에 화운하며席上和杜叔高韻

봄빛은 잡아두기 어려운데
술잔 속 술은 언제나 얕아라.
더구나 예전 한恨과 새 시름이 섞이는 때.
오경에 부는 바람
천 리 멀리 꿈속에서
보았네, 붉은 꽃잎 몇 조각 날아가는
이러한 정원을.

남자는 얼마나 풍치있고 멋드러졌던가
여인은 얼마나 예쁘고 부드러웠던가.
서로 만나서 보는 것이 보지 못하는 것에 비해 어떠한가?
제비 바삐 날고
꾀꼬리 어지러이 지저귀고
한恨은 깊어 주렴도 걷지 않고 있는데
비취 병풍 그림에는 들판의 풍경이 멀다.

春色難留, 酒杯常淺. 更舊恨新愁相間. 五更風, 千里夢, 看飛
紅幾片, 這般庭院.
幾許風流, 幾般嬌懶. 問相見何如不見? 燕飛忙, 鶯語亂, 恨重
簾不捲, 翠屛平遠.

늦봄이 저무는 애상감 속에 이별의 아쉬움을 나타내었다. 그러나 '예전 한과 새 시름'舊恨新愁이 무엇인지는 명확하지 않으며, '주렴도 걷지 않은'簾不捲 '깊은 한'恨重이 무엇인지도 명확하지 않다. 이들은 풍경의 선염渲染에 따라 변주되는데 말미에서는 비취 자개로 만든 병풍 속 그림으로 드러난다.

무릉춘 武陵春

— 봄의 흥취 春興

바람 앞의 도리꽃 무척이나 아리땁고
양류는 더욱 부드러워라.
생황에 맞춰 노래하며 흐드러진 봄빛 속에 노닐며
공연한 시름은 잠시 밀쳐두노라.

맑은 계절 가기 전에 밤을 이어 감상해야 하니
비가 오면 곧 봄도 끝날 터이라.
어질러진 술잔과 접시는 거두지 말게나
새벽이 오면 다시 해장술을 마셔야 하니.

桃李風前多嫵媚, 楊柳更溫柔. 喚取笙歌爛熳遊, 且莫管閑愁.
好趁晴時連夜賞, 雨便一春休. 草草杯盤不要收, 才曉又扶頭.[1]

注

1 扶頭(부두): 머리를 손으로 받치다. 해장술을 마시다.

해설

　봄날 유람의 즐거움을 노래했다. 경쾌한 어조로 흐드러진 봄빛 속에 노닐고, 밤을 이어 감상하고, 새벽에도 술에 취한다고 말하지만, 여기에는 일말의 그림자가 깔려 있다. 그것은 '공연한 시름'閑愁이다.

공연한 시름을 없애기 위해 일부러 애써 즐거움을 찾는 듯 보인다.
신기질 후기 사의 일관된 어조 중에 하나이다.

무릉춘 武陵春

오고 가고 삼백 리
닷새를 기한으로 삼았지.
돌아올 때 엿새가 되면 이미 걱정이 되어
분명 내내 기다리겠지.

말을 채찍질하여 돌아가는 길
마음만 급하고 말발굽은 느리네.
까치야 네가 번거롭기는 하겠지만
먼저 날아가 그 사람에게 알려주어라.

走去走來三百里, 五日以爲期. 六日歸時已是疑, 應是望多時.
鞭箇馬兒歸去也, 心急馬行遲. 不免相煩喜鵲兒, 先報那人知.

해설

집으로 돌아가는 행인의 마음을 그렸다. 작자 자신의 일을 나타냈
다기보다는 출타한 사람이면 가지는 일반적인 마음을 민요풍으로 표
현하였다. 닷새를 기한으로 나갔다가, 돌아가는 길이 하루 늦어지자
마음이 급해 까치를 찾는 마음이 천진스럽다.

완계사浣溪沙
—두숙고와 헤어지며別杜叔高

여기서는 시 지으며 이별을 말하는데
거기서는 분명 돌아올 날 기다리리라.
"마음은 급한데 말발굽은 더디다"고 사람들은 말하지.

떠나는 기러기에 편지 전할 길 없으니
봄 진흙은 한사코 옷을 더럽히니 조심하고
해당화가 지고 나면 도미꽃이 있으니 아쉬워 마오.

這裏裁詩話別離,¹ 那邊應是望歸期. 人言心急馬行遲.
去雁無憑傳錦字,² 春泥抵死汚人衣.³ 海棠過了有荼蘼.⁴

注

1 裁詩(재시): 시구를 자르다. 시를 짓다.

2 錦字(금자): 비단 위에 글자를 수놓아 만든 편지. 북조의 전진前秦
   에서 소혜蘇蕙가 쓴 회문시回文詩에서 유래했다.

3 抵死(저사): 결국. 한사코. 끝까지.

4 荼蘼(도미): 도미꽃. 酴醾(도미)라고도 쓴다. 키가 작은 관목으로 늦
   봄에서 초여름에 흰 꽃이 핀다. 소식蘇軾이 두기杜沂에게 준 시에
   "도미꽃은 봄을 다투지 않아, 적막히 가장 늦게 핀다."酴醾不爭春,
   寂寞開最晩.이란 구절이 있다.

　두숙고와 헤어지며 지은 송별사이다. 상편은 헤어지는 이곳에서 두숙고를 기다리는 가족의 입장을 연상하며, 이별할 때의 돈후한 마음을 나타냈다. 하편은 이별 후의 당부를 메모하였다. 편지로 연락하고, 가는 길에 진흙을 조심하고, 해당화가 져도 이어서 도미꽃이 피니까 봄이 다 지나갔다고 아쉬워하지 말라고 위로하였다.

| 역주자 소개 |

서성

북경대에서 중문학 박사학위를 받았다. 현재 배재대에서
강의. 중국고전시와 관련된 주요 실적으로는 「이소」離騷
의 주석과 번역, 「구가」九歌 주석과 번역, 『양한시집』兩漢
詩集, 『한시, 역사가 된 노래』, 『당시별재집』唐詩別裁集,
『대력십재자 시선』大曆十才子詩選 등이 있다.

한 국 연 구 재 단
학술명저번역총서
[동 양 편] 623

가헌사 稼軒詞 ❹
신기질 사 전집

초판 인쇄 2020년 7월 1일
초판 발행 2020년 7월 15일

저   자ㅣ신 기 질
역 주 자ㅣ서   성
펴 낸 이ㅣ하 운 근
펴 낸 곳ㅣ學古房

주   소ㅣ경기도 고양시 덕양구 통일로 140 삼송테크노밸리 A동 B224
전   화ㅣ(02)353-9908 편집부(02)356-9903
팩   스ㅣ(02)6959-8234
홈페이지ㅣwww.hakgobang.co.kr
전자우편ㅣhakgobang@naver.com, hakgobang@chol.com
등록번호ㅣ제311-1994-000001호

ISBN   979-11-6586-087-5 94820
        978-89-6071-287-4 (세트)

값 : 31,000원

이 책은 2015년도 정부재원(교육부)으로 한국연구재단의 지원을 받아 연구되었음
(NRF-2015S1A5A7017018).

This work was supported by National Research Foundation of Korea Grant funded by the Korean
Government(NRF-2015S1A5A7017018).